D1722201

Aus dieser
Taschenbuchreihe
sind folgende
Romane erhältlich.
Fragen Sie Ihren
Buch- oder
Zeitschriftenhändler.

Samuel R. Delany
24 011 Dhalgren
24 016 Triton
24 026 Geschichten aus
Nimmerya
24 029 Treibglas
24 035 Babel-17

Lübbes Auswahlbände
24 017 Abenteuer Weltraum
24 031 Fremde aus dem All

Orson Scott Card
24 018 Meistersänger
24 032 Capitol

24 019 Robert L. Forward
Das Drachenei
24 020 Robert Sheckley
Endstation Zukunft
24 021 David Bear
Wer hat mir
meine Zeit gestohlen?
24 022 Poul Anderson
Das Avatar
24 023 Jessica Salmonson
Amazonen!
24 024 Norman Spinrad
Lieder von den Sternen
24 027 Michel Jeury
Robert Holzachs
chronolytische Reisen
24 028 Larry Niven
Die Ringwelt-Ingenieure
24 030 William Hope Hodgson
Das Nachtland
24 033 D. G. Compton
Narrenwelt
24 034 Brian W. Aldiss
Dunkler Bruder
Zukunft
24 036 Donald A. Wollheim (Hg.)
World's Best SF 1982

Octavia Butler

Als der Seelenmeister starb

Science Fiction-Roman

BASTEI
LÜBBE

BASTEI-LÜBBE-TASCHENBUCH
Science Fiction Special
Band 24 037

Deutsche Lizenzausgabe 1982
Bastei-Verlag Gustav H. Lübbe, Bergisch Gladbach
Ins Deutsche übertragen von: Inge Pesch von der Ley
Titelillustration: Young Artists/Agentur Thomas Schlück
Umschlaggestaltung: Quadro-Grafik, Bensberg
Druck und Verarbeitung:
Mohndruck Graphische Betriebe GmbH, Gütersloh
Printed in Western Germany
ISBN 3–404–24037–5

Der Preis dieses Bandes versteht sich einschließlich der gesetzlichen Mehrwertsteuer.

PROLOG

Seine letzte Nacht verbrachte Rayal mit seiner Hauptfrau Jansee. Er lag neben ihr in dem geräumigen Bett und fühlte sich geborgen und sicher im Einfluß des Musters, dessen Friedlichkeit auf ihn einströmte. Mehr als ein Jahr war es im Muster jetzt schon so friedlich. Ein Jahr ohne größeren Clayarkangriff in keinem Bereich des Einflußgebietes des Musters. Ein Luxus. Rayal hatte so viele Kampfesjahre hinter sich, daß er das Glück, sich zu entspannen und zu erholen, mit vollen Zügen genoß. Anders Jansee. Sie fand immer einen Grund zur Unzufriedenheit. Ihre Kinder, wie gewöhnlich.

»Ich glaube, ich werde morgen einen Stummen zu unseren Söhnen schicken«, sagte sie.

Rayal gähnte. Nach seiner Meinung ähnelte sie selbst schon einer Stummen, wenigstens was die Sorge um ihre Nachkommenschaft betraf. Die beiden Jungen, der eine zwölf, der andere zwei Jahre alt, waren auf einer Schule im Redhillsektor, 480 km entfernt. Wenn es nach ihr gegangen wäre, hätte sie am liebsten gegen die Sitte verstoßen und die Kinder in die Schule in Forsyth, ihrem Geburtssektor, eingeschult; wenn er sie nur gelassen hätte. »Was kümmerst du dich darum?« sagte er. »Du bist mit ihnen verbunden. Wenn irgend etwas ist, bist du die erste, die es weiß. Warum also noch zusätzlich einen Stummen aussenden, wo du ohnehin schon alles weißt?«

»Weil ich in der Lage bin, sie in der Erinnerung des Stummen zu sehen, wenn er von ihnen zurück kommt. Es ist schon gut zwei Jahre her, daß ich sie gesehen habe. Keinen von beiden. Seit der Jüngere geboren ist.«

Rayal schüttelte den Kopf. »Und warum willst du sie sehen?«

»Ich weiß nicht. Wegen . . . Nicht weil ich glaube, daß etwas nicht stimmt, aber . . . Ich weiß es nicht.«

Er fühlte, wie ihr Unbehagen das Muster beeinflußte. Seine unendlich weite, verflochtene Oberfläche kräuselte sich. »Gestattest du mir, daß ich einen Stummen aussende?«

»Schick einen Außenseiter. Er weiß sich besser zu verteidigen, falls die Clayarks auf ihn aufmerksam werden.« Dann lächelte er. »Du solltest noch mehr Kinder haben. Vielleicht bist du dann um diese beiden nicht so besorgt.« Sie war es gewohnt, daß er sie aufzog. Er hatte schon immer solche Sachen zu ihr gesagt. Aber dieses Mal schien sie ihn beim Wort nehmen zu wollen. Er fühlte, wie sich ihre Aufmerksamkeit auf ihn einstellte, daß ihr selbst sein Lächeln nicht entging, obwohl sie es in der Dunkelheit nicht sehen konnte.

»Willst du, daß mir einer deiner Außenseiter ein Kind macht?« fragte sie.

Er schaute sie überrascht an, in seinem Geist zeichnete sich die Feierlichkeit ihres Gesichtes ab. Sie zwang ihn, Farbe zu bekennen. Sie hätte es besser wissen müssen. »Vielleicht einer meiner Reisenden. Was?«

»Laß dir von einem der Reisenden ein Kind machen. Oder von einem Lehrling. Nicht von einem Außenseiter.«

»Und an welchen . . . Reisenden oder Lehrling hast du gedacht?«

Gelangweilt wandte er sich von ihr ab. Sie begann ihn mit diesem Unsinn anzuöden. Keine andere Frau in seinem Hause würde es wagen, ihn so zu plagen. Vielleicht sollte er ihr einfach nicht erlauben, weiter darüber zu sprechen.

»Ich denke an Michael«, sagte er ruhig.

»Micha . . . Rayal!« Ihre Entrüstung gefiel ihm. Michael war ein junger Lehrling, der gerade erst die Schule verlassen hatte und über zehn Jahre Jansee's Junior gewesen war.

»Du hast mich gebeten, jemanden für dich auszuwählen. Ich habe Michael gewählt.«

Sie dachte eine Weile darüber nach, dann zog sie sich zurück. Aber ihr Stolz erlaubte ihr nicht, daß sie sich weit zurückzog. »Eines Tages, wenn du Michael zum Reisenden befördern wirst, und er mir, ohne peinlich berührt zu sein, zuhören kann, werde ich ihm das erzählen.« Sie berührte mit ihrer Hand seine Schläfe und Wange. »Und dann, Ehemann, wenn du mir dann immer noch keine Kinder gewährst, werde ich deine Wahl akzeptieren.«

Das war, so bemerkte er, weniger ein Versprechen, als eine Drohung. Sie meinte es so. Er streckte den Arm nach ihr aus und zog sie an sich. »Es ist doch nur zu deinem Besten, daß ich es dir verweigere. Du bist viel zu sehr eine Stummen-Mutter, als daß du noch mehr Kinder haben dürftest. Du sorgst dich zu sehr darum, was mit ihnen passiert.«

»Sicher sorge ich mich.«

»Sie werden sich gegenseitig töten. Du bist so stark, daß selbst ein Kind, das du mit einem schwächeren Mann hättest, in der Lage wäre, mit unseren beiden Söhnen in Wettstreit zu treten.«

»Sie *müssen* sich nicht gegenseitig umbringen.«

Dagegen war er hilflos. »Mußte ich nicht zwei Brüder und eine Schwester umbringen, um meinen Platz einzunehmen? Würden nicht wenigstens einige meiner Kinder und deiner Kinder genauso begierig sein, wie ich, die Macht über den Muster zu erben?« Er fühlte, wie sie sich von ihm losmachen wollte und wußte, daß er einen Punkt gewonnen hatte. Er hielt sie fest. »Zwei Brüder und eine Schwester«, wiederholte er. »Und genausogut hätten es zwei Schwestern sein können, wenn nicht die stärkere meiner beiden Schwestern klug genug gewesen wäre, sich mit mir zu verbünden und meine Hauptfrau zu werden.«

Er lockerte seinen Griff, aber sie blieb, wo sie war. Das Muster kräuselte sich mit ihrer Sorge. Es gab fast genauso perfekt ihre Gefühle wieder wie seine eigenen. Aber ohne seine Hilfe würde es nie auf sie hören. Leise begann er wieder zu sprechen.

»Sogar unsere Söhne werden miteinander streiten. Das wird schon schwierig genug für dich sein, falls es noch zu deinen Lebzeiten passiert.«

»Aber was ist mit deinen anderen Kindern?« sagte sie. »Du hast so viele von anderen Frauen.«

»Und ich werde noch mehr haben. Mir geht deine Feinfühligkeit ab. Diejenigen unter meinen Kindern, die nicht den Streit um meine Nachfolge antreten, werden einen Beitrag zur Stärke des Volkes leisten.«

Lange Zeit betrachtete sie schweigend und aufmerksam sein Gesicht. »Würdest du mich wirklich getötet haben, wenn ich mich gegen dich aufgelehnt oder gegen dich gewehrt hätte?«

»Natürlich. Du wärst zu einer Bedrohung für mich geworden.«

Sie schwieg, noch länger als beim ersten Mal, dann, »weißt du eigentlich, warum ich mich mit dir verbündet habe, anstatt mich gegen dich aufzulehnen?«

»Ja. Jetzt weiß ich es.«

Sie sprach weiter, als ob er nichts gesagt hätte. »Ich hasse das Töten. Wir müssen schon die Clayark töten, nur um des Überlebens willen. Und dazu bin ich auch fähig. Aber es gibt keinen Grund, daß wir uns gegenseitig umbringen.«

Rayal versetzte dem Muster einen scharfen Stoß. Jansee sprang auf und rang erschrocken nach Luft. Wie bei einem zwar körperlich schmerzlosen, aber dennoch wuchtigen Schlag ins Gesicht.

»Siehst du?« sagte er. »Nun habe ich mehrere tausend Musternisten aufgeweckt, und ich habe dafür nicht mehr Anstrengung aufgebracht, als wenn jemand mit den Fingern schnippt. Schwester – Frau, das ist die Macht, wofür es sich lohnt zu töten.«

Heftiger Zorn stieg in Jansee auf. Sie dachte an ihre beiden Söhne, die sich gegenseitig bekämpfen würden, und bittere Gedanken drängten sich ihr auf, die sie gern über eine solche Macht geäußert hätte. Aber die Nutzlosigkeit dieses Unterfangens, das Wissen, daß solche Worte an ihm verschwendet waren, kühlten ihre Wut. »Mir bedeutet das gar nichts«, sagte sie traurig, »und ich hoffe, ebensowenig meinen Söhnen. Ich hoffe, daß sie ihre Wildheit und ihre Kraft für die Clayarks aufheben.« Einen Augenblick hielt sie inne. »Hast du die Gruppe von Stummen vor dem Haus bemerkt?«

Sie wollte damit nicht das Thema wechseln. Er wußte, worauf sie hinaus wollte, hinderte sie aber nicht daran. »Ja.«

»Sie haben eine lange Reise hinter sich«, sagte sie.

»Wenn du willst, laß sie herein.«

»Das werde ich tun, aber erst später. Erst wenn sie ihre Gebete beendet haben.« Sie schüttelte den Kopf. »Hajjistumme.« Die armen Narren.«

»Jansee . . .«

»Sie sind hierher gereist, weil sie denken, daß du ein Gott bist, und weil sie glauben, daß du keinen Augenblick zögern wirst, sie aus der Kälte zu dir zu holen.«

»Und genau das, was sie von mir erwarten, werden sie auch von mir bekommen, Jansee. Nämlich die Versicherung, daß sie bei Gesundheit bleiben, lange leben, und ihre Meister ihnen nichts Unrechtes tun. Aus ihrer Dankbarkeit eine Religion zu machen, das war ihre Idee.«

»Nichts, was dich betrifft«, sagte sie sanft. »Macht. In

der Tat, seit du das Muster beherrscht, bist du für die Musternisten so eine Art Gott. Nicht wahr? Soll ich auch zu dir beten?«

»Nicht, wenn du es nicht selber willst.« Er lächelte. »Aber mach dir nichts draus. Es gibt Zeiten, wo ich jemanden um mich herum brauche, der keine Angst vor mir hat.«

»Daß deine eigene Eitelkeit dich zerstören möge«, sagte sie bitter.

*

Das war der Augenblick, den die Clayarks nutzten, um das Friedensjahr zu beenden. Mit einer veralteten Kanone riesigen Ausmaßes standen sie in Sichtweite der Lichter von Rayals Haus auf einem benachbarten Hügel. Sie hatten das Geschütz weit im Süden in einem Gebiet aufgestöbert, in dem ausschließlich sie zu Hause waren. Mit außerordentlicher Geduld und Bedachtsamkeit hatten sie sich an die Arbeit gemacht. Hatten die Waffe gereinigt, allmählich verstanden, wie sie wohl funktionieren sollte, sie repariert und ausprobiert. Und dann waren sie damit zum Haus des Gebieters über das Muster gezogen, ihrem größten Feind. Sie durften nicht damit rechnen, die Waffe mehr als einmal in Anwendung bringen zu können. Und wirksam konnte sie nur sein, wenn sie sie gegen Rayal einsetzten.

Sie blieben von Rayals Wachen nicht unbemerkt. Aber weil sie die Kanone nicht gesehen hatten und durch den langwährenden Frieden unachtsam geworden waren, schenkten sie den Clayarks, die so weit entfernt waren, keine Beachtung. So konnten die Clayarks in Ruhe hantieren, bis sie mit ungeschickten Handgriffen die Kanone geladen, auf ihr Ziel ausgerichtet hatten und dann feuerten.

Sie zielten genau und waren darüber sehr glücklich. Der erste Schuß zerschmetterte die Wand des Privatappartements des Gebieters über das Muster, enthauptete seine Hauptfrau, und verletzte ihn selber so schwer an Kopf und Schultern, daß er wertvolle Minuten lang mit nichts anderem beschäftigt war, als sein eigenes Leben zu retten. Trotz all seiner Macht, lag er hilflos in seinen Wunden. Die Bediensteten des Hauses waren so überrascht, so verwirrt, daß die Clayarks Zeit genug gehabt hätten, noch einen Schuß abzugeben. Aber die erfolgreiche Zerstörung hatte die Clayarks angestachelt. Sie ließen die Kanone im Stich und schwärmten ins Tal, um mit dem Haus in einer für sie befriedigenderen und persönlicheren Weise abzurechnen.

I

Die Sonne stand noch nicht lange genug am Himmel, um die kühlen Nebel und den Tau des Morgens zu vertreiben. Teray und Iray verließen ihren Schlafraum in der Redhill-Schule zum letzten Mal.

Irays Eifer und Ungeduld konnte ansteckend sein. Doch Teray hatte es sich selbst untersagt, solchen Gefühlen nachzugeben. Die Tatsache, daß sie zusammen die Schule verließen, versetzte sie nicht nur in den Status des Erwachsenseins, sondern hatte sie auch zu Mann und Frau gemacht. Vier sorgenvolle Jahre lang hatte Teray auf diese Chance gewartet, nämlich die Schule hinter sich zu lassen, um einen Traum langsam in die Wirklichkeit umzusetzen: Ein eigenes Haus zu begründen.

Und nun schritt er neben Iray durch das Haupttor. Es gab kein Fest – trotz Schulentlassung, trotz Hochzeit. Nur zwei Menschen überhaupt nahmen Notiz davon, daß sie gingen. Teray fühlte sie beide in einem der Schlafsäle. Das eine war ein Musternistenmädchen, das Irays Freundin gewesen war, und das andere war eine Stummenfrau mittleren Alters. Sie standen beide am Fenster in einem der Schlafsäle und schauten zu Iray hinunter. Die Freundin hielt ihre Gefühle für sich, aber die Stumme strahlte einen solchen Wirrwarr von Traurigkeit und Aufregung aus, daß Teray wußte, daß sie und Iray sich sehr nahe gestanden haben mußten.

Iray war viel zu sehr mit sich selbst beschäftigt, um auf das Paar aufmerksam zu werden. Teray sandte ihr einen kurzen Gedankenblitz, und sie kehrte im Geiste noch einmal zurück, reuevoll, um Abschied zu nehmen.

Er selber sandte keine Gedanken mehr zurück zur Schule. Seit Jahren schon hatte er nichts mehr mit Stummen zu tun gehabt. Seine reifende, geistige Kraft hatte ihn für sie zu gefährlich gemacht. In ihrem eigenen Interesse hatte er nur noch ein unpersönliches Diener-Herr-Verhältnis mit ihnen aufrechterhalten. Und unter seinen Lehrern und Mitstudierenden hatte er wenig Freunde gefunden. Auch sie waren vor seiner Kraft zurückgeschreckt. Er hatte eine Macht an der Schule dargestellt, aber bis auf Iray hatten ihn alle gemieden.

Vor dem Tor trafen er und Iray auf die beiden Männer, die auf sie gewartet hatten. Der ältere von ihnen war untersetzt und athletisch. Ein Mann mit viel Kraft offensichtlich. Der jüngere von ihnen hatte mehr Terays Figur – groß und schlank. Wahrscheinlich war er auch nicht älter als Teray.

Joachim! Terays Gedanken wandten sich plötzlich an den älteren von beiden. *Damit habe ich nicht gerechnet, daß du selber kommst.*

Der Mann lächelte kaum merklich und sprach mit lauter Stimme: »Es geschieht auch selten genug, daß ich einen so vielversprechenden Lehrling übernehme. Nichts läge mir ferner, als daß dir etwas auf dem Weg zu meinem Haus widerfahren könnte.«

Überrascht übermittelte Teray: »*Hat es Ärger gegeben? Ist jemand überfallen worden?*«

»Coransee. Stell dir das vor. Ich schweife so weit aus wie möglich, für den Fall, daß die Angreifer noch in der Nähe sind.«

»Coransee?« wiederholte gehorsam Teray. So weit drinnen im Sektor haben sie angegriffen?«

»Und sogar einen der Mächtigsten von uns.« Der Mann, der mit Joachim gekommen war, sprach zum ersten Mal. »Die Angreifer haben zwei seiner Außenseiter getötet und einen Stummen gefangen genommen.«

»Ich hoffe, sie haben den Stummen auch getötet«, sagte Joachim. »Schnell getötet, meine ich.«

Teray nickte, er teilte mit ihm diese Hoffnung. Stumme, die nicht zu Tode gefoltert und die nicht an den geschmacklosen Späßen der Clayarks starben, wurden die schlimmsten Feinde ihres ehemaligen Gebieters. »Glaubst du, daß immer noch Clayarks im Gebiet sind?« fragte er Joachim.

»Ja. Deswegen habe ich Jer mitgebracht.« Joachim deutete auf seinen Gefährten. Er ist einer meiner stärksten Außenseiter.«

Interessiert musterte Terary den Mann und fragte sich, wie er gegen ihn abschneiden würde. Mit Hilfe des Musters hatte Teray schon gefühlt, daß Jer stark war. Aber wie stark? Doch nur mit Hilfe des Musters war es unmöglich, darauf eine definitive Antwort zu finden. Ohne Zweifel wußte es Joachim. Er hatte Jer sicherlich genauso sorgfältig geprüft, wie er Teray geprüft hatte. Und die Prüfung hatte ergeben, daß er Jer zum Außenseiter gemacht und Teray als Lehrling aufgenommen hatte.

Irays Stimme riß Teray aus seinen Gedanken: »Aber sag, Joachim, ist nicht dein Haus in Gefahr, wenn ihr beide, du und Jer nicht dort seid?«

Joachim sah sie an, sein grimmig entschlossener Gesichtsausdruck entspannte sich. »Keineswegs. Die Clayarks kennen meinen Ruf. Alle im Haus sind miteinander verbunden. Meine Hauptfrau kann zu Verteidigungszwecken Kraft aus jedem im Haus ziehen. Wenn die Clayarks einen aus dem Haus angreifen, weiß es sofort jeder und sie setzen sich mit vereinter Kraft zur Wehr. Die Clayarks würden es nicht riskieren mit weniger als einer Armee anzugreifen. Und das glaube ich nicht, daß sie es geschaft haben sollten, eine Armee ins Gebiet zu schmuggeln.«

»Wir hatten mehr Tote als die großen Häuser«, sagte Jer, »denn wir haben bei weitem nicht ihre Kraft. Aber in ihren Gruppen kämpft jeder für sich, und wir kämpfen vereint. Sie lassen immer einige Clayarks entkommen. Wir hingegen töten sie alle.«

Teray entging nicht der Stolz in der Stimme des Mannes, und er fragte sich, wie es Joachim angestellt hatte, in einem Außenseiter Stolz zu wecken. Aber dann bedachte er, daß seine, Terays, Haltung gegenüber Außenseitern stark davon geprägt war, daß er niemals, um alles in der Welt, selber einer werden wollte. Die Rolle des Außenseiters war die eines ständig untergeordneten Bediensteten. Das Beste, was einem Außenseiter passieren konnte, war zu hoffen, an einen Gebieter zu geraten, dem man wie Joachim Respekt entgegenbringen und mit einem gewissen Stolz dienen konnte. Im schlimmsten Falle geriet ein Außenseiter in Sklaverei.

Ein paar Schritte entfernt warteten in einem kleinen Wald die Pferde auf sie. Teray stellte fest, daß Iray neben Joachim ging. Sie, die erst einige Minuten zuvor so aufgeregt gewesen war, mit Teray die Schule zu verlassen. Tatsächlich hatte sie schon Joachims Bekanntschaft gemacht, bevor sie Teray kennengelernt hatte. Der Hausgebieter war ihr Sekundant in der schwierigen Überführungsphase von Kindheit zum Erwachsensein und Mitgliedschaft im Muster gewesen. Wahrscheinlich wäre sie als eine seiner Frauen in sein Haus gekommen, wenn sie nicht Teray getroffen hätte. Das war der Anlaß, warum Teray die beiden mit Argwohn beobachtete. Er würde mindestens zwei Jahre mit Joachim verbringen, bei ihm lernen und sich bei ihm darauf vorbereiten, ein eigenes Haus zu führen. Er hoffte, daß er während dieser Zeit nicht seine Frau verlieren würde.

Er holte auf und ging an Irays Seite, als sie bei den Pferden ankamen. Flüchtig streifte er ihren Geist mit einer Erinnerungsstütze, die er sorgfältig vor Joachim und Jer abschirmte: *Frau!*

Seine Umsicht war an ihr vergeudet. Sorglos fing sie

den Gedanken auf, wie ein glückliches Kind und machte daraus einen gedanklichen Freudenschrei. Und fügte begeistert hinzu, *Ehemann!*

Eine Bestätigung. Joachim und Jer konnten sie kaum überhört haben. Er spürte dies genauso deutlich, wie seine eigene Verwirrung. Aber schließlich und endlich hatte sie ihm gesagt, was er hören wollte. Und glücklicherweise hatte sie seine Hintergedanken nicht erraten. Natürlich gab es ein Band zwischen ihr und Joachim. Aber nur mehr das Band zwischen einer Frau und dem Mann, der ihr einmal beigestanden hatte. Leidenschaft? Nichts mehr.

Er überlegte, wie er das Schweigen brechen und Joachims und Jers Aufmerksamkeit auf einen anderen Gegenstand lenken konnte. Da bemerkte er das Pferd, das Joachim bestiegen hatte. Ein Vorzeigepferd, sicherlich, genau wie die drei anderen auch. Von vorzüglicher Rasse und ausgezeichnet geschult. Diese Pferde gehörten zu einem Projekt, das Joachim mehr zu seiner Liebhaberei als zu seinem Profit betrieb. Doch das Pferd, das Joachim ritt, war von besonderer Art.

»Joachim, dein Pferd . . .«

Der Hausgebieter lächelte. »Ich habe mich schon gefragt, wann du dich von Iray losreißen wirst, um es zu bemerken.«

Teray verdeckte teilweise sein Gefühl der Neugierde, weil er nämlich tatsächlich neugierig war. Und teilweise verdeckte er seine Gefühle, weil er nämlich erleichtert war, daß Joachim nichts von seiner närrischen Eifersucht bemerkt hatte. Aber das Pferd . . . »Du hast keine geistige Kontrolle über das Pferd?«

»Keine«, sagte Joachim.

Behutsam betastete Teray den Hengst in seinen Gedanken. Behutsam, weil die Tiere genau wie die Stummen leicht beschädigt und leicht getötet werden konnten. Und dazu kam noch, daß unkontrollierte Tiere unbewußt unter dem Einfluß egal welcher Gefühle eines musternistischen Geistes leiden konnten. Und natürlich ganz besonders unter starken Gefühlen. Doch bei diesem Pferd stieß Teray nur auf Ruhe. Auf ungewöhnliche Ruhe.

»Ein Experiment von mir«, sagte Joachim. »Dieses Pferd braucht nicht mehr kontrolliert zu werden als jeder durchschnittliche Stumme. Tatsächlich kannst du es wie einen Stummen programmieren. Und einmal programmiert, könnten die Clayarks aus nächster Nähe eine Kanone abschießen, das Pferd ließe sich nicht beirren. Du brauchst keine Zeit mehr auf die Kontrolle des Pferdes zu vergeuden, wenn deine ganze Aufmerksamkeit von den Clayarks beansprucht wird.« Joachim grinste. »Ich werde dir mehr darüber erzählen, wenn wir zu Hause sind.«

Teray nickte. Zu Hause. Joachim hatte ja keinen Begriff davon, wie gut das für ihn klang. Viel zu lange war die Schule Heimat für Teray gewesen. Seit er den Übergang zum Erwachsensein vollzogen hatte, waren schon fast vier Jahre vergangen. Und die Lehrer hatten ihm nicht mehr viel beibringen können. Doch er war geblieben. Er hatte sich, so gut er konnte, selbst etwas beigebracht, hatte auch gelegentlich Hilfe von einem durchreisenden Hausgebieter bekommen, und hatte auf einen Hausgebieter gewartet, der ihn als Lehrling akzeptieren würde.

Er hatte eine Reihe Angebote als Außenseiter erhalten. Wenn er nicht noch unter dem Schutz der Schule gestanden hätte, wäre sicherlich schon der Versuch unternommen worden, ihn mit Gewalt für eine solche Stellung zu rauben. Ganz ohne Zweifel konnte ihm das immer noch drohen, denn er war jung und unerfahren. Und wenn ein solcher Raub gelänge, würde sein Lehrmeister zu verhindern wissen, daß er sich Kenntnisse erwarb, um ihm gefährlich werden zu können. Aber keiner von ihnen hatte es riskiert, ihn als Lehrling zu nehmen. Ein Außenseiter war ein beständiger Untergebener. Ein Lehrling, ein potentieller Überlegener. Ein Lehrling war das Fohlen am Rande der Herde, das seine Zeit abwartete, bis es den alten Deckhengst besiegen und seine Stelle einnehmen konnte. Oder zumindest schienen die Hausgebieter, mit denen er zu tun gehabt hatte, so zu empfinden.

Man mußte es Joachim hoch anrechnen, daß er keine Angst hatte. Es war sogar so gewesen, daß, als Iray Teray Joachim vorgestellt hatte, der Hausgebieter die Möglichkeit einer Lehrstelle angesprochen hatte, bevor Teray es für klug gehalten hatte, das Thema anzuschneiden. Das mußte schon ein zuverlässiger und ein mächtiger Hausgebieter sein, der einen Lehrling mit Terays Möglichkeiten bei sich aufnahm. Joachim hatte die nötige Sicherheit und Macht, und so kam es, daß Teray jetzt mit ihm zu seinem Haus heimkehrte.

Joachim hatte mit Jer die Führung übernommen. Jetzt rief er ihnen zu: »Wir müssen noch bei Coransees Haus Halt machen. Er möchte mit mir sprechen – wahrscheinlich soll ich ihm wegen der Clayarks helfen.«

Iray zog hörbar den Atem ein. »Coransee aufsuchen! Joachim, ist er dein Freund? So ein mächtiger Herr.« Die meiste Zeit benahm sie sich so kindisch.

Es dauerte eine Weile, bevor Joachim antwortete, dann: »Ich kenne ihn.« Seine Stimme klang bitter. »Wir sind keine Freunde, aber ich kenne ihn.

Coransee war der stärkste Hausgebieter im Gebiet und damit so eine Art inoffizieller örtlicher Führer. Menschen wie Iray erschien er deshalb berühmt. Oft hatte Teray von ihm sprechen gehört, mit Bewunderung und Neid, aber niemals mit Bitterkeit. Doch dann war Teray in die Schule eingeschlossen worden, und dort achteten die Leute auf das, was sie vor den Schulkindern sagten. Nun gut, er war jetzt nicht mehr in der Schule. Er hielt es für richtig, etwas mehr über den Hausgebieter zu erfahren, den er bald kennenlernen sollte. »Joachim?« rief er.

Joachim ließ sich auf Terays Höhe zurückfallen. Jer blieb an der Spitze. *Besser du sagst »Lord Joachim«, Teray. Wenigstens heute. Und ganz besonders, denk daran, »Lord Coransee.« Er legt viel Wert auf solche Formalitäten.*

Teray nahm es mit Interesse auf. Das war die erste nicht vokale Unterhaltung, die er an diesem Tage mit Joachim führte. Und daß sie nicht vokal war, unterstrich nur ihre Wichtigkeit. Er hatte den Befehl und die Warnung verstanden.

Joachim teilte sich weiter mit, und Teray stellte fest, daß er auch mit Iray kommunizierte. *Laß dich mit Jer und mir vorstellen und verschwinde dann zwischen seinen Frauen und Außenseitern.*

»Joachim, warum?« fragte Iray.

Joachim schaute sie schweigend an, bis sie sich selber korrigierte.

»Lord Joachim.«

»Richtlinien, maßgebend nur für diesen Sektor«, sagte Joachim laut. »Nichts mehr.« Mit diesen Worten nahm er seinen Platz neben Jer wieder ein.

Teray beobachtete ihn, und fragte sich, was der Grund für diese plötzliche Zurückhaltung war. Jetzt hätte er gern mehr Fragen gestellt. Doch Joachims Schweigen war undurchdringbar. Es forderte zu keiner weiteren Frage auf.

Sie erreichten Coransees Haus gegen Mittag. Ein vielstöckiges Gebäude, mit Säulen und viel altmodischem Prunk. Darumherum gepflegte Ländereien und Nebengebäude. Das Anwesen war auf einem Hügel errichtet worden und meilenweit sichtbar. Teray wurde klar, warum es den Neid von so vielen weniger hochgestellten Hausgebietern weckte. Und es wurde ihm klar, warum

Coransee für dieses Haus vor mehreren Jahren das Risiko eines Duells eingegangen war. Um sich das Haus anzueignen, hatte er eine mächtige Frau töten müssen, die das Anwesen über zwei Jahrzehnte gehalten hatte. In der Schule hatte Teray Abbildungen von alten Palästen gesehen, die an diesen hier nicht heranreichten. Terays Blick schweifte über Coransees Ländereien, über die saftigen Wiesen, die Pferde und das Vieh, das auf ihnen weidete. Coransee versorgte fast den ganzen Sektor mit Fleisch und Reittieren. Joachim betrieb seine kleine Herde dagegen nur als Hobby.

Aus einem der Nebengebäude eilten ihnen zwei Stumme entgegen, die die vier Neuankömmlinge höflich begrüßten und ihnen die Pferde abnahmen. Auf dem Weg zum Haus warnte Joachim Teray und Iray noch einmal:

»Denkt daran, was ich euch gesagt habe. Verdrückt euch so schnell ihr könnt mit einer Frau, einem Außenseiter, meinetwegen auch mit einem Stummen. Ich werde euch helfen, so gut ich kann.«

Teray nickte und Joachim ließ sie eintreten.

In dem weiträumigen Aufenthaltsraum, in dem sich Teray wiederfand, saßen und standen mehrere Frauen und Außenseiter beim Kamin versammelt. Bevor Teray einen klaren Gedanken fassen konnte, was er tun sollte, empfing er die Information, *er weiß, daß du hier bist. Er kommt.*

Joachim dankte und setzte sich. Die anderen folgten seinem Beispiel. Sie mußten nicht lange warten.

Im gleichen Moment, in dem Coransee eintrat, stieg die Spannung im Raum. Der Hausgebieter strahlte Macht aus, aber nicht nur die Macht, die sich aus der Sicherheit nährt, sondern auch aus dem Hochmut. Ein Mann, der selbstverständlich in Anspruch nahm, daß die Leute in Ehrfurcht zu ihm aufschauten. Ein Mann, den Teray auf Anhieb nicht leiden mochte. Das Muster klärte

Teray darüber auf, daß er und Coransee nicht miteinander auskommen würden. Sie nahmen im Muster einen weit entfernten Platz ein. Der Grund für diese Entfernung konnte zwei Ursachen haben; entweder eine außergewöhnlich gefühlvolle und weitreichende Unähnlichkeit, oder gefährliche Nähe – Habgier oder Falschheit zum Beispiel. Was immer es auch sein mochte, es trennte ihn und Coransee gründlich.

Als der Hausgebieter eintrat, erhoben sich die vier Besucher. Coransee war groß, muskulös, doch er wirkte nicht so stämmig wie Joachim. Überrascht stellte Teray fest, daß er in Coransees Geist gesehen hatte und dieser Anblick ihn verwirrte. Doch kaum, daß er dieses Gefühl wahrgenommen hatte, war es auch schon wieder verschwunden. Erst dann fiel ihm auf, daß Coransee ihn in der gleichen Weise ansah. Doch es gelang Coransee nicht so schnell, seine Reaktion zu verstecken. So konnte sich Teray in Ruhe fragen, was er denn in den Augen des Hausgebieters erblickt hatte, welche Schlüsse er daraus auf seine Gedanken ziehen konnte. Aber was es auch gewesen sein mochte, der Eindruck verflüchtigte sich schnell in seiner Verwirrung. Dann schirmte Coransee seine Gedanken ab, und Teray empfing nichts mehr. Instinktiv schirmte auch Teray seine Gedanken ab, doch hinter seinem Schild fragte er sich weiter.

Plötzlich, es kam einem Angriff gleich, schoß Coransee einen starken Geistesblitz auf Terays Schutzschild ab. Mit der Absicht, ihn zu durchbrechen. Ohne Zweifel. Ganz offensichtlich hatte er etwas in Terays Gedanken wahrgenommen, das seine Aufmerksamkeit fesselte. Er wollte noch einmal Einsicht nehmen. Doch es gelang ihm nicht; Terays Abschirmung hielt stand. Doch bevor Teray die unvorhergesehene Attacke zurückgeben konnte, ergriff Joachim wütend das Wort.

»Coransee! Mein Lehrling ist ein Gast in deinem Haus.

Er hat dich nicht beleidigt. Was ist los?«

Einen Augenblick lang starrte Coransee ihn mit kalter Wut an. Sah ihn an, als wenn er ein unwillkommener Eindringling in eine private Unterhaltung sei. »Nichts ist los«, sagte er schließlich. »Dein Lehrling ist ein sehr fähiger junger Mann. Ich glaube, ich habe schon einmal seine Bekanntschaft gemacht – vielleicht habe ich ihn bei einer meiner Erkundungsfahrten durch die Schulen gesehen.«

Joachim gab Teray keine Gelegenheit, dies zu verneinen. »Mag sein«, sagte er. »Dennoch kann ich darin keinen Grund erblicken, warum du ihn jetzt angegriffen hast.« Joachim atmete tief durch, um sich zu beruhigen. »Er heißt Teray. Und dies ist seine Frau Iray und dies mein Außenseiter Jer.«

Coransee nickte den Gästen zu. Doch seine Aufmerksamkeit haftete unverwandt an Teray.

»Teray«, wiederholte er und dehnte nachdenklich das Wort. »Warum hast du einen Namen gewählt, der auf ›ray‹ endet, mein Junge?«

»Das ›Junge‹ störte Teray, aber er tat, als habe er es überhört. »Es geht die Sage, daß ich einer der Söhne von Rayal bin, dem Gebieter über das Muster«, antwortete er. Sein Name hatte schon öfters Aufsehen erregt, und er hatte dafür gekämpft. Er hatte sich das Recht erstritten, diesen Namen führen zu dürfen, solange er in der Schule lebte.

»Rayal?« Coransee zog eine Augenbraue hoch. »Rayals Kinderzahl steigt in die Hunderte. Du bist darunter das erste, dessen Bekanntschaft ich mache, das sich selbst für würdig hält, seines Vaters Namen zu tragen.«

Teray zuckte mit den Schultern. »Ein Erwachsener kann sich seinen Namen selber wählen. Ich habe mich entschieden, meines Vaters Namen zu tragen.«

»Und damit hast du dich auch für deine Frau entschieden, wie ich hörte.«

»Nein, Lord. Sie kam zu mir freiwillig, und freiwillig hat sie sich ihren eigenen Namen ausgesucht.«

»Tatsächlich.« Coransees Aufmerksamkeit schien abzuschweifen. Er entspannte sich und löste die totale Blockade seiner Gedanken zu einer zwar noch starken, aber umgänglicheren Abschirmung auf. Einen Augenblick lang kam etwas an die Oberfläche, so daß Teray schon dachte, er hätte den Gedanken erhascht. Sicherlich wäre es ihm gelungen, wenn er sich mehr darauf konzentriert hätte. Aber so ließ er den Gedanken entwischen. Ohne sichtlichen Grund wechselte Coransee das Thema.

»Joachim, ich habe einen Künstler für dich.«

Der plötzliche Themawechsel überraschte Joachim ebenso wie Teray. Joachim äußerte sich nur mäßig begeistert. »Einen Künstler? Ich habe schon überall im Sektor nach einem guten Künstler Ausschau gehalten, der mit meinen Außenseitern arbeiten soll.«

»Ich weiß.« Zum ersten Mal lächelte Coransee. »Und dies ist ein ganz besonderer Künstler. Sehr einfühlsam. Fantastisch einfühlsam.«

Joachim gab seine Reserviertheit auf. »Für gewöhnlich sind sie dann schon mehr als ein bißchen verrückt, wenn sie zu einfühlsam sind. Sie sind dann nicht mehr in der Lage, ihre Fähigkeit unter Kontrolle zu halten und selektiv zu empfangen.«

»Oh, dieser Junge hat Kontrolle über sich. Greift selbst latente Bilder auf, egal von wem – von Musternisten, Stummen, Tieren, selbst von Clayars. Wie viele Künstler sind dir bekannt, die ihre Hand auf einen Kiesel legen, den ein Clayark geworfen hat, und dir dann dessen Lebensgeschichte erzählt?«

»Clayarks?«

»Teste ihn.«

»Ich habe noch nie einen Künstler kennengelernt, der

in der Lage gewesen ist, Gedanken von Clayarks aufzufangen. Ruf ihn.«

Coransee wandte sich der Gruppe von Frauen und Außenseitern am Kamin zu und rief: »Laro!«

Einer der Außenseiter stand auf und kam zu Coransee hinüber. Ein junger Mann, kaum älter als Teray. Klein und von zartem Knochenbau bewegte er sich mit flinken graziösen Schritten. Das Muster schätzte ihn als einen Mann ohne große geistige Kraft ein. Mochte er auch sein Handwerk verstehen, mehr als ein Außenseiter würde er nie werden können. Mit Glück würde ihm sein Talent einen angenehmen Platz in irgendeinem Haus einbringen, und mit Glück würde ihn kein streitsüchtiger Geist aufstören, um ihn aus dem Haus zu vertreiben. Hatte er jedoch Pech, würde er bald getötet werden.

Coransee stellte den Künstler vor. »Laro, dies ist Lord Joachim und einige Mitglieder seines Hauses. Zu seinen Bediensteten zählen Künstler und Handwerker.«

Laro neigte den Kopf und sprach respektvoll. »Mein Lord.« Joachim stand ihm im Muster nahe, stellte Teray fest. Das konnte bedeuten, daß Joachim ihn wahrscheinlich kaufte. Joachims Leute waren in der Lage, sich in eine tödliche Kampfmaschine umzuwandeln, die die Clayarks mieden. Das war nur möglich, weil Joachim sie so sorgfältig aussuchte. Er wählte sie nicht nur nach ihrem Verstand und ihrer Kraft aus, sondern nach ihrer Verträglichkeit innerhalb des Musters. Das Muster war ein weit ausgespanntes Geflecht geistiger Glieder, die jeden Musternisten mit dem Gebieter des Musters vereinigten. Das erste Ziel eines jeden war, seinem Gebieter alle Kraft zu geben, die er benötigte – Kraft, die sich durch ihre geistigen Verbindungen kanalisierte – um die Angriffe der Clayarks abzuwehren. In der Regel wurde das Muster viel öfter zur Hilfe herangezogen, als Joachim und auch Teray es beanspruchten, nämlich nur um die geistige Kraft anderer Musternisten einzuschätzen und ihre Verträglichkeit zueinander.

Teray wandte seine Aufmerksamkeit wieder den beiden Hausgebietern zu. Coransee listete gerade die Verdienste des Künstlers auf – zweifellos um den jungen Mann attraktiver erscheinen zu lassen, wurde kein Preis genannt. Die Hausgebieter achteten nicht auf Teray und Teray hatte kein Interesse an dem Kaufgespräch. Leicht berührte er Iray und beiden gingen hinüber zu der Gruppe, die Laro verlassen hatte. Ganz offensichtlich hatte auch Iray sich wieder an Joachims Anweisungen erinnert. Coransee hielt sie auf.

»Teray, Iray, wartet.« Er lächelte wieder. Ein offenes freundliches Lächeln, dem Teray bei jedem anderen getraut hätte. »Laß uns Laros Können bewundern.« Ein Befehl im Gewand einer Einladung.

Teray und Iray kamen sich ertappt vor. Langsam kehrten sie um und setzten sich wieder. Teray beobachtete den Künstler. Dieser durchquerte den großen Raum und ging zu der Gruppe von Frauen und Außenseitern, die er gerade verlassen hatte. Er holte von dort drei Keramikfiguren und ein kleines Bild. Jetzt erst wurde Teray klar, warum die Gruppe so abgeschlossen gewirkt hatte. Der Künstler hatte sie unterhalten.

Nun war Joachim an der Reihe, eine Probe seines Könnens zu testen.

Laro überreichte Joachim das Bild. Die Figuren gab er an Teray, Iray und Jer weiter. Terays erster Gedanke war, daß es sich bei seiner Keramikfigur um ein wildes Tier handelte. Doch als er es in der Hand hielt, fiel ihm auf, daß das muskulöse vierbeinige Tier einen menschlichen Kopf hatte. Das Ding war ein Clayark.

Interessiert betrachtete Teray die Figur. In der Schule hatte er Bilder von den Clayarks gesehen, aber niemals so lebensecht wie dieses hier. Er bildete sich ein, daß seine Hände fast die Wärme und die Wölbungen des Fleisches spüren konnten.

Er hüllte die Plastik in seinen Händen ein und schloß die Augen. Er öffnete seinen Geist, und wartete, was auch immer auf ihn zukommen mochte. Er stellte sich auf einen Sprung ein. Er war darauf vorbereitet – aber nicht genügend.

Plötzlich, erschreckend plötzlich, war Teray selber der Clayark. Keine Zeit sich umzugewöhnen, keine Zeit sich einzugewöhnen. Er fühlte sich selbst ergriffen und besessen von dem durch den Künstler eingepflanzten »Bewußtsein« der Gestalt. Nach einiger Zeit entdeckte Teray, wie er sich wehren konnte, und gleichzeitig hatte er genug entdeckt, um zu wissen, daß er sich besser nicht wehrte. So blieb er der Clayark. Er fand sich in einer fakkelerleuchteten Höhle im Gebirge weit im Osten von Redhill wieder. Deutlich erkannte er die grauen Felswände und die Flammen der Fackel. Er gehörte zu einem Familienverband, der Munition herstellte. Er und seine Leute machten die Gewehre, mit denen andere Clayarks Nahrung schossen und die Musternisten bekämpften. Doch der Sinn stand ihm nicht nach Waffenproduktion. Er war herausgefordert worden.

Das geschmeidige junge Weibchen, das ein wenig abseits stand, ihn beobachtete und stolz ihren Kopf erhoben hielt – sie war sein. Sie war die Tochter des Brudes seiner Mutter und ihm schon lange versprochen. Nur er hatte ein Recht auf sie. Und nicht dieser andere, dieser Hund mit dem Schnauzengesicht. Der andere, der Herausforderer, strotzte vor Fett und Muskeln. Die jahrelange Arbeit mit den schweren Metallteilen, hatte ihm große Kraft verliehen. Und jahrelang hatte er sich vollgestopft wie ein Schwein. Dadurch war er langsam und tollpatschig geworden. Der Clayark, der Teray war, lauerte auf ihn.

Teray, der Clayark, biß zu und holte mit den verschwielten Händen – besser Tatzen – aus. Er riß an dem Gegner, schlug zu, und brachte sich mit gewandten und schnellen Sprüngen in Sicherheit, so daß sein Gegner ihn nicht packen konnte. Dieser hatte nur Kraft in seinen mächtigen Armen. Oder besser Vorderbeinen. Solange der Clayark Teray diesen Armen ausweichen konnte, war er in Sicherheit.

Dann stolperte der Clayark Teray und fiel fast über einen Gesteinsbrocken. Da erwischte ihn einer der wuchtigen Schläge seines Gegners. Seine Hand klammerte sich um den Stein, als er getroffen zur Seite flog. Er wirbelte herum und ging erneut in Angriffsstellung. Er richtete sich auf seinen Hinterbeinen auf, die eher einer Wildkatze als einem Menschen gehören mochten. Auch sein Gegner richtete sich auf, gierig ihn endlich niederzumachen, da schleuderte Teray der Kreatur den Stein an den Kopf. Dann ließ er sich triumphierend auf allen vieren nieder und sah zu, wie sein Angreifer starb.

Teray öffnete die Augen und starrte entgeistert auf die kleine Figur in seiner Hand. Viel deutlicher als vorher fiel ihm ihre Schönheit und ihre Perfektion auf. Wie nannten sich doch die Clayarks selber? Sphinx. Kreaturen einer früheren Mythologie, mit den Körpern von Löwen, mit den Köpfen von Menschen. Die Beschreibung war nicht ganz zutreffend. Die Clayarks hatten keinen Pelz und keinen Schwanz, dafür verfügten sie über Hände. Aber sie ähnelten viel mehr diesen mythologischen Kreaturen – die letztendlich zum Teil Menschen waren – als Tieren, wie Teray bis zu diesem Zeitpunkt angenommen hatte.

Und Außenseiter mußten auch nicht unbedingt Wesen niederer Art sein, so wie Teray sie immer eingestuft hatte. Der Künstler Laro hatte etwas vollbracht, was selbst Rayal nicht geschafft hätte. Kein Musternist konnte den Geist eines Clayarks auf direktem Wege nachempfinden.

So gab zumindest ihr Leiden den Clayarks Schutz vor ihren Feinden, den Musternisten. Nur äußerst sensible Künstler waren in der Lage, flüchtige Eindrücke der Clayarks zu vermitteln, und das auch nur mit Hilfe von Gegenständen, die Clayarks berührt hatten. Laro vermittelte nicht nur solche Eindrücke, sondern er arbeitete sie auf, vergrößerte sie und pflanzte sie in seine Figuren und Bilder. Terray erregte die Aufmerksamkeit des Künstlers und übersandte ihm seine schweigsame Hochschätzung. Laro lächelte.

Gleichzeitig mit Terray hatten auch Jer und Iray ihre Studien abgeschlossen. Alle drei warteten nun gespannt auf Joachim, der schweigend das Bild betrachtete. Nichts in seinem Gesicht verriet, was er dachte, aber sie alle erkannten, daß er völlig in dem Bild aufgegangen war. Dann war Joachim mit der Betrachtung am Ende und schaute auf.

Er legte das Bild zur Seite und drehte sich zu Coransee um. Es fiel ihm schwer, seine Aufregung zu verhüllen. »Was willst du für ihn?«

Wenig später hatten sie sich alle in Coransees Büro niedergelassen, Terray, Joachim, Laro und Coransee. Gespannt warteten sie darauf, daß Coransee den Preis nannte. Joachim hatte versucht, Terray zu übermitteln, daß Laro ihnen noch mehr Kostproben seines Könnens zur Unterhaltung gewähren sollte, aber Coransee hatte auf dem sofortigen Geschäftsabschluß bestanden.

»Er ist ein Lehrling«, sagte der Hausgebieter.

»Warum soll er nicht schon jetzt etwas lernen.«

Dann, was den Handel anging: »Joachim ich mußte mit einem anderen Sektor verhandeln, um Laro zu bekommen. So jemanden wie ihn findet man selten, und ich hatte mich darauf versteift, ihn zu besitzen. Er steht mir genauso wie vielen meiner Leute im Muster nicht sehr nahe, aber das ist für mich weniger wichtig als für dich.

Ich bin bereit, ihn an dich zu verkaufen, wenn Laro dem Geschäft zustimmt.«

Sofort ergriff Laro das Wort. »Ich bin einverstanden, Lord. Ich bin hier bei dir zufrieden gewesen. Ich meine das so. Aber Lord Joachim und seine Leute scheinen mir im Muster näher zu stehen.«

Coransee nickte. »Genau das habe ich auch gedacht. Wir werden also das Geschäft machen, Joachim.«

Joachim lehnte sich zurück. »Also wie ich schon soeben fragte, was willst du für ihn?«

»Ich handle um mehr Kraft, wie immer«, sagte Coransee. »Der letzte erfolgreiche Clayarküberfall hat wieder einmal ganz deutlich gezeigt, daß ich nicht genug Kraft habe.«

»Wenn du Laro gegen jemanden eintauschen möchtest, würde ich dir raten, auf seine Verträglichkeit im Muster zu achten«, sagte Joachim. »Bei einer harmonischen Zusammensetzung im Muster würdest du dir die Clayarkangriffe ersparen, die immer noch gefährlich und lebensbedrohend für dich sind. Aber jetzt verhandeln wir, und ich habe nicht einmal jemanden, der dir im Muster nahesteht.«

»Würdest du mir Jer überlassen, den Außenseiter, der dich hierher begleitet hat?« fragte Coransee. Teray runzelte die Stirn. Er hatte den Eindruck, daß der Hausgebieter dies nicht ernst meinte. Teray ging davon aus, daß er an Jer überhaupt nicht interessiert war.

»Jer ist jung«, sagte Joachim, der auf den Vorschlag einging. »Seit seiner Überführung sind erst zwei Jahre vergangen. Aber er hat die Kraft, die dir fehlt.«

»Du würdest mir also Jer überlassen?« fragte Coransee leise.

»Wenn du ihn willst.«

»Natürlich nicht.«

»Dann nicht.«

»Nun bist du erleichtert. Was deine Leute angeht, bist du manchmal sentimental. Aber du willst auch diesen Künstler. Das ist ganz offensichtlich. Für ihn würdest du wahrscheinlich jeden zum Handel anbieten, bis hinauf zu deiner Hauptfrau.«

Joachim machte nicht gerade ein glückliches Gesicht. Coransee spielte mit ihm. Er hielt ihm den Künstler vor die Nase, nannte aber keinen Preis.

Milde gesagt, benahm er sich unverschämt gegenüber Joachim.

»Coransee zum dritten Mal, sag mir, was du dafür haben willst.«

»Natürlich«, sagte Coransee. »Natürlich. Ich biete dir Laro gegen Teray.«

Die Antwort kam unerwartet, Joachim schien einige Minuten zu brauchen, um sie zu verdauen. Oder, was auch anzunehmen war, Joachim nutzte diesen Augenblick des »überraschten Schweigens«, um sich eine Absage zu überlegen, damit dieser Handel nicht geschlossen werden konnte.

Teray schaute von einem zum anderen. Als Coransee sein Angebot präzisierte, hatte Teray es schon in seinen Gedanken gelesen. Joachim sicher auch. Coransee war ein wenig zu gierig gewesen und hatte in der Aufregung seine Gedanken nicht so gut versteckt, wie er es hätte tun müssen. Dank seiner Nachlässigkeit hatte Teray auch noch etwas anderes erfahren – etwas, was einen Hinweis gab, warum der Hausgebieter Teray gegen ein Talent wie Laro austauschen wollte. Ein Talent, daß ihn sicherlich mehrere seiner Leute gekostet hatte.

Aber vielleicht würde das gar nicht wichtig sein. Denn schon wies Joachim das Angebot zurück.

»Coransee, ich habe dir schon gesagt, dieser Mann ist ein Lehrling, und kein Außenseiter. Er ist nicht mein Eigentum. Wie du weißt, untersteht er als Lehrling noch dem Schutz der Schule. Ich kann nicht über ihn verfügen.«

»Du würdest ihn auch nicht hergeben, wenn du könntest.« Coransee sprach gelangweilt, als ob genau die Antwort gekommen wäre, die er erwartet hatte, und als ob er nur ein Spiel spielte. »Wollen wir doch die Sache beim Namen nennen, Joachim. Du willst meinen Künstler, und ich brauche deinen Lehrling. Laro steht dir im Muster viel näher als Teray. Und Gesetz hin, Gesetz her, Teray würde keine Macht haben, sich dagegen zu wehren, wenn du ihn mir überläßt.«

Überraschenderweise schien Joachim einen Augenblick lang darüber nachzudenken. Teray, der ihn beobachtete, fühlte, wie Angst in ihm aufstieg. Er hatte so lange gewartet, weil er vermeiden wollte, als Außenseiter zu enden. Wenn jetzt, schon am ersten Tag nachdem er die Schule verlassen hatte, all dieses Warten umsonst gewesen sein sollte . . .

»Du hast über die Kraft gesprochen«, sagte Joachim. »Da nun die Clayarks einen Weg gefunden haben, unbemerkt in den Sektor einzudringen, benötige ich Terays Kraft selber.«

»Wofür? Du weißt doch genau, daß dein Miniaturmuster jeden Clayark hinwegfegt, der zufälligerweise noch nichts davon gehört haben sollte, daß es Zeitverschwendung ist und lebensgefährlich, dich anzugreifen.

»Auch ein Miniaturmuster kann zusätzliche Kraft gut gebrauchen.«

»Ich schütze die Schule«, sagte Coransee. »Und ich brauche die stärksten Außenseiter, die es gibt, im Interesse der Schule.«

Joachim knurrte mißfällig. »Du gibst dir nicht einmal die Mühe, mir zu glauben. Worum geht es wirklich, Coransee? Warum willst du unbedingt meinen Lehrling?«

»Vielleicht weil er auch ein Sohn des Gebieters über

das Muster ist, ein Sohn von Rayal?« Es war das erste Mal, daß Teray sich in das Gespräch einmischte. »Vielleicht weil er einer meiner Brüder ist?« Er hatte die Frage nicht direkt an Coransee gerichtet, aber er sah ihn an, als ob er von ihm eine Antwort erwartete.

Verblüfft erwiderte Coransee seinen Blick. Nur einen Moment lang. Dann lächelte er – doch sein Lächeln strahlte Kälte aus – und setzte das Gespräch mit Joachim fort. »Hast du es gemerkt? Schon hat er bewiesen, wie nützlich er mir ist. Ich war nachlässig im Schutz meiner Gedanken, und augenblicklich hat er mir das in den Sinn gebracht.« Und zu Teray gewandt: »Was hast du noch aufgeschnappt . . . Bruder?«

Da wußte Teray, daß er einen Fehler gemacht hatte. Er hätte seine Entdeckung für sich behalten sollen – und damit seine Fähigkeiten, nämlich die Kraft und die List. Aber jetzt war es zu spät. Den einmal aufmerksam gewordenen Coransee würde keine Lüge mehr ablenken können.

»Darüber hinaus nur noch eure Absicht, mich zu eurem Außenseiter zu machen, Lord.«

»Und was denkst du von dieser Absicht?«

Vielleicht war es dieser leutselige Mann-Kind-Ton in Coransees Stimme, der verhinderte, daß Teray die dringenden Warnungen, die Joachim ihm zusandte, nicht auffing und so antwortete, wie ihm der Sinn stand.

»Die Sklaverei hat mich noch nie besonders gereizt, Lord.«

Coransees Stimme wurde hart. »Du setzt also Außenseiter mit Sklaven gleich. Und natürlich würdest du niemals freiwillig ein Sklave werden, nicht wahr?«

Teray! Endlich hatte es Joachim geschafft, daß Teray seine Gedanken fühlte. *Halt dich da raus! Du weißt nicht, was du tust. Je mehr du ihn reizt, desto geringer werden unsere Chancen.*

Ich will kein Außenseiter werden, Joachim. Teray schützte seine Gedanken so gut er konnte vor Coransees Einfluß.

Du wirst einer werden, wenn du nicht augenblicklich aufhörst, dich einzumischen und mir die Verhandlung überläßt. Ich habe mich darauf eingestellt, wenn es sein muß, den ganzen Tag darum zu feilschen.

Er läßt sich das nicht ausreden. Er hat sich das in den Kopf gesetzt. Früher oder später werde ich mich ihm stellen müssen, das ist gar keine Frage.

Wenn du dumm genug bist, ihn angreifen zu wollen, Teray, das verspreche ich dir, werde ich mich auf seine Seite schlagen. Und jetzt halt den Mund und verdrück dich mit Laro!

Die geballte Wut von Joachim hatte Teray verletzt. Ohne Zweifel meinte der Hausgebieter es ernst. Der Dialog hatte nur wenige Sekunden gedauert, die Unterhaltung war noch im Fluß und Coransees letzte Frage unbeantwortet. Er mußte also noch diese Frage beantworten und darauf achten, daß er sich nicht noch tiefer verstrickte. Irgendwie. Er setzte gerade zum Sprechen an, als Joachim ihm die Sache aus der Hand nahm.

»Verhandelst du mit mir, Coransee, oder mit meinem Lehrling?« fragte er wütend.

Langsam drehte sich Coransee zu Joachim um. Teray war erleichtert, daß er dem Blick des Mannes nicht länger ausgesetzt war.

»Meinst du nicht, daß der Junge dazu auch etwas zu sagen hat?« fragte Coransee.

»Du hast es eben selber ausgesprochen.« Joachim betonte ausdrücklich diese Worte, Vokal und Mental. »Er wird das zu akzeptieren haben, was wir entscheiden. Er müßte nicht einmal hier sein. Genausowenig wie dein Künstler.«

»Das stimmt«, gab Coransee zu. Terays Angst wuchs, denn er fragte sich, wie Joachim es wohl aufnehmen würde, daß seine ernsten Worte mit nicht mehr als mildem Vergnügen beantwortet wurden. »Aber der Junge hat recht. Früher oder später wird er gegen mich antreten müssen.«

Teray entgegnete nichts, noch entsandte er einen Gedanken, als er das Büro verließ. Die Bemerkung, die Coransee zufällig in der Unterhaltung mit Joachim hatte fallen gelassen, ein Gedanke, den er, Teray, nicht genügend abgeschirmt hatte, war nicht mehr als recht und billig die Replik auf das, was er vorher getan hatte. Aber dennoch ärgerte es ihn. Niemandem sollte es gelingen, seinen Gedankenschutz so einfach beiseite zu wischen. Auch er war nachlässig gewesen. Das würde ihm nicht wieder passieren.

So schnell wie möglich machte er Iray ausfindig, und dann zog er sich mit ihr zurück. In eine Ecke, wo er ihr alles erzählen konnte.

Sie hörte ihm zu, und ihre Augen weiteten sich ungläubig. Bevor sie zur Antwort ansetzen konnte, unterbrach sie ein Stummer, der ihnen kühle Getränke und Essen anbot . . . Das erste Mal, daß er ihr vorwerfen mußte, daß sie unhöflich zu einem Stummen gewesen war.

»Geh weg! Laß uns allein!« *Terray, wo warst du stehen geblieben?*

»Sprich laut«, befahl er ihr. »Und schütze deine Gedanken. Sonst weiß bald genug das ganze Haus davon.«

Aber Joachim würde . . .

»Iray!«

Sie schaltete mitten im Satz um ». . . doch nicht um dich feilschen. Niemals. Er braucht dich. Du bist der stärkste Mann, den er je für sein Haus aufgetrieben hat.«

»Du hast mich mißverstanden, nicht er hat mich zum Handel angeboten. Ich sagte, Coransee wollte, daß er mich zum Handelsobjekt macht.«

»Aber warum?«

»Ich weiß es nicht.« Teray runzelte die Stirn. »Er hat herausgefunden, daß er mein Bruder ist – Halbbruder wahrscheinlich. Damit muß es etwas zu tun haben.«

»Und was?«

»Ich sagte dir schon, ich weiß es nicht.«

»Da muß noch etwas sein. Vielleicht braucht er wirklich deine Kraft, wenn die Clayarks ihn angreifen.«

»Sicher kann er meine Kraft gebrauchen. Aber das ist nicht wirklich der Grund. Er hat gar nicht erwartet, daß wir ihm das abnehmen.«

»Vielleicht will er nur Joachim eins auswischen – sich für irgend etwas rächen.« Sie schüttelte wütend den Kopf. »Vielleicht findet er es gut, der Sohn von so einer Clayark-Hure zu sein!« Sie lehnte sich gegen ihn und strahlte Zorn aus. »Joachim wird es zu verhindern wissen«, sagte sie. »Er muß so etwas erwartet haben, sonst hätte er uns nicht vorher gewarnt. Aber es darf nicht angehen, daß wir von ihm abhängig sind.«

»Hoffentlich. Aber da war noch etwas . . . Kurz bevor er mir befahl, mich aus dem Gespräch rauszuhalten. Er drohte mir, Coransee zu helfen, im Fallle daß ich Coransee angreife.«

»Er war zornig, er hat das nicht so gemeint.«

»Einverstanden, er war zornig. Aber er hat es so gemeint. Er würde es tun.«

Sie öffnete den Mund, um zu protestieren, um Joachim zu verteidigen. Dann schloß sie ihn wieder und senkte den Kopf. »Das darf nicht passieren, Teray.« Sie schien der Furcht zu erliegen, die sie mit ihrem Zorn zurückgehalten hatte. Sie klammerte sich an ihn, sie zitterte. »Ist dir nicht klar, was das bedeutet?« flüsterte sie. »Die Außenseiterbeschränkung.«

Er erwiderte nichts, sondern sah sie nur an. Sie wußte, welche Beschränkung sie im Kopf hatte. Es gab mehrere: Außenseiter durften nicht nach freiem Belieben Vater werden, und natürlich hatten sie kein oder nur wenig Mitspracherecht, wenn es darum ging, wo sie wohnten oder wie lange sie an diesem Ort wohnten. Sie waren Eigentum. Aber die Beschränkung, die Iray im Kopf hatte, war die, daß Außenseiter nicht heiraten durften. Sie durften sich mit jeder Frau im Hause zusammentun – solange wie sie nicht Nachkommenschaft zeugten. Doch wenn, wie in Terays Fall, ein Mann seine Freiheit verliert, nachdem er sich verheiratet hat, muß seine Frau ihren Platz unter den Frauen des Hauses, unter den Frauen des Hausgebieters einnehmen. Und sie würde die einzige Frau sein, der der Umgang mit ihrem früheren Ehemann verboten wäre.

Die Gesetze waren alt und stammten aus härteren Zeiten. Es mochte auch ganz vernünftig sein, daß man schwachen Männern verbat, potentiell schwache Kinder zu zeugen, wie man es in den alten Aufzeichnungen lesen konnte. Aber warum verbot man einem Mann seine Ersterwählte, während man ihm alle anderen erlaubte? Welchen anderen Grund mochte es dafür geben als den, daß man ihn beständig daran erinnern wollte, daß er nicht mehr wert war als ein Sklave?

Hörbar zog Teray den Atem ein. Letztendlich spielte es keine Rolle, warum die Gesetze gemacht worden waren, das einzige, was galt, war, daß sie immer noch angewendet wurden, jeden Tag. Wenn Joachim jetzt Teray im Stich ließe, würden die Gesetze gegen sie angewendet werden.

Nein, Teray hatte sich Joachim ausgesucht, genausogut wie dieser sich Teray ausgesucht hatte. Er mochte den Mann. Iray würde recht haben. Joachim würde auf den Handel nicht eingehen. Sie unterhielten sich noch eine ganze Weile. Teray beruhigte Iray und sich selbst, da kam wieder ein Stummer auf sie zu und teilte ihnen mit, daß Joachim sich entschieden hatte, über Nacht zu bleiben. Auch ihnen sei ein Raum zugewiesen worden. Wenn sie sich dort hinbegeben wollten . . .

*

Das Abendessen nahmen sie in ihrem Schlafzimmer ein. Ein junges Stummenmädchen, das umsichtig genug war, ihre Situation zu erfassen, bediente sie unauffällig. Das Mädchen verließ gerade das Zimmer, als Joachim eintrat. Das Stummenmädchen lächelte ihn beim Hinausgehen an. Joachim wartete schweigend, bis sie die Tür hinter sich geschlossen hatte. Dann durchquerte er den Raum, immer noch schweigsam. Teray stand auf.

Joachim sah ihm ins Gesicht und blickte ihm fest in die Augen. »Es tut mir leid, Teray.«

»Leid?« Teray wiederholte das Wort ganz mechanisch. Dann explodierte er: »Leid! Willst du damit sagen, daß du in den Handel eingeschlagen hast? Du hast mich eingetauscht?«

»Ja.«

»Joachim, nein!« Iray schrie diese Worte fast. Auch sie sprang auf und gesellte sich zu Teray. »Du hast uns verraten.« Sie strahlte mehr Zorn als Angst aus. »Und das, nachdem ich dich Teray vorgestellt habe.«

»Wie konntest du so etwas tun?« fragte Teray. »Warum hast du das getan?«

Joachim wandte sich zur Seite. Er ging zum Fenster. »Du hast ihn ja selber gehört. Er wollte dich. Ich konnte ihn nicht aufhalten.«

»Warum hast du mich dann nicht selber meinen Fall verteidigen lassen?«

»Du kannst es immer noch versuchen, wenn du willst.« Sorgenvoll schüttelte Joachim den Kopf. »Früher oder später wirst du es wahrscheinlich tun, weil du es dir in den Kopf gesetzt hast. Und er will wissen, wie stark

38

du wirklich bist. Und er will auch, daß du seine Stärke kennenlernst. Er will dich in deine Schranken verweisen.«

»Bist du dir dessen so sicher, daß ich keine Chance gegen ihn habe?«

»Überhaupt keine Chance. Vielleicht in ein paar Jahren, wenn du mehr Übung und Erfahrung hast, wenn du gelernt hast, dich unter Kontrolle zu halten. Aber jetzt . . . Er wird dich vor dem gesamten Haus demütigen, er wird dich vor Iray demütigen.« Er sah zu Iray hinüber. »So wird es sein.«

»Was dich betrifft, so ist das schon geschehen«, sagte Iray.

Joachim erwiderte nichts.

»Wie dem auch sei, du hast uns verkauft, und du bist dafür bezahlt worden.« Ihre Stimme klang hart, härter als Teray sie je gehört hatte. »Und es tut dir leid! Was willst du noch? Das wir dir vergeben?«

Joachim antwortete leise: »Ich habe alles versucht. Ich habe alles versucht, um ihn davon abzubringen.«

»Das glaube ich nicht. Entweder du wolltest den Künstler und hast getan, was nötig war, um ihn zu bekommen, oder du hast dich von Coransee einschüchtern lassen.« Sie sah ihm in die Augen. »Du hast Angst vor ihm, nicht wahr?«

Verblüfft sah Teray zu Joachim auf. Der Hausgebieter sah müde aus, es ging ihm schlecht. Aber er sah nicht so aus, als ob er Angst hätte.

»Ich habe Angst um Teray«, sagte Joachim leise, »und um dich.«

»Dann hilf uns«, forderte Teray. »Wir brauchen deine Hilfe, nicht deine Angst!«

»Ich kann euch nicht helfen.«

»Du meinst, du willst uns nicht helfen. Kein Außenseiter ist soviel wert wie die Genugtuung, daß du ihn dadurch ärgerst, daß du mich behältst. Und dafür müßtest du nicht einmal kämpfen.«

»Teray, es ist gar nicht so schlimm, wie du denkst, ein Außenseiter zu sein.« Joachims Stimme klang verzweifelt. »Wenn du es nur annehmen würdest, wenn du nur aufhören würdest, Coransee zu bekämpfen, er kann dir viel mehr beibringen als ich. Er steht dir im Muster näher, als du denkst.«

»Und was geschieht mit mir, mein Lord?« Wenn Iray noch Kindliches bewahrt haben sollte, in diesem Augenblick war es vergangen. »Ist es auch für mich ›nicht so schlimm wie ich denke‹, daß ich nichts mehr mit meinem Ehemann zu tun haben darf und sein Sklavenherr auch mein Besitzer ist?«

Joachim schüttelte den Kopf, sein Gesicht war schmerzverzerrt. Er versuchte sie mit seinen Gedanken zu erreichen, aber sie hatte sich vor ihm verschlossen. Er legte ihr die Hand auf die Schulter und hielt sie fest, als sie sich aus seinem Griff winden wollte. »Wenn ich euch helfen könnte, meinst du wirklich, ihr müßtet mich noch darum bitten?«

Teray betrachtete ihn für einen Augenblick schweigend, dann: »Sag uns, warum du uns nicht helfen kannst.« Er glaubte, daß er es wußte. Joachims Ängste waren wahrhaftig genug. Doch es war nicht die Furcht, die Iray bei ihm vermutet hatte.

Joachim ließ Iray los und wandte sich Teray zu. »Du weißt es, nicht wahr?« fragte er leise. »Du bist zu gut. Du siehst zu viel. Du hast es heute nachmittag aufgeschnappt. Hätte es noch eine Hoffnung gegeben, ich hätte alles daran gesetzt, Coransee den Handel auszureden. Zu gut.«

»Sag uns, warum du uns nicht helfen kannst«, wiederholte Teray. Er wußte es jetzt ganz sicher, aber er wollte es von Joachim hören.

»Ich bin gespannt, wie lange er brauchen wird, um aus dir einen Außenseiter zu machen«, sagte Joachim.

Terray wartete.

»Also gut!« Joachim zwang sich weiterzureden. »Ich bin konditioniert . . . Ich stehe unter Kontrolle! Das hervorragende Pferd aus meiner Züchtung dort draußen hat mehr Freiheit als ich, wenn es darum geht, daß ich mit Coransee verhandeln muß.«

Voller Ekel schaute Iray ihn an. »Kontrolliert? Wie ein Stummer? Wie ein Tier?«

»Iray!« Teray fragte sich erstaunt, warum ihm das etwas ausmachte und warum er sie zum Schweigen bringen wollte. Hatte Joachim nicht jeden Stolz verloren, war es also nicht gleichgültig? Er stand allein. Joachim konnte ihm nicht mehr nutzen. Was sollte er tun?

»Kannst du dir denken, warum ich ihm erlaubte, mir die Kontrolle einzupflanzen, Teray?«

Teray wußte es nicht. Es interessierte ihn auch nicht. Er sagte nichts.

»Weil ich nicht so geduldig gewartet habe wie du. Weil ich die Schule zu früh verlassen habe. Und ich habe sie, einmal abgesehen von meiner Frau, alleine verlassen. Coransee stieß zufällig auf mich und zwang mich, als Außenseiter in sein Haus einzukehren.« Joachim zögerte. »Du siehst, ich weiß, wovon ich spreche. Sieben Jahre stand ich in seinen Diensten, bis er mir die Freiheit anbot. Doch dafür mußte ich mir die Kontrollen in meinen Geist einbauen lassen. Ein schwieriges Geschäft – diese Plantationen. Es ist nicht so, wie man sich mit jemanden verbindet. Es gelingt nur, wenn der andere sich nicht dagegen wehrt. Egal, wie stark man selber ist. Also habe ich mich nicht gewehrt. Ich hätte wohl alles getan, um frei zu werden. Alles.«

»Und das, was du erreicht hast, nennst du Freiheit –«

In Teray stieg Verachtung hoch.

»Ja!« erwiderte Joachim vehement. »Und bei dir würde es nicht anders sein, wenn du erst einmal einige Jahre der Gefangenschaft hinter dir hast.«

Dann wechselte seine Stimme den Ton – sie klang wieder betrübt, hoffnungslos. »Nein, jahrelang bin ich ›frei‹ gewesen, trotz Coransees Kontrollen. Er hat sie nicht benutzt. Und ich glaube, daß ich sie auch weiterhin ertragen werde.« Er zuckte mit den Schultern. »Er nutzt sie nicht oft aus. Aber wenn, dann bin ich machtlos.«

Ein zerknirschter Joachim war genauso wenig hilfreich wie ein wütender. Teray wollte ihn bitten, sie zu verlassen. Aber dann würde er alleine mit Iray sein, und sie würde ihn all das fragen, worauf er selbst keine Antwort wußte. Was konnte er tun?

Joachim sprach weiter, seine Stimme hatte erneut den Klang gewechselt. Ruhig, trotzdem zornig. »Teray, du bist klug gewesen, daß du dich so lange unter den Schutz der Schule gestellt hast, bis du eine Lehrstelle annehmen konntest. Du warst vorsichtig. Du hast keinen Fehler gemacht. Meine Schwäche und Coransees Unehrenhaftigkeit sind schuld daran, daß du Frau und Freiheit verloren hast. Und das, obwohl du dachtest, du seist bei mir sicher. Daran ändert auch die Tatsache nichts, daß Coransee Macht über mich hat. Ich kann jetzt nicht einfach weggehen und dich vergessen.«

»Was hast du vor?« fragte Teray ohne Hoffnung. Er wußte schon die Antwort.

»Im direkten Sinne kann ich nichts tun. Das weißt du. Aber indirekt, werde ich alles versuchen, einschließlich eines Gesuchs an Rayal, falls sich das als notwendig erweist.« Joachim ging zur Tür und Teray war erleichtert, daß er sie verlassen wollte.

Seine Worte zum Abschied waren: »Teray, glaube mir, ich werde dich von hier wegholen.«

Teray glaubte ihm nicht. Und das gab er ihm auch zu

erkennen. Er ging zur Tür und öffnete sie für ihn. »Auf Wiedersehen, Joachim.«

Joachim sah ihn länger als nötig beim Abschied an. Als ob er noch einmal versuchen wollte, Terays Vertrauen in seine guten Absichten zu wecken. Als ob er sich noch einmal Teray vermitteln wollte, wo er doch genau wissen mußte, daß Teray sich vor ihm verschlossen hatte. Dann war er gegangen.

Teray drehte sich zu Iray um und sah, daß sie zitterte. »Was wirst du nun tun?« flüsterte sie.

»Ich weiß es nicht.« Er strich sich mit der Hand über die Stirn und war nicht verwundert, daß sie schweißnaß war. »Ich weiß es nicht. Vielleicht morgen . . .«

Sie schüttelte den Kopf. »Jetzt, Teray. Fühlst du es nicht? Coransee kommt zu uns.«

II

Während noch Iray sprach, kündigte sich bei beiden, bei ihr und bei Teray Coransees wortlose Gegenwart an; das geistige Bild des Hausgebieters, der vor Terays Zimmertür stand.

Mit angelernter Höflichkeit sandte Teray ein Bild zurück, nämlich, daß Coransee den Raum betreten sollte. Nicht daß er das gewünscht hätte. Er war auf eine Konfrontation nicht vorbereitet. Er hatte keine Zeit gehabt, sich zu sammeln, zu entscheiden, welche Kriegsstrategie ihm die besten Chancen eröffnete. Wenn er überhaupt eine Chance hatte. Joachim hatte ihn ohne jede Hoffnung, ohne jede Zuversicht gelassen. Und dennoch mußte er kämpfen.

Aber mußte er unbedingt jetzt kämpfen?

Als Coransee das Zimmer betrat, sah Teray Iray an. Sie erwiderte den Blick, erschreckt, fragend, die großen

Augen glänzten hinter den nicht geweinten Tränen. Ja. Er mußte jetzt kämpfen. Ein Duell, Mann gegen Mann, obwohl es ihm nicht recht war, daß Coransee damit eine Entschuldigung gegeben wurde, Mitglieder seines riesigen Hausstandes herbeizurufen.

Coransee trat ein und blieb in der Nähe der Tür stehen. Er schaute von einem zum anderen. Scheinbar sorgenvoll legte er den Kopf schief und seufzte. »Nun, Bruder?«

Teray sah zu ihm hinüber.

»Die Zeit ist schlecht gewählt«, fuhr Coransee fort. »Du bist müde und emotional nicht aufgeladen. Du hättest besser warten sollen. Ich hätte dich die Nacht hier mit Iray verbringen lassen sollen, wie es einem Gast gewährt sein sollte, und dann hättest du mich morgen früh bekämpfen können, nachdem du geruht hast.«

Als ob er eine nicht anwesende, irationale Person belustigen wollte – als ob er ein Kind tadeln wollte. Scham und Zorn überfluteten Teray heiß, er schlug zu.

Er wollte ihn so schnell wie möglich töten. Er wußte, daß er keine Chance gegen einen Mann von Coransees Kraft und Erfahrung hatte, außer daß er ihn überrumpelte und sofort tötete. Wenn sich der Kampf hinzog, würde Coransee ihn außer Gefecht setzen und ihn austricksen.

Doch Coransees mentales Schild schien den Schlag ohne Schaden zu absorbieren. Mit um so größerer Kraft schlug Coransee zurück. Vielleicht wünschte er ebenso, den Kampf schnell zu beenden. Mit fast physischem Nachdruck schlug er immer und immer wieder zu. Teray taumelte zum Bett zurück, sein Schild widerstand den Angriffen, doch seine Sinne schwanden. Schläge bedeuteten gleichzeitig, daß man sich dem Gegner öffnete, daß man Wege zur Quelle der Gedanken freigab. Kein Musternist konnte durch sein eigenes festes Schild durchschlagen. Angriff, daß hieß immer auch, die eigene Verteidigung zu öffnen, wie schmal auch immer, wie kurz auch immer, und sich dadurch verletzbar zu machen. Es war ein Teil von Terays Stärke, daß er in der Lage war, in sinnesberauschender Geschwindigkeit durch ein stecknadelgroßes Loch zu schlagen. Es war ein Teil von Coransees Kraft und Erfahrung, daß er Teray unentwegt angreifen konnte, so daß Teray nicht in der Lage war, einen seiner Schläge gezielt zu landen, und wieder an sich zu ziehen, bevor Coransee sein Schild wieder schloß.

Teray wurde es augenblicklich klar, daß er auf einen ebenbürtigen Partner gestoßen war. Coransee war mindestens so schnell und stark wie er. Mindestens.

Er hämmerte mit einer Wildheit auf Terays Schild ein, daß Teray nichts anderes übrig blieb, als sich ganz still zu verhalten hinter seinem Schild und abzuwarten. Teray verharrte in seiner Stellung, und Coransee tobte sich aus. Teray wartete. Geschlagen, gepeinigt, aber nicht wirklich verletzt – er wartete auf seine Chance.

Coransees unablässige Attacken auf Terays Schild ließen Teray unachtsam werden, was mit seinem Körper geschah. Plötzlich wurde ihm klar, daß jemand sein Handgelenk ergriffen hatte, und er brauchte eine ganze Weile, bis er feststellte, daß dieser jemand Coransee war.

Kontakt! Coransee war so besessen, Teray niederzumachen, daß er auf den physischen Kontakt als zweite Angriffsfront übergriff und auch körperlich Schaden anrichten wollte. Teray wurde sich dessen zu spät bewußt. Es wurde ihm erst klar, als er merkte, daß etwas mit seinem Herzen geschehen war.

Entsetzlicher Schmerz brannte in Terays Brust. Plötzlich konnte er nicht mehr richtig atmen, er keuchte und hustete. Der Schmerz schien sich auszubreiten und schlimmer zu werden. Teray entzog seine Hand dem groben Zugriff Coransees, aber der Hausgebieter hatte sein Werk schon vollendet. Der Schmerz wuchs unaufhörlich. Vielleicht hätte er ihn aufhalten können, aber wenn er sich mit seinem Körper beschäftigte, würde Coransee seine Geistesverteidigung niederbrechen können.

Aber sein Herz! Er starb.

Irgendwie, er wußte nicht wie, gelang es ihm wieder auf Coransee einzuschlagen, all seine Kraft in eine neue Attacke zu legen. Wenn er überlebte, so konnte er sich hinterher um seinen Körper kümmern. Und wenn er sterben sollte, so wollte er seinen Bruder mit sich nehmen.

Plötzlich setzte der Beschuß von Coransees Seite aus. Er zog sich völlig hinter sein Schild zurück. Vielleicht wurde er müde. Verzweifelt schlug Teray um so härter. Doch sein Körper behinderte ihn. Er wurde langsam, unsicher.

Teray wurde sich bewußt, daß Coransee einen Schlag durch sein Schild gelandet hatte. Und obwohl er es wahrgenommen hatte, war Teray zu langsam, um Coransee wieder hinauszudrängen.

Coransee hatte Fuß gefaßt. Nun drosch er auf den Rest von Terays Verteidigungsschild ein und benutzte seinen Geist wie eine Machete. Teray fühlte, wie seine Verteidigung niedergemetzelt wurde. Er versuchte, sie aufrechtzuerhalten, kämpfte darum, bei Bewußtsein zu bleiben. Coransee griff nach ihm, hielt ihn fest, und stieß ihn ins Vergessen. Zu Terays großer Überraschung kam er auf dem Bett des Gästezimmers wieder zu Bewußtsein. Iray sah ihn an. Damit hatte er überhaupt nicht gerechnet, daß er je wieder das Bewußtsein erlangen würde.

Er stöhnte und schloß wieder seine Augen. Er fühlte sich schwach, aber er hatte keine Schmerzen mehr. Offensichtlich hatten Coransee oder Iray schon die Wunden seines Körpers versorgt. Er fühlte sich hungrig, wie Patienten auf dem Weg zur Genesung, doch der Hunger war auszuhalten. Es war noch gar nicht so lange her, daß er zu Abend gegessen hatte. Iray hatte neben ihm gesessen. Und nun lag sie neben ihm. Er nahm sie in den Arm und zog sie an sich, so daß sie ihren Kopf an seine Schulter legen konnte. Wie sollte er es ihr sagen? Wie stellte er es an, ihr zu sagen, daß es ihm leid tat?

»Iray . . .«

Sie verschloß ihm mit ihrer Hand den Mund. »Ich habe doch auch zugesehen, oder? Meinst du nicht, ich hätte nicht empfunden, was du fühltest?«

Schweigend schüttelte er den Kopf, Scham und Wut schüttelten ihn. Unwillig wand er sich aus ihrer Umarmung. Er wollte nach unten gehen und Coransee erneut fordern – wollte, daß er diesmal seine Arbeit gründlich erledigte. Er wollte entweder töten oder sterben. Er hatte alles verloren. Alles! Warum hatte Coransee ihn nicht getötet?

Iray versuchte ihn festzuhalten und in sein Gesicht zu blicken. Er ergriff ihre Hand und schaute sie an. Er hatte sie verloren. Was tat sie noch hier?«

»Ich werde uns aus dieser Sache hier herausholen«, sagte er. »Ich schwöre . . .«

»Teray . . .«

»Ich werde es so lange versuchen, bis –«

»Teray, hör zu! Es gibt einen Weg.«

Er hielt inne und starrte sie an. »Was für einen?«

»Hör zu. Coransee sagte, daß du ihm morgen vorgeführt werden sollst . . . Morgen früh. Er sagte, er hätte Lust, dich zu seinem Lehrling zu machen. Du seist stärker, als er gedacht hätte. Er sagte, es sei besser, sich mit dir zu versöhnen, als dich zu seinem Bediensteten zu machen. Teray, er sagte, ich könnte . . . Wir könnten möglicherweise zusammen bleiben.«

»Möglicherweise?«

»Er möchte mit dir sprechen. Warum, weiß ich nicht. Und er sagte, er müßte noch etwas herausfinden, in der

Schule. Überleg doch, Teray. Wir haben eine Chance. Es ist zumindest eine Chance.«

»Vielleicht. Aber was gibt es, was er mit mir besprechen will – oder was er herausfinden will? Entweder ich bin ein Lehrling oder ich bin keiner.«

»Du könntest von ihm mehr lernen als von Joachim. Viel mehr. Und wer weiß, vielleicht wirst du, früher als du denkst, in der Lage sein, dein eigenes Haus zu führen.«

Sorgenvoll schüttelte Teray den Kopf. »Meine Liebe, setz nicht zu viel Vertrauen in ihn. Ich weiß nicht, was er im Sinn hat, aber . . .«

»Teray, egal was auch ist, versuch dich mit ihm zu einigen.« Sie beugte sich über ihn und schaute ihm in die Augen. »Bitte. Einige dich mit ihm. Ich möchte nicht zu einem *Ding* herabgewürdigt werden, das im Kampf gewonnen wurde. Ich möchte deine Frau sein. Bitte.«

Scharf zog er den Atem ein. »Meinst du nicht, daß auch ich jede Chance – jede wirkliche Chance – wahrnehmen würde, damit wir beide das bekommen, was wir wollen?«

Sie schien sich zu entspannen. Sie küßte ihn und schmiegte sich an ihn, so daß ihm mit plötzlicher Klarheit ihr Körper bewußt wurde. Sie war, was er jetzt brauchte. Er schlang seine Arme um ihren Körper. Sie würde es immer sein, was er brauchte.

*

Es war früh am nächsten Morgen; das Haus erwachte gerade und begab sich an des Tages Arbeit, als Teray sich vor Coransees privaten Gemächern ankündigte. Er stand in dem großen Gemeinschaftsraum, den er am Tag zuvor mit Joachim betreten hatte. Erst jetzt fiel ihm auf, wie groß der Raum war. Der Kamin schien weit entfernt am anderen Ende des Zimmers zu liegen. Augenblicklich hielten sich außer ihm nur zwei Stumme zu Reinigungsarbeiten in dem Raum auf. Sessel, Sofas und niedrige Tische standen überall herum, an den Wänden reihten sich Bücher, Spielsteine und Spielbretter, kleine Figuren und anderes mehr. Dennoch wirkte der Raum nicht überladen. Im Gegenteil, zu dieser frühen Morgenstunde erschien er sogar zu leer. Nur zwei saubermachende Stumme hielten sich in ihm auf und ein Musternist, der aus irgendeinem unerfindlichen Grund die Treppe herunter und durch den Speiseraum gekommen war.

Überraschend erhielt Teray Coransees Aufforderung einzutreten. Teray folgte der Einladung und fand sich nicht in des Hausgebieters Büro, sondern in einem gemütlich aussehenden Raum mit Polstermöbeln wieder. Coransee, nur mit einem schwarzen Gewand aus fließendem Material bekleidet, frühstückte. Eine blonde Stummenfrau bediente ihn. Die Frau hatte zwei Gedecke aufgelegt.

Coransee sah Teray an und zwang ihn in den leeren Sessel vor dem kleinen Tisch am Fenster. Gar nicht so, als ob sie nicht vor einigen Stunden versucht hätten, sich gegenseitig zu töten, dachte Teray. Er ließ sich nieder und ließ sich von der Stummen mit Steak und Eiern bedienen. Wie Coransee aß er schweigsam, bis die Stumme den Raum verlassen hatte. Dann sprach Coransee.

»Hast du je unseren Vater gesehen, Teray?« Seine Stimme klang überraschend freundlich.

»Nein.«

»Das hätte ich nicht gedacht. Du siehst ihm ähnlich. Ja – viel mehr als ich. Deswegen war ich gestern auf dich aufmerksam geworden.«

Gegen seinen Willen erwachte Terays Interesse. Rayal unternahm überhaupt keine Reisen. Nur wenige Musternisten hatten ihn wahrscheinlich gesehen. Er war das

Muster. Er war die Kraft, die Einheit, die Macht. Jeder erwachsene Musternist war mit ihm verbunden, aber die Verbindung ließ nicht zu, daß seine Gesichtszüge sichtbar wurden. Die meisten Musternisten wußten nicht, noch kümmerten sie sich darum, wie er wohl aussah.

»Du und ich sind leibliche Brüder, mußt du wissen«, sagte Coransee. »Derselbe Vater *und* dieselbe Mutter. Dafür habe ich vergangene Nacht die Schuldirektorin aufgeweckt, um das herauszufinden, obwohl ich es schon vermutet hatte.«

Teray zuckte mit den Schultern. Über seine Mutter wußte er gar nichts. Rayal hatte viele Frauen. »Unsere Mutter war Jansee. Rayals Schwester und Hauptfrau.«

Teray erstarrte, die Gabel mit einem Bissen Steak auf dem Wege zu seinem Mund hielt inne. Er legte die Gabel zurück und schaute Coransee an. »Deshalb.«

»Deshalb.«

»Wirst du mich nun töten?«

»Wenn ich das wollte, wärst du schon vergangene Nacht gestorben.«

Teray wandte seine Aufmerksamkeit wieder seinem Frühstück zu, es gefiel ihm nicht, an seine Niederlage erinnert zu werden. Diese formlose Szene erschien ihm unerträglich. Er hatte erwartet, vor Coransees Schreibtisch diktiert zu werden, wie ein vom Wege abgeratener Schuljunge, und dem Sarkasmus des Hausgebieters zuzuhören. Und nun nahm er gemeinsam mit Coransee sein Frühstück ein. Und nicht ein einziges Mal hatte er den Hausgebieter »Lord« genannt. Und das würde er auch nicht tun, entschied Teray. Er würde nun selber herausfinden, wie weit er gehen konnte. Was konnte Coransee möglicherweise mit ihm im Sinn haben?

»So wie ich das sehe«, sagte Coransee, »könnten wir beide leben. Das wäre sogar das beste, jetzt, da unser Vater im Sterben liegt.«

»Er stirbt? Jetzt?«

»Seit zwanzig Jahren führt er schon den Tod an der Nase herum«, sagte Coransee. »Das hättest du doch an der Schule lernen müssen.«

»Das er die Clayarkkrankheit hat, ja. Aber so, wie ich dich jetzt verstanden habe, habe ich gedacht, er läge beständig im Sterben.«

»So ist es.«

Schweigend aß Teray weiter, es widerstrebte ihm, weitere Fragen zu stellen.

»Er hat mich wissen lassen, daß er vielleicht nur noch ein Jahr aushalten kann«, sagte Coransee. Er senkte seine Stimme. »Begehrst du das Muster, Bruder?«

»Du könntest genausogut fragen, ob ich Selbstmord begehen wollte.«

»Ich sprach von der Nachfolge Rayals.«

»Es ist mir klar.«

»Dann hast du recht. Wenn du Ansprüche erhebst, werde ich dich töten.«

»Andere werden Ansprüche erheben. Du wirst nicht einfach so in Rayals Fußstapfen treten.«

»Darum werde ich mich kümmern, wenn sie sich melden. Im Augenblick bist du die einzige Sorge.«

Einen langen Augenblick lang sagte Teray nichts. Niemals hatte er wirklich darüber nachgedacht, daß er eine Chance hatte, Rayals Erbe anzutreten. Der Gebieter über das Muster hatte einfach zu viele Kinder. Davon waren nicht nur eine ganze Reihe viel älter als er, sondern wie Coransee, schon Vorsteher eigener Häuser. Doch eins war klar, daß nämlich jetzt Coransee meinte, daß er, Teray, eine Chance hätte – und deshalb von ihm forderte, daß er diese Chance aufgab. Teray hatte keinen Zweifel daran, daß Coransee ihn töten könnte und töten würde, wenn er dieser Forderung nicht nachkam. Selbst wenn der Hausgebieter nicht stärker war – und auch das war nicht erwiesen –, so war er doch versierter und erfahrener. Und wenn es ihm, Teray, möglich sein könnte, sein Leben so zu leben, wie er es sich vorgenommen hatte, ohne darum streiten zu müssen, würde er gerne vermeiden, seinen Bruder erneut herauszufordern.

»Ich würde mich nicht darum streiten«, sagte er ruhig. Worte, die schwierig auszusprechen waren. Denn, Herr des Musters zu sein, über solche Macht zu verfügen . . .

»Ich ließ dich am Leben, weil ich mir gedacht hatte, daß du so entscheiden würdest.« Coransee durchschaute ihn berechnend. »Möchtest du, daß ich dich als meinen Lehrling annehme?«

Teray bemühte sich, seine plötzliche Aufregung zu verstecken. Er entgegnete Coransees Blick mit vorgetäuschter Ruhe. Sollte das alles so einfach gehen? »Ich würde gerne dein Lehrling werden.«

Coransee nickte. »Was ich versuche«, sagte er, »ist, den Fehler zu vermeiden, den unser Vater machte.«

»Fehler?«

»Als unsere Mutter sich mit ihm verbündete, ließ er sie leben. Er wollte jemanden in seiner Nähe haben, der so mächtig war, oder fast so mächtig, wie er, so daß dieser jederzeit das Muster übernehmen konnte, falls ihm selbst etwas zustieß. Jemandem, dem er vertrauen konnte, und der nicht versuchen würde, im Laufe der Zeit das Muster von ihm zu reißen. Doch er behielt Jansee bei sich, machte sie zu seiner Frau, anstatt ihr zu erlauben, daß sie selber ein Haus in seinem eigenen oder einem anderen Sektor führte. Das hieß, daß, wenn ihn etwas bedrohte, sie genauso verletzlich war wie er. Und so ist es auch passiert. Sie wurde getötet, anstatt zu überleben und das Muster zu übernehmen.«

Deshalb, um solches noch einmal zu verhindern, möchte ich dich hier auf Redhill zurücklassen. Und wenn die Zeit kommt, werde ich nach Forsyth überwechseln, zum Haus des Gebieters über das Muster.«

Teray runzelte die Stirn, so als ob er nicht zu verstehen wagte, was Coransee sagte. »Bruder . . .?«

»Ich sehe, du hast mich verstanden. Sobald das Muster mein ist, wird dieses Haus dein sein. Ich werde es mit wenigen mir besonders nahestehenden Frauen und einigen Außenseitern verlassen. Alles übrige überlasse ich dir.«

Teray schüttelte den Kopf, es machte ihm geradezu Angst, das zu glauben. Das war zuviel, und es war ihm zu leicht zugefallen. »Du bietest mir das alles, ohne daß ich dafür bezahle? Du schenkst es mir einfach?«

»Was könntest du mir schon bezahlen?«

»Nichts. Du hast recht. Ich habe nichts.«

»Dann hast du auch nichts zu verlieren.« Coransee hielt inne. »Dennoch fordere ich etwas von dir. Aber es ist nicht das, was du einen Preis nennen würdest.«

Teray sah ihn mit Argwohn an, aber Coransee schien es nicht zu bemerken.

»Es ist eher eine Art Garantie, Bruder. Eins muß ich sicher wissen, nämlich, daß wenn du älter und erfahrener bist, du nicht zu der Entscheidung gelangst, daß du das Muster zu einfach aufgegeben hast. Ich muß meiner Sache sicher sein, daß du als Hausgebieter zufrieden und ohne Verlangen nach dem Muster sein wirst.«

»Das habe ich schon gesagt«, sagte Teray. »Ich werde mich dir öffnen, so wirst du selber prüfen können, daß ich es so meine.«

»Ich weiß schon jetzt, daß du es so meinst. Ich weiß, daß du mich nicht belügst. Aber ein Mann kann seine Meinung ändern. Was du jetzt glaubst, muß nicht unbedingt für die nächsten fünf oder zehn Jahre von Bestand sein.«

»Aber dann bist du doch der Besitzer des Musters. Du bist doch in der Lage, jeden Versuch . . .«

»Sicherlich könnte ich das – und vielleicht könnte ich es nicht. Aber ich will deswegen nicht warten und es herausfinden müssen.«

Nun kannte Teray den Preis. Unwillkürlich mußte er an Joachim denken. Kontrolliert. Aber dann rief er sich Joachims Worte ins Gedächtnis. Coransee brauchte die Einwilligung seines Opfers, wenn er die Kontrollen einpflanzte. Ohne Terays Dazutun war es nicht möglich.

»Zum Wohl des Volkes möchte ich, daß du lebst«, sagte Coransee. »Clayarks von den abgelegenen nördlichen Inseln drücken sich an den Grenzen jedes Sektors herum. Sie wissen, daß Rayal zu sehr damit beschäftigt ist, sich selbst am Leben zu erhalten, als ihren Überfällen genügend Aufmerksamkeit zu widmen. Wenn er letztlich seine Macht aufgeben und sterben muß, meine ich, soll das Volk auch weiterhin in Sicherheit leben können. Aber das könnte ich nie erreichen, wenn du eine ständige Bedrohung meiner Sicherheit wärest.«

»Ich bin keine Bedrohung«, sagte Teray dickköpfig.

»Du weißt, welche Art Versicherung ich von dir fordere, Bruder. Deine Worte sind mir nichts wert.«

»Du forderst von mir, daß ich anstelle der körperlichen Sklaverei freiwillig die geistige Sklaverei wähle!«

»Ich gebe dir alles, was du willst. Bist du ehrgeizig? Meine Kontrollen haben keinen anderen Sinn, als das, was du gesagt hast, zu gewährleisten.«

»Joachim hat mir gesagt, wie du mit diesen Kontrollen verfährst.«

»Joachim!«

Coransee gab sich keine Mühe, seine Entrüstung zu verbergen. »Glaub mir, Bruder, Joachim hat diese Kontrollen, die ich ihm einpflanzte, sehr wohl nötig. Ohne sie würde er niemals erfolgreich seinem Haus vorstehen.«

»Wie auch, als dein Außenseiter?«

»Außenseiter wurde er nur wegen seiner schlechten Menschenkenntnis. Auch daß er dich als Lehrling annahm, geschah nur aufgrund seiner schlechten Menschenkenntnis.«

»Du meinst, weil er nicht so argwöhnisch war wie du? Weil er mir glaubte, als ich ihn in meinen Gedanken lesen ließ, daß ich nicht auf sein Haus aus war?«

»Teray, im gleichen Augenblick, in dem er festgestellt hätte, daß du stärker als er bist – und übrigens du bist es, und er weiß es – würde er dich fallen gelassen haben. Das entspricht doch dem gesunden Menschenverstand. Stell dir vor, du bist der Gebieter über dein eigenes Haus, und dann überlege dir, wie du dich wohl fühlst, wenn du merkst, daß der, den du als Untergebenen zu dir genommen hast, von dir lernt, und mehr noch, dir das Haus vor der Nase wegschnappen kann.«

»Hast du Joachim dabei geholfen, daß er sein Haus von dem vorhergehenden Besitzer übernehmen konnte?«

»Indirekt. Ich habe ihn dafür ausgebildet.«

»Warum? Und warum willst du ihn unter Kontrolle halten?«

Prüfend sah Coransee ihn an. »Das hat politische Gründe«, sagte er friedlich »Ich wollte mir einer Mehrheitswahl in den Redhill-Rat der Hausgebieter sicher sein. Joachims Hausvorgänger hat mich lautstark und dumm angegriffen.«

Die Warnung war unmißverständlich. Teray seufzte. »Ich werde mich dir nicht in den Weg stellen«, sagte er. »Wie könnte ich? Aber andererseits bin ich nicht bereit, deinen Preis zu zahlen. Ich lasse nicht über meine geistige Freiheit verhandeln, ich lasse mich nicht zu einer lebenslangen geistigen Sklaverei verurteilen.«

»Wie frei, denkst du, bist du jetzt?«

»Mindestens so frei, daß ich denken kann, was ich will.«

»Das denkst du also. Also, da du so viel Wert auf Versprechungen legst, ich bin bereit, dir mein Wort zu geben, daß ich mich nicht ein einziges Mal in dein Denken einmische, außer wenn es darum geht, daß du mir die Macht nehmen willst.«

Teray sah ihn an.

Nach einer Weile lachte Coransee laut. »Du bist längst nicht so naiv, wie du vorgibst. Dank dem Himmel dafür. Aber hör zu, Bruder, edle Lügen beiseite, was meinst du, wieviel Kontrolle ich über dich haben will? Du würdest doch dein alltägliches Leben geistig ebenso frei erleben wie jetzt. Und warum auch nicht? Ich hätte ganz einfach nicht die Zeit, mich in jede einzelne Kleinigkeit im Leben von jemand anders einzumischen. Du wärst nur in einer einzigen Sache nicht frei, das wäre, daß du dich mir nicht widersetzen darfst. Du hättest den gleichen Stand wie jeder andere Hausgebieter auch, sobald ich das Erbe über das Muster angetreten habe. Nur in einem würdest du dich unterscheiden, nämlich darin, daß ich aufgrund deiner besonderen Stärke auch ein besonderes Auge auf dich habe – wegen des Musters. Du hast keinen Grund, dich meinen Kontrollen zu widersetzen, ebensowenig wie du einen Grund haben könntest, dich der Verbindung des Musters zu widersetzen.

Mit dem Muster ist es eine andere Sache. Es kontrolliert nicht die Gedanken von jedermann.«

Teray holte tief Atem und sagte freiheraus: »Selbst wenn ich dir trauen könnte – selbst wenn du Joachim wärst, dem ich vertraut habe, selbst dann könnte ich die Zügel nicht akzeptieren, nicht das Brandzeichen, daß du mir aufdrücken willst.«

»Nicht einmal, um dein Leben zu retten?« Coransees Stimme behielt ihren ruhigen Konversationston bei.

Teray öffnete den Mund zu einem vernichtenden »Nein!«, aber dieses Wort, das ihn verurteilen konnte, kam ihm so leicht nicht über die Lippen. Er machte den Mund wieder zu und starrte auf seinen Teller. Endlich fand er seine Stimme wieder. »Ich kann es nicht.« Diese Worte waren so erbärmlich viel schwächer, daß er das dringende Bedürfnis hatte, mehr zu sagen, sich selbst zu verteidigen. »Was hat es für einen Sinn, wenn ich mein Leben verkaufe und mit dem Einzigen bezahle, das es lebenswert macht? Beende dein Werk und töte mich.«

Coransee lehnte sich zurück und schüttelte den Kopf. »Ich wünschte, ich hätte weniger sorgfältig in deinen Gedanken gelesen, Bruder. Es war mir klar, daß es das war, was du sagen würdest. Ich gebe dir Aufschub. Soviel Aufschub, wie unser Vater dir läßt, um deine Meinung zu ändern.«

Wieder hielt Teray widerwillig den Mund. Er wollte beteuern, daß er sich sicher war, daß er niemals seine Meinung ändern würde. Aber das wäre gleichbedeutend gewesen, von Coransee zu fordern, ihn auf der Stelle niederzuschlagen. Also sagte er nichts.

»Ich kann dich als Lehrling nur zu meinen Bedingungen annehmen«, sagte Coransee. »Wenn du diese Bedingungen nicht annimmst, bleibst du ein Außenseiter, der den Beschränkungen eines Außenseiters und auch allen anderen Formalitäten unterliegt.« Er hielt inne. »Du hast verstanden.«

»Ich . . . Ja, Lord.« Solange er lebte, hatte er noch eine Chance. Oder dachte er nur deswegen so, weil er so sehr am Leben hing? Nein, es gab wirklich eine Chance. Der körperlichen Sklaverei konnte man entkommen. Die Fesseln am Körper waren nicht so schwer zu sprengen wie die Fesseln des Geistes.

»Was deine Arbeit betrifft«, sagte Coransee, »einer meiner Stummenhirten soll befördert werden. Seiner Obhut obliegen die Stummen, die Haus und Ländereien erhalten. Ihn wirst du ersetzen.«

»Einen Stummenhirten?« Teray konnte seine Bestürzung nicht verheimlichen. Die Betreuung von Stummen war nicht nur die Arbeit eines Außenseiters, sondern eines schwachen Außenseiters.

»Genau das«, sagte Coransee. »Und du beginnst damit heute. Jackman, das ist der Mann, den du ersetzen wirst, wartet schon auf dich.«

»Aber Lord, Stumme . . .«

»Stumme. Ich rate dir nur eins, füge ihnen keinen Schaden zu mit deiner Kraft, denn wenn du aufhörst zu schlagen, wirst du feststellen, daß du selber das Vieh hüten mußt.«

*

Jackman wartete schon auf Teray vor der Tür zu Coransees privaten Gemächern. Er war ein großer knochiger Mann mit strohgelbem Haar und anpassungsfähigem Geist, so daß er ohne weiteres ein Lehrer von der Schule hätte sein können. Lehrer, auch wenn sie eine höhere Position als Stummenhirten einnahmen, hatten mit geistig unbewaffneten Menschen zu tun und waren auch selber relativ harmlos. Jackmann war harmlos. Er konnte nicht einmal ganz seinen Schreck verheimlichen, als er über das Muster erkannte, daß Teray größere Kraft hatte als er. »Sohn einer Hure«, murmelte er. »Wenn du nicht gut gelaunt bist, bist du in der Lage, jeden Stummen hier im Haus zu töten.«

Teray fühlte sich in diesem Augenblick alles andere als gut gelaunt, aber er wußte doch, daß Jackman recht hatte. Er verdrängte den Zorn wegen Coransee und folgte Jackman in den vierten Stock zu den Quartieren der Stummen, wo er von nun an wohnen würde.

Ein paar Stumme trugen schon Jackmans Sachen aus dem Zimmer. Die eine von ihnen, die Frau, weinte bei der Arbeit leise vor sich hin. Teray sah sie an, dann sah er zu Jackmann.

»Ich werde sie mitnehmen, wenn du nichts dagegen hast«, sagte Jackmann.

»Das ist deine Sache«, sagte Teray.

»Und deine.« In Jackmans Stimme war Mißfallen. »Jeder Stumme im Haus ist nun deine Sache.«

Eine Verantwortung, an die Teray gar nicht denken mochte. »Du machst dir Sorgen um die Stummen, nicht wahr?« fragte er Jackmann. »Ich meine, richtige Sorgen. Es war nicht nur eine Arbeit, die du tun mußtest.«

»Das stimmt. Auch jetzt sorge ich mich noch um sie. Ich habe Angst, daß du einige von ihn umbringen wirst, aus reinem Nichtwissen, bevor du herausfindest, wie du mit ihnen umgehen mußt.«

»Offen gestanden, so ist es.« Teray war etwas in den Sinn gekommen. Jackman runzelte die Stirn. »Mann, es sind doch auch Menschen. Zwar ohne Macht und ohne geistige Stimmen, aber doch Menschen. Also um Gottes Willen, behandle sie sorgfältig. Wenn du einen von ihnen tötest, bedeutet das für mich mehr, als wenn du einen von uns tötest. Ganz einfach deshalb, weil sie verdammt noch mal, nichts tun können, um sich selbst zu verteidigen.«

»Willst du mir nicht beibringen, was ich über sie wissen muß – wie ich sie behandeln muß?«

Jackman schaute ihn argwöhnisch an. »Sicher werde ich dir gerne beibringen, was ich kann.«

»Das meine ich nicht.«

»Das war mir schon klar. Was zum Teufel gibt dir die Idee ein, du seist zu mehr befähigt?«

»Nicht zu mehr befähigt. Ich dachte nur, du könntest einverstanden sein, daß du mir das Eine verrätst, womit du deine Stummen bewahren kannst.«

»*Deine* Stummen! Was mich privat angeht, was meine

eigenen Gedanken angeht, habe ich verdammt wenig damit zu tun. Niemand außer Coransee wird mich veranlassen, das zu tun, was du von mir forderst.«

»Und ich würde es nicht von dir fordern, wenn nicht das Leben von Menschen auf dem Spiel steht. Ganz ehrlich, ich möchte keinen dieser Stummen töten wollen. Und ohne deine Hilfe, wird es nicht zu vermeiden sein.«

»Was du forderst, sind meine Erinnerungen«, sagte Jackman. »Und du weißt genauso gut wie ich, daß dabei eine ganze Menge mehr als nur Erinnerungen in Bezug auf meine Tätigkeit als Stummenhirte zum Vorschein kommen wird.«

»Ich wüßte keine andere Methode, bei der ich schneller lernen könnte, wie ich von den Stummen Schaden abwenden kann.«

»In meinem Leben herumschnüffeln, das ist kein Lernen.«

Teray setzte sich auf die Bettkante und starrte auf den Boden. Er hatte gedacht, er würde leichteres Spiel haben mit einem Mann, der so offensichtlich an den Stummen hing. Er hatte gedacht, er wäre bereit gewesen, ein wenig seiner geistigen Privatsphäre zu ihrem Wohl zu opfern. Er sah zu den beiden Stummen hinüber, die immer noch im Raum waren. »Laßt ihr beiden uns bitte für ein paar Minuten allein.«

Verwirrt schauten die Stummen zuerst zu Jackman und warteten erst dessen bestätigendes Nicken ab, bevor sie gehorchten.

»Sieh es ihnen nach«, sagte Jackman, als sie gegangen waren. »Sie haben fünf Jahre lang auf meine Befehle acht gegeben. Es ist die Gewohnheit.«

»Jackman, öffne dich mir freiwillig. Ich möchte dich nicht dazu zwingen müssen.«

»Du hast kein Recht dazu!«

Er versuchte Coransee zu verständigen, aber dazu

mußte er seinen unzureichend eingesetzten geistigen Verteidigungsschild öffnen. Augenblicklich war Teray durch, hielt Jackman gefangen und isolierte ihn vor jedem Kontakt mit dem übrigen Haus. Er hatte das unsinnige Bedürfnis, sich bei Jackman, für das was er tat, zu entschuldigen. Er wühlte in des Mannes Erinnerungen der letzten fünf Jahre. Es war nicht unbedingt das, was Coransee ihm hatte antun wollen. Immerhin durchstöberte er Jackmanns Privatsphäre. Er setzte seine Macht ein und benahm sich nicht besser als eine Miniaturausgabe des Hausgebieters. Er tat es nicht einmal nur zum Wohl der Stummen. Sie waren wichtig, sicher, doch für Teray war es auch wichtig, das vorausgesagte Schlagen und die Bestimmung zum Viehhüten zu vermeiden. Die Dinge standen so schon schlecht genug.

Als Teray endlich Jackman entließ, wußte er genug von dem Älteren, wie man mit Stummen umzugehen hatte. Er wußte auch, daß Jackman sehr gründlich war. Zum Beispiel wußte er genau, wovor sich die Herde der Stummen fürchtete, wußte, wie er ihnen helfen konnte, und bis zu einem gewissen Grade, wie er sie aus seiner Persönlichkeit ausschließen konnte.

»Jackman«, sagte er, »ich bin Coransees Bruder – sein leiblicher Bruder. Mag sein, daß ich schwächer bin als er, aber ich glaube nicht, daß ich schwächer bin als sonst irgendwer. Ich weiß jetzt, daß du dir Sorgen machst, daß dich unter Umständen rauhe Zeiten erwarten, wenn du deine Arbeiten im dritten Stock übernimmst. Und du hast recht, dir Sorgen zu machen. Du bist fast so schwach wie einer deiner Stummen. Jeder wird dich zu seinem Clown machen. Wenn du willst, können wir eine Verbindung zwischen uns schaffen. Wenn du willst, kannst du es bei beliebig vielen Leuten ausprobieren, und du wirst feststellen, daß keiner von ihnen uns mehr Sorgen machen wird.«

»Nachdem, was du getan hast, glaubst du wirklich, ich würde mich hinter dir verstecken?«

Teray erwiderte nichts. Er kannte den Mann gut genug, um zu wissen, daß er schon genug gesagt hatte.

»Du versuchst mich zu bestechen, daß ich den Mund halte über das, was du getan hast«, sagte Jackman. »Coransee würde dir bei lebendigem Leibe die Haut abziehen, wenn ich zu ihm ginge.«

Das war ein Bluff. Teray hatte es von Jackman selbst erfahren, daß Coransee im allgemeinen seine Außenseiter ihre Hierarchie im Haus selber finden ließ. Er kümmerte sich nicht besonders darum, daß der Starke den Schwachen unterdrückte, so lange der Schwache nicht mit ernsthaften Verletzungen zurückblieb – und solange beide, der Starke wie der Schwache, ihm gehorchten. Teray sah Jackman nachdenklich an.

Jackman erwiderte seinen Blick, er schäumte vor Zorn. Dann, langsam löste sich der Zorn auf, und Jackman wurde kriecherisch. »Wenn ich nur eine Möglichkeit wüßte, dich zu töten, Junge, dann wäre ich froh. Und ich würde dich töten, ganz langsam.«

»Ich habe uns miteinander verbunden«, sagte Teray. »Wenn du in Schwierigkeiten kommst, werde ich davon erfahren. Sollte ich herausfinden, daß die Schwierigkeiten darin ihren Grund haben, daß du mir Schwierigkeiten machen solltest, lasse ich dich in Stücke reißen. Wenn es nicht deswegen ist und du meine Hilfe willst, werde ich dir helfen. Nichts mehr. Die Bindung ist keine Kontrolle, auch keine Falle. Nur ein Alarm.«

»Wie bei manchen Musternistenmüttern, die sich mit ihren Kindern verbinden, nur um sicher zu sein, daß mit ihnen alles in Ordnung geht, ja?«

Teray zuckte zusammen. Niemals würde er so etwas gesagt haben. Warum legte Jackman es darauf an, sich selbst zu demütigen?

»Man kann die Dinge genausogut beim Namen nennen«, sagte Jackman.

»Wenn du die Verbindung nicht willst, kannst du sie lösen. Jetzt, in diesem Augenblick, wenn du willst.« Teray konzentrierte sich auf die Verbindung und vergewisserte sich, daß auch Jackman sie in seinem Bewußtsein hatte. Und daß er erkannte, daß er sie unter Kontrolle hatte. Und daß er sie in der Tat zerstören konnte.

Aber Jackman machte keine Anstalten, die Verbindung zu vernichten. Er warf Teray einen Blick zu, den dieser nicht deuten konnte. »Du tust es nicht nur, um auf mich aufzupassen, nicht wahr?«

»Das tut nichts zur Sache«, sagte Teray.

Jackman setzte ein unangenehmes Grinsen auf. »Du tust es, um dein Gewissen zu besänftigen, nicht wahr? Um einen Ausgleich zu schaffen, zu dem ›Schlechten‹, das du davor getan hast. Du hast die verdammte Schule noch nicht hinter dir gelassen, nicht wahr, Kind?«

Teray schlug Jackman in der sorgfältig gehemmten Weise, wie er gelernt hat, daß man einen Stummen schlagen sollte. Er schlug Jackman ein wenig härter, als er einen Stummen geschlagen hätte, denn der Stummenhirte konnte sich immerhin verteidigen. Aber um auf körperlicher Ebene eine Parallele zu finden: er schlug härter zu, als man ein Kind geschlagen hätte.

Jackman taumelte gegen die Wand, als wäre er körperlich geschlagen worden. Einen Augenblick lang verharrte er still, dann beugte er sich ein wenig vor, ließ den Kopf hängen und fluchte.

Teray sandte seine Gedanken nach den beiden Stummen aus. Er machte sie leicht ausfindig, da er ihre Geister aus Jackmans Erinnerungen kennengelernt hatte. Behutsam rief er sie in den Raum zurück, damit sie Jackmans Auszug zu Ende führen konnten. Er setzte exakt die Stärke ein, die auch Jackman gewählt hätte. Das wichtigste, was er von Jackman erfahren hatte, war gründliche Kenntnis darüber, mit welcher geistigen Stärke er die Stummen ansprechen konnte, ohne ihnen Schaden zuzufügen.

Jackman richtete sich wieder auf, als die beiden Stummen das Zimmer betraten. Neugierig sahen sie ihn an, dann luden sie sich die Arme voller Kleider und anderer Gegenstände.

Als Teray und die Stummen den Raum verließen, sprach Jackman ihn noch einmal an. »Gewissen hin oder her«, sagte er ruhig, »du bist sein Bruder, einverstanden.« Und sonderbar, Teray kam es vor, als ob er es mit Bewunderung sagte.

III

Teray suchte nur mit den Augen nach Iray. Hätte er seinen Geist eingesetzt, er hätte sie sofort gefunden. Aber er war nicht in Eile. Er suchte sie ohne bestimmte Absicht, ohne zu wissen, was er ihr sagen wollte. War es tatsächlich erst eine Nacht her, daß er ihr versprochen hatte, jede Chance akzeptieren zu wollen, die ihnen die Freiheit brächte?

Der Gedanke erinnerte ihn schmerzhaft an Joachim.

Er hielt inne, plötzlich fiel ihm ein, daß Joachim vorgehabt hatte, die Nacht in Coransees Haus zu verbringen. Hatte er es getan? War er immer noch da? Mit Hilfe seines Einfühlungsvermögens machte Teray ebenso schnell und ebenso leicht wie Iray auch Joachim im Haus ausfindig. Der Hausgebieter hatte ein Gästezimmer in Coransees Privatgemächern zugewiesen bekommen. Und jetzt, wo Teray ihn ausfindig gemacht hatte, fragte er sich, ob er ihn wirklich sehen wollte. Warum sollte er ihn sehen wollen? Brauchte er Joachims Rat? Hatte Joachim ihm nicht schon verständlich genug gemacht, daß auch er in einigen Jahren Coransees mentale Kontrollen über ihn als einen geringen Preis für die Freiheit werten würde? Für begrenzte Freiheit. Für die Illusion von Freiheit.

Und Teray würde nur ein Jahr oder weniger haben, um die Entscheidung zu treffen – wenn überhaupt. Wütend brach er diesen Gedankengang ab und sandte seine Empfindungen auf die Suche nach Iray. Er fand sie im Hof, einem großen Garten, der von drei Seiten von Hauswänden begrenzt war.

Er ging zu ihr und fand sie alleine auf einer der Bänke, die in regelmäßigen Abständen den rechteckig angelegten Fußweg säumten. Teray sah sich einen Moment lang im Garten um. Das liebliche Plätschern eines Springbrunnens in der Mitte der Anlage unterbrach die Morgenruhe.

Zu dem Springbrunnen und den Blumenbeeten führten schmale Fußwege. Außerhalb des Gartenrechtecks, außerhalb des Hauptweges, standen Büsche, von denen einige blühten, und Bäume. Teray wurde sich bewußt, daß all dies von seinen Stummen angelegt worden war. Dem Himmel sei Dank, sie verstanden ihr Handwerk. Teray wußte fast nichts über Gartenarbeit – auch Jackman hatte davon keine Ahnung gehabt, fiel Teray ein, als er die Erinnerungen des Mannes noch einmal durchforstete. Jackman hatte sich nie die Mühe gemacht, ihnen etwas beizubringen. Er hatte ganz einfach nur die Anweisung gegeben, den Garten zu betreuen, genauso wie die Stummen es getan hatten, bevor er die Verantwortung über sie übernommen hatte.

Teray fiel auf, daß er immer noch nicht Iray angesprochen hatte.

Er ging zu ihr hinüber und setzte sich neben sie. Er fühlte ihr erwartungsvolles Sehnen.

»Ich habe dich betrogen«, sagte er leise. »Wieder einmal. Ich fühlte mich nicht in der Lage, den Preis zu zahlen, den Coransee von mir verlangt hat.«

Augenblicklich verschloß sie sich vor ihm, verbarg sich hinter ihrem Schild, zog sich völlig zurück. Körperlich verhielt sie sich unauffällig. Sie seufzte und sah auf den festgetrampelten rötlichen Sand des Fußweges. »Erzähle mir, was passiert ist. Erzähle mir alles.«

Er berichtete ihr. Sie hat ein Recht darauf, alles zu wissen. Und wenn sie alles wußte, hatte sie ein Recht darauf, ihn zu hassen. Er hatte nicht nur seine eigene Freiheit, sondern auch ihre geopfert. So wie sie Joachim vertraut hatte, so vertraute sie ihm. Sie war schön und stark. Nicht stark genug, um in jedem beliebigen Haus ihrer Wahl einen Platz einzunehmen. Viele Männer hatten sie begehrt – darunter niedergelassene Hausgebieter. Sie hatte sie abgelehnt, um mit Teray zusammenzubleiben. Und jetzt . . .

Es wurde ihm unbehaglich unter ihrem Blick, aber ihm fiel nichts ein, was er noch hätte hinzufügen können.

»Willst du, daß er dich tötet?«

Ihre Worte schienen ihn wieder ins Leben zurückzurufen. »Natürlich nicht! Ich *lasse nicht zu*, daß irgend jemand mich tötet!«

»Was hast du vor?«

»Kämpfen . . . Ja, kämpfen. Wenn es dazu kommt. Ich habe nicht vor, die Zeit unnütz verstreichen zu lassen, die er mir gegeben hat. Ich werde lernen, was immer ich lernen kann. Vielleicht lerne ich genug, um . . .« Er verlor den Mut, die Lüge, den Satz zu Ende zu führen. Kein Außenseiter würde mehr unter Bewachung stehen als er. Niemandem würde mehr Wissen vorenthalten als ihm, das ihn befähigen könnte, seine Freiheit zu erringen. Und trotzdem konnte er die Niederlage nicht einstecken. Er konnte nicht tun, was Joachim getan hatte.

Iray legte ihm die Hand auf die Schulter, dann strich

sie ihm übers Gesicht. »Ich werde meinen Namen nicht wechseln, sagte sie. Er biß die Zähne zusammen. Er wollte nichts sagen, von dem er genau wußte, daß er es sagen mußte. »Du mußt tun, was nötig ist. Du mußt dich hier einrichten.«

»Teray . . .«

»Ich kann dich nicht schützen. Du . . . bist nicht mehr meine Frau. Vielleicht wirst du es wieder sein. Dafür will ich kämpfen. Wenn ich die Freiheit erringe, werde ich dich nicht hier lassen. Aber jetzt . . . wissen wir beide, was wir zu tun haben.«

»Ich würde dir gerne dabei helfen, ihn zu töten!«

»Du solltest es besser wissen. Du haßt ihn deswegen, was er mir angetan hat! Und damit hast du nichts zu tun. Denk an dich selbst. Du bist schön und stark genug für jede Karriere in welchem Haus auch immer. Versuche, ihm zu gefallen, Iray. Schmeichle ihm!«

Schweigend saß sie da und starrte auf den Boden. Nach einer Weile stand sie auf und ging zurück zum Haus.

*

Die Hausstummen wußten genau, was sie zu tun hatten. Sie waren ausgezeichnet programmiert, und Teray brauchte fast nichts zu tun. Seit Tagen schon war er einfach nur unter ihnen, damit sie sich an ihn gewöhnen konnten. Sie schienen Jackman zu vermissen, und das ärgerte ihn. Nicht, daß sie Teray nicht mochten. Ihre Programmierung erlaubte ihnen nicht, einen Musternisten nicht zu mögen, der sie gut behandelt hatte. Teray behandelte sie überhaupt nicht.

Er konnte nicht seine Gedanken auf sie einstellen, und es gelang ihm nicht, Fürsorge für sie zu entwickeln. Seine eigenen Probleme hielten ihn zu sehr gefangen.

Und daß er Coransee und Iray immer wieder zusammen im Haus sah, war ihm auch keine Hilfe dabei. Coransee hatte schnell zugeschlagen. Schon gewöhnte sich Teray an den Anblick, daß sie zusammen aus Coransees Privatgemächern kamen. Mehrere von Coransees anderen Frauen hatten angefangen, ihre Eifersucht auf Iray offen zu zeigen. Ganz ohne Zweifel stieg sie zu einer Favoritin von Coransee auf. Und wie fühlte sie sich selber dabei?

Zuerst sah es so aus, als ob sie sich unterwürfe. Ruhig, widerstrebend, als ob sie gefühlsmäßig das verweigern wollte, was sie körperlich nicht verweigern konnte. Sie war keine Schauspielerin. Niemals war sie in der Lage gewesen, ihre Gefühle vor Teray zu verbergen. Mochte sie auch ihren Geist vor ihm verschließen, ihr Gesicht und ihre Bewegungen verrieten sie. Teray beobachtete sie und zog in Betracht, daß Coransee sich unter Umständen von ihrer Sturheit würde abschrecken lassen; und so war Teray insgeheim stolz über ihre Sturheit. Doch dann fing Iray an zu lächeln, und Teray betrachtete sie mit anderen Gefühlen. Hatte sie schließlich doch gelernt, zu schauspielern, oder wich ihre Sturheit?

Coransee war ein stattlicher Mann, und er war mächtig. Und er konnte bezaubernd sein. Viele seiner Frauen machten kein Geheimnis daraus, daß sie in ihn verliebt waren. Und Iray war jung – gerade erst aus der Schule entlassen. Den Aufmerksamkeiten wohlhabender Lords zu widerstehen, die in die Schule kamen, wo sie wenig mit ihrem Reichtum und ihrer Macht vor ihr protzen konnten, war nicht schwer. Vor allen Dingen, weil es dort nicht nur einen Mann gab. Aber hier, auf Coransees ausgedehntem Besitz . . . wieviel mehr machte das aus?

Teray beobachtete Iray, und es war ihm nicht wohl, wie sie ihn jetzt ansah. Und Iray mied ihn, und die Zeit verging. Und Teray lernte nichts, so wie er es befürchtet hatte. Und Joachim, der sich gefügt hatte, war in seinem Haus mit seinen Außenseitern und Frauen und Stummen – hatte Reichtum und Macht, wenigstens so lange, wie Coransee ihn ließ.

Teray zog sich zurück und blies Trübsal. Die Stummen hatten Angst vor ihm. Sie hatten die Erfahrung gemacht, daß ein verärgerter Musternist ohne weiteres seine Frustrationen am nächsten Stummen austobt. Sicherlich, es war nicht erlaubt, Stummen Schaden zuzufügen. Empfindliche Strafen standen darauf, wenn so etwas entdeckt wurde. Aber der Stummenhirte, Hüter wie Wächter, hatte alle Mittel in der Hand, daß solche Gewalttaten unentdeckt blieben. Vor Jahren hatte Rayal noch regelmäßig die Sektoren durchgefegt, hatte alle Vergehen aufgespürt und Fälle von Stummenmißhandlung und andere ungesetzliche Taten bestraft. So kam es, daß die Stummen in Coransees Haus Teray mit Sorge betrachteten und nur so sprangen, wenn er ihnen einen Befehl erteilte. Niemals wäre es Teray in den Sinn gekommen, eine so hilflose Person wie einen Stummen zu mißhandeln. Wie viele Versuche hatte er unternommen, um ihnen seine guten Absichten zu versichern, um ihre Angst zu mildern. Doch er fand keinen Draht zu ihnen. Nicht bis zu diesem Morgen, an dem ein verängstigter Stummer ihn vor Sonnenaufgang weckte und ihm mitteilte, daß in der Küche ein Unfall passiert sei.

Ohne ein Wort zu sagen stand Teray auf und strahlte Gleichgültigkeit aus, was der Stumme nicht nachempfinden konnte. Er folgte dem Stummen hinunter in die riesige Küche. Ein Koch hatte sich siedendes Öl auf den Fuß geschüttet. Der Fuß war schlimm verbrannt.

Augenblicklich nahm Teray den Fuß in Augenschein. Den Schmerz konnte er am Gesicht des Mannes ablesen, er hütete sich, danach in seinem Geist zu suchen. Wie alle Musternisten hatte auch Teray Grundkenntnisse der Heilung in der Schule vermittelt bekommen. Die Fähigkeit zu heilen hatte wenig mit Geisteskraft zu tun. Sie speiste sich aus einer ganz anderen Art von Kraft. Die meisten Häuser hielten mindestens eine Frau oder Außenseiter, die sich auf Heilverfahren spezialisiert hatten. Das war dann jemand, der so Großartiges vollbringen konnte, wie Glieder regenerieren oder einen Körper von tödlichem Gift befreien. Ein guter Heiler kam so ziemlich mit allem zurecht, außer der Clayarkkrankheit. Aber Teray war kein guter Heiler. Vorsichtig schläferte er den Mann ein. Das war recht einfach, aber ihn zu heilen . . .

Er überlegte, ob er Coransee nach dem Heiler des Hauses fragen sollte. Doch das hätte er eigentlich schon längst in Erfahrung bringen müssen. Und das würde ihm Coransee in unmißverständlichen Worten klar machen. Und dann fiel ihm der riesige, nur teilweise verdaute Brocken von Jackmanns Erinnerungen ein. Er konzentrierte sich darauf; er fand den Namen des Heilers und den mentalen Anruf, auf den – in diesem Fall – die Frau reagierte. Dieses Wissen verlieh ihm Sicherheit. Da er nun wußte, daß der Heiler im Haus und notfalls augenblicklich zu erreichen war, konnte er es riskieren, diese Frau nicht belästigen zu müssen. Er konnte riskieren, den Stummen selbst zu heilen.

Es fiel ihm überhaupt nicht schwer. Es kam ihm vor, als ob der Körper des Stummen sein eigener sei, als ob er sein eigenes Fleisch regenerierte. Teray mußte reichlich verbranntes, totes Fleisch entfernen. In jedem Fall mußte vermieden werden, daß der Stumme aufs neue Schmerzen erlitt. Teray schloß die Augen und konzentrierte sich. Er öffnete sie nicht, bevor er den Heilungsprozeß abgeschlossen hatte. Der Fuß des Stummen war wieder ganz, zum Erstaunen des Stummen selber, der fasziniert auf das frische rosige Fleisch starrte.

»Der Fuß wird eine ganze Weile noch recht empfindsam sein«, sagte ihm Teray. »Aber ansonsten ist er wieder in Ordnung. Nimm ein kräftiges Frühstück zu dir und laß dich für diesen Tag krank schreiben.«

Der Stumme lächelte. »Danke.«

Teray legte sich daraufhin wieder nieder. Das erste Mal, seit er die Stellung des Stummenhirten übernommen hatte, war er mit sich zufrieden. Er hatte die Heilung langsam, aber ordentlich vollzogen. Sicherlich hätte er den Stummen dem Haus-Heiler übergeben können, aber er war sich ganz sicher, daß der Mann auch so wieder in Ordnung war. Seit Teray in die Heilungsprozesse eingeführt worden war, hatte er sie nur an sich selbst ausprobiert, aber nie an jemand anders, und auch das war schon Jahre her.

Langsam begann er sich für die Stummen zu interessieren. Er hatte sich bisher weder den Außenseitern noch den Frauen des Hauses angeschlossen. Er hatte sich auch noch keinen Ersatz für Iray gesucht, obwohl ihm schon aufgefallen war, daß einige der Frauen ihn herausfordernd ansahen. Darunter gab es sogar solche, die ihn angesprochen hatten, die sich ihm ganz offen angeboten hatten, aber er hatte sie so freundlich wie möglich abgewiesen. Vielleicht wäre es ihm leichter gefallen, wenn er nicht fast täglich Iray irgendwo im Haus gesehen hätte. Vielleicht wäre es einfacher für ihn gewesen, wenn ihn seine Arbeit mehr beanspruchte. Doch seine Stummen waren einfach perfekt. Abgesehen von dieser einen Heilung benötigten sie ihn nicht. Oder zumindest dachte er das, bis eines Nachts eine kleine rothaarige Stummenfrau mit Namen Suliana direkt vor seiner Tür zusammenbrach.

Teray schreckte über dem Geschichtsstein auf, den er gerade in seinen Geist aufnahm, als er den Lärm vor der Tür hörte. Augenblicklich stieg Besorgnis und Angst in ihm auf.

Schockiert schrie er auf. Dann eilte er zur Tür. Suliana war halb zu Boden, halb gegen die Tür geglitten. Teray öffnete ein wenig seinen Geist, um den Schmerz der Frau auszuloten. Er nahm exakt ihre Körperstellung auf, erst dann öffnete er vorsichtig die Tür und fing sie im gleichen Moment auf, so daß sie mit dem Kopf nicht auf den Boden aufschlagen konnte. Sie wimmerte bei seiner Berührung, und er sah, daß ihr Körper teilweise gebrochen und mit Schnittwunden übersät war. Außerdem hatte sie innere Verletzungen. Vorsichtig nahm er sie auf die Arme und konzentrierte sich völlig auf den Körper der Leblosen. Sie hatte zwei gebrochene Rippen und wenn er sich nicht vorsah, würde eine davon den linken Lungenflügel aufreißen. Er legte sie aufs Bett und nahm ihr die Schmerzen. Er wußte, daß seine Heilkünste für ihre Verletzungen nicht ausreichten, also rief er den Heiler. Der Name des Heilers war Amber. Eine Frau von goldbrauner Farbe und mit schwarzer Lockenpracht, die wie eine Kappe fest um ihren Kopf saß. Und sie hatte Mut.

Sie warf einen Blick auf Suliana, die regungslos auf Terays Bett ausgestreckt lag, und schon begann sie Teray zu attackieren.

»Zum Teufel, was ist mit ihr los, daß du so etwas zuläßt! Ich habe gedacht, daß du die Sache ein wenig besser machen würdest als Jackmann – oder mindestens, daß du stärker wärest. Ich habe gedacht, daß ich dieses arme Mädchen zum letzten Mal zusammengeflickt hätte, als ich hörte, daß du diesen Posten übernehmen solltest.«

»Halt ein«, sagte Teray und wich überrascht einen Schritt zurück. »Ich weiß gar nicht, wovon du sprichst. Warum hast du dann nicht auf Suliana aufgepaßt?«

»Du weißt nicht, was los ist!« Das war eine Anklage.

»Nein, ich weiß es nicht. Aber ich würde vorschlagen, daß du erst deine Arbeit tust, bevor wir weiter darüber diskutieren, ob ich es hätte wissen müssen oder nicht. Und paß gut auf sie auf.«

Sie sah ihn an und strahlte Unmut aus. Ihm fiel ein, was er in der Schule gelernt hatte – daß selbst Hausgebieter sich vorsahen, ihre Heiler zu reizen. Ein guter Heiler war immer auch ein verteufelt guter Killer. Ein guter Heiler war in der Lage, die vitalen Teile eines menschlichen Körpers zu vernichten, und zwar schneller und gründlicher als daß selbst ein starker Musternist noch in der Lage wäre, sich dann noch selbst zu reparieren. Doch Teray wich ihr nicht aus. Offensichtlich hatte er sie schon erregt. Er würde nicht aus Angst vor ihr zurückweichen.

Es dauerte nicht lange, da wandte sie sich mit Grollen von ihm ab und begann mit ihrer Arbeit an Suliana. Sie schläferte die Stummenfrau ein und beschäftigte sich dann fast eine Stunde mit ihrem Körper. Teray orderte in der Zwischenzeit in der Küche ein opulentes Mahl für Suliana. Gewöhnlich brauchten die geheilten Patienten so schnell wie möglich Nahrung nach einem Heilungsprozeß, denn die Heiler entzogen den Körpern der Verletzten alle Energien und Reserven, um sie zu heilen. Das Essen wurde gebracht, als Amber ihr Werk vollbracht hatte. Der Stumme, der es servierte, schaute traurig zu Suliana hinüber und murmelte: »Schon wieder?«

Als er den Raum verließ, versenkte sich Teray in die Gedanken des Stummen. Er fand es an der Zeit, endlich zu erfahren, was offensichtlich jeder außer ihm schon wußte.

Suliana, so erfuhr er, wurde von einem Außenseiter namens Jason wie persöönliches Eigentum gehalten. Coransee hatte Jason vor zwei Jahren mit Gewalt in sein Haus gebracht, als dieser mit seiner Frau die Schule verließ. Die Frau hatte Coransee dann später an ein anderes Haus verkauft. Unglück für Suliana, daß sie Jasons Frau sehr ähnlich sah. Das war der Grund gewesen, warum er sie in Besitz genommen hatte. Unglück im Unglück für Suliana, daß sie nicht Jasons Frau war. Das führte näm-. lich dazu, daß Jason in regelmäßigen Abständen, pervertiert durch Wut und Frustration, die Stummenfrau fast zu Tode prügelte.

»Weißt du jetzt alles?« fragte Amber.

Sie hatte ihre Arbeit beendet und sah Teray an. »Ich habe mitbekommen, was der Stumme aus der Küche wußte.«

»Und du hast nichts darüber gewußt?«

»Nicht bewußt. Jetzt, wo ich es weiß, fällt mir ein, daß ich davon bei Jackman etwas mitbekommen habe. Und jetzt fällt mir auch ein, warum das ungehindert geschehen konnte: Jackmann hatte zuviel Angst vor Jason, um sich mit dieser Angelegenheit an Coransee zu wenden.«

»Du heißt Teray, nicht wahr?«

»Ja.«

»Teray, kannst du mir verdammt noch mal verraten, was du in den letzten Wochen getrieben hast?«

Teray gelang es, seinen Zorn zu bezähmen. »Eins zu Null für dich«, sagte er ruhig. »Freu dich drüber.«

»Warum?« Sie schien sich über ihn lustig zu machen. »Schämst du dich? Das ist gut. Wenn du dich schämst, so glaube ich, daß noch Hoffnung bei dir besteht. Was hast du jetzt vor?«

Er atmete tief durch. Darüber bestand kein Zweifel, er hatte ihren Sarkasmus verdient. Ihren oder den von jemand anderen. »Ich werde zusehen, daß dieser Jason niemals mehr Hand an sie legen kann – oder an einen anderen Stummen. Und ich werde Coransee von dieser Angelegenheit berichten. Für den Fall, daß Jason eine Musternistenfrau finden sollte, die nicht stark genug sein sollte, sich gegen seine Mißhandlungen zu wehren.«

»Das ist gut. Was noch?«

Teray setzte sich und schaute sie an. »Ich werde dir

jetzt zuhören, wie du mir über andere Fälle dieser Art berichtest, die du behandeln mußtest. Und dann, wenn ich alles gehört habe, werde ich eine günstige Gelegenheit abwarten und jedem mein Ehrenwort geben, daß er es mit mir zu tun bekommt, sollte er es wagen, sich an meinen Stummen zu vergreifen.«

Amber runzelte die Stirn. »Das ist keine Frage der günstigen Gelegenheit. Das ist ganz einfach dein Job. Der einzige Grund, warum Jackmann das nicht getan hat, war, daß er dazu nicht die Kraft hatte – oder wie du meinst, nicht den Mut hatte, zu Coransee zu gehen.«

»Für mich heißt das immer noch, die günstige Gelegenheit ergreifen. Aber dafür hast du mein Wort darauf.«

Sie zog eine Augenbraue hoch. »Schon Schwierigkeiten mit Coransee, he? Nun gut. Dabei kann ich dir nicht helfen. Aber wenn du mit irgendwem sonst Schwierigkeiten bekommst, kannst du dich auf mich verlassen. Ich weiß, daß du stark bist, aber wenn du ihnen den Spaß verdirbst, werden sie dir sicher nicht den Gefallen tun, einer nach dem anderen zu dir zu kommen.«

Ihre Gedanken waren sprunghaft und verwirrend. Teray konnte sich nicht entscheiden, ob er sie mochte, ob sie ihm gleichgültig war, oder ob er sie haßte. Es überraschte ihn, als ihm aufging, daß er sie möglicherweise leiden mochte. Er schüttelte den Kopf und lächelte kurz. »Amber, warum zum Teufel machst du dich nicht davon und schaffst dir dein eigenes Haus an?«

»Das werde ich auch tun, früher oder später«, sagte sie. »Noch laß ich mich eine Weile von Coransee aufs Nebengleis schieben.«

Er hatte die Frage eigentlich nicht ernst gemeint, er hatte auch keine Antwort erwartet. Doch jetzt hatte ihn ihre Antwort neugierig gemacht.

»Bist du ein Lehrling?«

»Nein.«

»Ich dachte, du hättest es ernst gemeint – ich dachte, du hättest wirklich vor, irgendwann Coransees Haus zu verlassen.«

»Irgendwann bin ich auch in Coransees Haus gekommen.«

»Freiwillig?«

»Ja. Er hatte keinen Heiler und ich hatte keine Bleibe. Außerdem mußte ich mich von einer Reihe ernsthafter Wunden kurieren, die die Clayarks mir zugefügt hatten. Ich kam damals gerade aus dem Carlstonsektor. In der Folge stellten Coransee und ich fest, daß wir gut miteinander auskamen, und so bin ich geblieben. Aber ich bin nicht eine seiner Frauen, Teray, ich bin unabhängig.«

Er hatte davon gehört – Menschen, die nicht Gebieter über ein Haus waren, aber in der Regel seltene und hoch geachtete Kunst oder Kunstfertigkeiten beherrschten, so daß sie überall in den Sektoren willkommen waren. Und die Kraft genug hatten, sich zu behaupten, ohne sich mit den Sorgen eines Hausgebieters rumschlagen zu müssen.

»Ich dachte, es gäbe keine solchen Unabhängigen mehr. In dem Maße, wie jetzt die Clayarks . . .!«

»Es gibt uns noch. Nur, wir bleiben jetzt länger an einem Ort als früher. Dennoch sind wir freie Menschen.«

»Ich hoffe, ich bin dabei, wenn du eines Tages versuchen wirst, Coransee zu verlassen.«

»Gut möglich. Es wird nicht mehr allzu lange dauern. Aber eigentlich hatten wir vorgehabt, uns über die Stummen zu unterhalten.«

Teray ließ sich bereitwillig zum eigentlichen Thema zurückbringen. »Gut. Erzähl mir alles, was du über Stummenmißbrauch in diesem Hause weißt.«

Sie drehte sich um und schaute zu Suliana. Die Stummenfrau schien friedlich zu schlafen. Offensichtlich legte

Amber mehr Wert darauf, daß sie ausruhte, bevor sie etwas aß.

»Öffne dich« sagte Amber. »Ich gebe dir alles auf einmal.«

Er fühlte sich nicht ganz wohl in seiner Haut, sich ihr völlig zu öffnen. Nachdem sie sich entschlossen hatte, bei Coransee zu bleiben, mußte sie ihm gegenüber unweigerlich auch Loyalität empfinden. Aber andererseits, was konnte sie von Teray erfahren, was Coransee nicht bereits wußte? Also, was machte das schon? Er öffnete sich.

Was sie ihm übermittelte, hinterließ bei ihm das Gefühl, als habe man ihn in eine Grube voller Fäkalien getaucht. Er verdaute die Liste der Boshaftigkeiten nur oberflächlich, doch schon aufgrund dessen mußte er seine Meinung gründlich ändern. Was Jason Suliana angetan hatte, war ihm bestialisch vorgekommen. Und nun erfuhr er, daß Jason, gemessen an einigen anderen im Haus, geradezu menschlich gehandelt hatte. Keiner hatte je einen Stummen getötet, aber eine Anzahl von Außenseitern und Frauen spielten das groteske Spielchen, sie fast zu Tode zu quälen. Zum Beispiel ließen sie zwei Stumme so lange miteinander kämpfen, bis der eine von ihnen so zu Schanden gerichtet war, daß er beim besten Willen nicht mehr seinen Körper unter Kontrolle halten und weiterkämpfen konnte. In diesen Kämpfen ging es um Privilegien und Besitz. Dann erfuhr er von einer gewissen Musternistenfrau, die es geradezu zur Kunst hochstilisiert hatte, ungeborene Stummenkinder zu kontrollieren und auf ihre Entwicklung Einfluß zu nehmen. So hatte sie schon mehrere verunstaltete Monster geschaffen, die bei ihrer Geburt vernichtet werden mußten. Sie konnte sich das erlauben, weil Kleinkinder und auch ältere Kinder, egal ob es Musternistenkinder oder Stummenkinder waren, als entbehrlich betrachtet wurden.

Und alle Kinder, die in irgendeiner Weise einen nicht-wiederherstellbaren Schaden mit auf die Welt brachten, wurden routinemäßig vernichtet.

Dann gab es da einen Außenseiter, der veraltete Folter-methoden ausgegraben und sich ein Hobby daraus ge-macht hatte, sie an den Stummen auszuprobieren. Ein anderer Außenseiter empfand sexuelle Befriedigung, wenn er mehrere Male mit einem Küchenmeser in eine Stummenfrau hineinstieß. Und dann war da noch die Frau, die . . .

Kummervoll zog Teray sein Schild vor und schüttelte den Kopf. »Aber, und das ist wirklich alles geschehen, seit ich hier die Stellung übernommen habe?«

»Nicht viel davon. Weil die Leute wissen, daß du stark bist, sind sie noch vorsichtig. Und dann kommt noch hinzu, sie müssen ja auch immer erst noch den Schaden reparieren, den sie angerichtet haben – oder sie müssen mich rufen. Doch offensichtlich ist Jason zu der Überzeu-gung gelangt, daß du kein Problem für ihn darstellst, we-nigstens kein ernsthafteres als Jackman.«

»Warum läßt Coransee das alles geschehen? Er muß darüber doch auch Bescheid wissen.«

Amber sah zur Seite. »Er weiß es. Ich habe es ihm oft genug erzählt. Er will nicht, daß ich mich da einmische, außer, ich würde mich hier für immer niederlassen und meine Unabhängigkeit aufgeben. Nicht, daß er mich meine Arbeit nicht tun lassen will. Immerhin helfe ich zu verhindern, daß seine Stummenherde ausgerottet wird.«

»Aber macht es ihm denn gar nichts aus, daß seine Stummen gefoltert werden?«

»Augenblicklich gibt es sowieso nur eine Sache, die ihm am Herzen liegt. Und obwohl ich ihn verstehe, ist es genau das, was mich von ihm abstößt.«

»Wovon sprichst du?«

»Das müßtest du eigentlich besser wissen als ich.« Sie

sah ihn neugierig an. »Du bist sein Bruder. Jackman hat es allen erzählt. Leiblicher Bruder. Es hätte mich nicht überrascht, wenn du genauso gewesen wärst wie er – herumsitzen und warten, daß Rayal stirbt, und dann versuchen, das Muster an sich zu reißen.« Ihre Worte verblüfften Teray und erweckten seinen Argwohn. Er wählte seine Worte sorgfältig. »Ich bin nicht hinter dem Muster her«, sagte er. »Wie ich es auch schon Coransee gesagt habe. Alles, was ich will, ist meine Freiheit und darüber hinaus die Gelegenheit, ein eigenes Haus zu führen. Das ist alles.«

Sie schaute ihn länger als nötig mit hochgezogener Augenbraue an. »Ich glaube dir, ich glaube, daß du mir die Wahrheit sagst. Die mich im übrigen überrascht. Coransee giert nach dem Muster, so wie ich und du nach Luft zum Atmen. Genauso. Genauso, als ob jemand versuchen würde, mich vom Heilen abzuhalten. Dann wäre ich eben so wie er jetzt – ich würde die Wände hochgehen.«

»Ich habe nicht diesen Eindruck von ihm gewonnen.«

»Wenn er sich anstrengt, kann er *gut* Eindruck schinden. Aber wenn du, wie ich, ein Heiler bist, wüßtest du es. Du wüßtest es auch, wenn du ihn länger kennen würdest. Er geht mit Leuten um oder läßt Dinge durch, die er vor zwei Jahren noch nicht toleriert hätte.«

»Und all das nur deshalb, weil er so wahnsinnig hinter dem Muster her ist.«

»Mehr als hinterhersein – es ist ein *Bedürfnis*. Über das Muster zu gebieten, dafür ist er geboren und das muß er erreichen. Solange Rayal das an seiner Stelle getan hatte, war alles in Ordnung. Aber jetzt . . . Mit allem, was ihm zur Verfügung steht, hält sich Rayal am Leben. Und wer weiß, vielleicht wäre es besser für das Volk, wenn er nicht einmal das täte. Das Volk braucht einen neuen Gebieter über das Muster, und glaube mir, das ist das Bedürfnis, das Coransee erfüllt. Aber ohne, daß Rayal darüber entscheidet, wagt er nichts anderes, als abzuwarten.«

»Ich glaube, du weißt eine ganze Menge darüber.«

»Ich bin eben ein guter Heiler. Ich kann nichts dafür, daß ich das alles weiß.«

»Vorausgesetzt du hast recht, dann ist Coransee nicht schlechter als Jason und wahrscheinlich eine ganze Menge Leute in diesem Haus. Sie sind hier alle zusammen eingepfercht: Menschen, die sich im Muster nicht nahe stehen. Man hat ihnen das Recht genommen, eine sinnvolle Arbeit zu tun – und noch eine ganze Menge anderer Dinge, die wichtig sind.«

Sie nickte.

»Und du siehst auch, was daraus wird, wohin er sie treibt. Überleg dir nur einmal, welchen Schaden Coransee anrichten könnte, wenn er nur einmal wirklich seinen Frustrationen freien Lauf ließe.«

»Glaube nur nicht, daß er das nicht tut, nur weil du es nicht bemerkst.«

»Aber du lebst noch.«

Er sprang auf und sah sie an, und fragte sich, wieviel sie in Wirklichkeit wußte. »Das stimmt. Aber wenn er sein Haus so vernachlässigt, wie er es offensichtlich jetzt tut, und wenn er zuläßt, daß in solchem Umfang Perversionen ungehindert geschehen, dann wird mir angst und bange auch nur darüber nachzudenken, was er anstellen wird, wenn er die weitaus größere Verantwortung über das Muster in der Hand halten wird.«

»Dazu besteht überhaupt kein Grund. Wenn er erst einmal das Muster hat, wenn seine Begierde ihn bis dahin nicht bei lebendigem Leibe aufgefressen hat, dann wird er in der Lage sein, sich niederzulassen und aufmerksam und geduldig auch in Detailfragen das Volk zu schützen und zu führen. Als mit Rayal noch alles in Ordnung war, hat er dieses Haus gar nicht übel beschützt und geführt.«

»Du stehst auf seiner Seite«, sagte er. »Er ist dir etwas wert. Du entschuldigst ihn.«

Sie zuckte die Achseln. »Noch was, wobei ich dir mit den Stummen helfen kann?« Sie stand auf.

»Nein. Vermutlich werde ich diese Stumme jetzt zu ihrem Zimmer bringen lassen.« Er schaute zu Suliana hinüber und dann zu der Mahlzeit, die er für sie bestellt hatte. »Sollte sie nicht etwas essen?«

»Sobald sie aufwacht. Warum behältst du sie nicht bei dir? Sie ist doch ganz in Ordnung.«

»Kümmere dich um deine eigenen Angelegenheiten.«

Sie lachte, dann aber wurde sie ernst. »Aber halt ihr Jason vom Leib. Damit würdest du mir einen großen Gefallen tun.« Sie ging zur Tür und ließ einen stirnrunzelnden, verblüfften Teray zurück. Sie war ihm ganz nahe im Muster. So nah, daß er ohne jede Anstrengung jederzeit eine improvisierte, fast unfreiwillige Kommunikation mit ihr hätte führen können. Das ging sogar soweit, daß Teray ganz bewußt solche Kommunikationen ausschalten mußte, nachdem er nun einmal eingewilligt hatte, von ihr mentale Informationen zu übernehmen. Er hielt es für das Beste, sich von ihr fernzuhalten. Wenn er nämlich zufällig etwas über Coransee erfahren sollte, was ihm gegen ihn helfen könnte, hatte er kein großes Verlangen, es ihr unbeabsichtigt weiterzugeben.

Er sah wieder zu Suliana hinüber. Dann machte sich sein Geist auf die Suche nach Jason. Der Mann befand sich in seinem Zimmer, friedlich schlafend. Teray stürmte dorthin.

Drei Minuten später war Jason hellwach, lag auf dem Boden, wo Teray ihn hingeschleudert, nachdem er ihn aus dem Bett gezerrt hatte, und protestierte entrüstet. Jason war nicht verletzt, er hatte auch keine Angst. Er war zornig, so zornig, um gegen Teray auszuholen, ohne zunächst das Muster gefragt zu haben, wie es um Terays Kraft bestellt sei. Er selber war auch stark, jedenfalls nach Aussage des Musters. Dennoch, es wäre sicher klüger gewesen, wenn er zunächst versucht hätte, herauszufinden, was er gegen seinen Gegner ausrichten konnte, bevor er ihn angriff.

Aber genau das hatte Teray zu verhindern gesucht.

Teray schluckte diesen ersten, unbeherrschten Schlag, und augenblicklich verfolgte er ihn zu seiner Quelle durch Jasons Abschirmung. Und nun hatte Teray ihn am Kanthaken, ließ ihm nicht mehr Möglichkeiten, sich zu wehren, als Suliana gegen ihn gehabt hatte. Teray wickelte Jason in seinen eigenen Geistesschirm, so daß er nicht um Hilfe rufen konnte. Dann, und dabei entwickelte Teray Methode und Geschicklichkeit, hielt er den Mann bei Bewußtsein und schlug auf ihn ein. Solange, bis er Teray bat, einzuhalten und noch länger, bis er nämlich keine Kraft mehr hatte, darum zu betteln.

Endlich verpaßte ihm Teray noch einen Schlag zum Abschluß und ließ ihn in Bewußtlosigkeit versinken. *Wage es noch einmal, einen meiner Stummen anzurühren*, übermittelte er, *und du wirst feststellen, wie sanft ich dich noch behandelt habe.*

Jason verlor das Bewußtsein, ohne darauf etwas antworten zu können. Nichts würde darauf hinweisen, daß etwas nicht mit ihm stimmte. Erst recht trug er keine körperliche Verletzung. Aber Teray hatte ganze Arbeit geleistet, und Jason litt mindestens so viel wie Suliana gelitten hatte.

Als Teray sein Zimmer betrat, fand er Suliana wach vor. Sie hatte sich über das Essen gestürzt. Sie schaute ihm entsetzt entgegen, und er lächelte sie an, um sie in Sicherheit zu wiegen.

»Und ich dachte schon, ich müßte dich in dein Zimmer

zurück tragen lassen«, sagte er zu ihr.

»Ich muß nicht zurück zu Jason?« Sie hatte eine weiche, verführerische Stimme.

»Du mußt nicht zurück zu Jason. Nie mehr.«

»Ich gehöre ihm nicht mehr?«

»So ist es.«

Sie seufzte. »Das hat Jackman auch einmal gesagt.«

»Ich bin nicht Jackman. Und nach der . . . Unterredung, die ich gerade mit Jason hatte, bin ich eigentlich sicher, daß er dich nicht wieder belästigen wird.«

Sie sah ihn unsicher an, als ob sie nicht genau wüßte, ob sie ihm glauben sollte oder nicht. Er hätte sie von diesen Sorgen befreien können, indem er sie einfach geistig beeinflußte, ihm zu glauben, und Jason zu vergessen. So ging man normalerweise mit den Stummen um. Er hatte überhaupt keine Lust, mit den Geistern der Stummen herumzuexperimentieren, außer er wäre dazu gezwungen. Die Stummen waren intelligent. Sie konnten ganz gut denken, wenn ihnen nur jemand die Gelegenheit dazu gab.

»Wenn ich nicht zurück zu Jason muß«, sagte Suliana, »warum kann ich dann nicht hier bleiben?«

Teray schaute sie überrascht an, und dann betrachtete er sie zum ersten Mal richtig. Sie war klein und dünn – eigentlich zu dünn. Aber sie hatte eine anziehende, fast kindliche Art. Und nach Iray hatte es keine Frau mehr in seinem Leben gegeben.

»Du kannst bleiben, wenn du willst«, sagte er.

So blieb sie.

Zuerst hatte er Angst gehabt, daß er sich vergessen könnte und sie verletzte. Doch dann programmierte er sich mit Hilfe von Jackmans Erinnerungen und baute bestimmte Beschränkungen zur Kontrolle ein. Suliana genoß die geistigen Anforderungen, die er ihr gewährte, und die sie ertragen konnte, und Teray genoß sie und ihr

Vergnügen ebenso wie sein eigenes. Seit er den Übergang zum Erwachsenen gemacht hatte, war er nicht mehr körperlich mit einer Stummen zusammen gewesen. Nun hatte er geistig wie körperlich das Empfinden, daß er eine ganze Menge verpaßt hatte.

Am nächsten Tag brachte Suliana ihre wenigen Habseligkeiten in sein Zimmer. Amber, die nach ihr sehen wollte, stellte fest, daß sie es sich mit Teray gemütlich gemacht hatte und grinste breit.

»Genau das, was dir fehlt«, sagte sie zu Teray. »Ich konnte mir schon denken, daß du meinen Rat annehmen würdest.«

»Ich wünschte mir, du würdest mich in Ruhe lassen und dich um deine eigenen Angelegenheiten kümmern«, sagte Teray.

»So bin ich nun mal. Ich bin ein Heiler, das weißt du doch, oder?«

»Ich brauche niemanden, der mich heilt.«

Vor seinen Augen faltete sie ihre Hände und verschränkte die Finger miteinander. »Ich kenne dich kaum«, sagte sie. »Aber wie du verdammt genau weißt, wir sind so im Muster.« Sie schüttelte ihre gefalteten Hände. »Also, wenn du mich anlügst, erwarte gefälligst nicht von mir, daß ich es dir glaube.«

Sie untersuchte kurz Suliana und verschwand dann wieder die Treppe hinunter, ohne noch ein einziges Wort an Teray zu richten.

Die Wochen vergingen. Dank Suliana und dank des neu erwachten Interesses an seiner Arbeit gewann Teray wieder Freude am Leben. Murrend mußte er sich selber eingestehen, daß Amber recht gehabt hatte. Auch er hatte in gewisser Weise eine Kur nötig gehabt.

Nun, einmal geheilt, beschäftigte er sich mit dem Projekt, Redhill-Sektor zu verlassen. Er hatte vor, einfach davon zu laufen und in einen Sektor zu fliehen, in dem

Coransee weniger Einfluß hatte. Er war sich nicht ganz sicher, was ihm dies einbringen mochte. Besonders im Hinblick darauf, daß Coransee Rayals Nachfolge antreten würde. Unter Umständen brachte es ihm gar nichts ein, denn traditionsgemäß schickten sich Hausgebieter ihre Ausreißer gegenseitig wieder zu. Und außerdem, und das war die wichtigere Frage, wußte er nicht, ob sein Plan durchführbar war.

Denn soweit sich Teray zurückerinnern konnte, hatte es noch nie eine Zeit gegeben, wo eine einzelne Person das gefährliche Unterfangen hätte unternehmen können, alleine durch die Sektoren zu reisen. Reisende traten nur in Gruppen auf, und mieden die Grenzen der Sektoren – Gruppen von zehn bis fünfzehn Leuten, soviele wie möglich. Auch Amber würde sich sicher einer solchen Karawane anschließen, die von Zeit zu Zeit durch den Sektor kamen. Falls es ihr je gelingen sollte, sich von Coransee freizumachen. Doch Teray würde in einer solchen Karawane nicht aufgenommen werden. Wer Coransee kannte, würde nicht freiwillig einem Ausreißer aus seinem Haus die Flucht ermöglichen.

Alles war anders gewesen, als die Clayarks Rayal noch nicht mit ihrer Krankheit verseucht hatten. Die Menschen waren bedenkenlos und ohne daß ihnen etwas passiert wäre, von einem Ende des Territoriums des Musters zum anderen gereist. Selbst Stumme waren alleine gegangen, sie hatten Waren zwischen den einzelnen Sektoren getauscht oder Pilgerfahrten zum Haus des Gebieters über das Muster unternommen. Aber jetzt . . . Redhill zu verlassen, das kam einem Selbstmordversuch gleich. Doch ein weiterer Aufenthalt erschien Teray wie der sichere Selbstmord. Coransee konnte es genausogut leid werden, seine Entscheidung abzuwarten und ihn vor der vereinbarten Zeit töten.

Doch wenn er fort ginge, wenn er zum Beispiel bis

nach Forsyth käme . . . Der Gedanke setzte sich bei ihm fest, als ob er nie etwas anderes gekannt hätte und als ob das seine Bestimmung sei.

Forsyth, das war der Geburtsort des Musters, das war das Zuhause des Gebieters über das Muster. Von dort, von Rayal, würde Coransee Teray nicht mehr wegholen können. Vorausgesetzt, Rayal könnte überzeugt werden, Teray Asyl zu gewähren. Und ganz sicher würde der Gebieter über das Muster Coransee den Wettstreit um das Muster verwehren, so lange er, der Meister, noch lebte. Teray glaubte sich sogar gut an ein Gesetz erinnern zu können, das solche Wettstreits vor der Zeit verbat. Wenn Teray doch nur nach Forsyth gehen könnte, um dort seinen Fall vorzutragen. Er würde in Rayals Haus das Wissen erlangen, daß Coransee ihm jetzt vorenthielt. Er würde an sich arbeiten können, so daß der Ausgang einer weiteren Auseinandersetzung mit Coransee nicht mehr so sicher vorauszusagen war. Und sicher würde ihm einer der Reisenden in Rayals Haus dabei behilflich sein, wenn der Meister selbst nicht mehr in der Lage sein sollte, ihn zu unterrichten. Denn die Reisenden waren ihrerseits äußerst fähige Leute.

Teray besorgte sich Lernsteine, um die Reise vorzubereiten. Als erstes studierte er das Gebiet zwischen Redhill und Forsyth. Er speicherte alles, was er finden konnte – in Gedanken festgehaltene Straßen, in Gedanken festgehaltene Sektoren, die er kreuzen mußte. Nicht speichern konnte er Standorte der Clayarkniederlassungen, denn die Clayarks zogen im Musterterritorium von einem Ort zum anderen. Sie waren Nomaden; ihre großen Stämme durchstreiften das Land und blieben nur so lange an einem Ort, wie sie dort Nahrung finden konnten. Ebenso war von ihnen bekannt geworden, daß sie Musternisten fraßen. Doch eine Musternistenmahlzeit kam ihnen teuer zu stehen, viele Clayarkleben. Sie fraßen einen Musternisten weniger aus Hunger, sondern aufgrund einer Art Ritual, das seinen Ursprung in quasi religiösen Gründen hatte. Die Clayarks verschlangen die Körper der Musternisten, um symbolisch aufzuzeigen, wie sie sich eines Tages die gesamte Rasse einverleiben würden.

IV

Wenige Tage später, nachdem Teray sich entschlossen hatte wegzulaufen, sah er den Clayark. Es war wie ein Zeichen, eine Warnung. Teray hatte mit mehreren Lernsteinen das Haus verlassen, um in der Abgelegenheit und Einsamkeit eines kleinen Wäldchens deren Inhalt aufzunehmen. Die Steine nahmen dermaßen seine Aufmerksamkeit gefangen, daß er darüber seine persönliche Sicherheit völlig vernachlässigte. Sicher, seit dem Tag, an dem er die Schule verlassen hatte, war der Sektor von Clayarks verschont geblieben, aber das war noch lange keine Entschuldigung für seine Nachlässigkeit. Nicht dafür, daß ein Clayark fast unbemerkt bis an ihn herankommen konnte . . .

In der Regel spannte jeder Musternist, der sich von den Gebäuden seines Hausgebieters entfernte, einen mentalen Sicherheitsschirm um sich. Im gleichen Augenblick, in dem dieser Sicherheitsschirm – im Umkreis von etwa hundert Metern – von einer menschenähnlichen Kreatur berührt wurde, erhielt der Musternist ein Warnzeichen. Glücklicherweise verfügten die Clayarks nicht über die geistigen Fähigkeiten der Musternisten. Sie waren auf ihre körperlichen Sinne beschränkt. Unglücklicherweise aber gab es die Clayarkkrankheit. Bei Musternisten, die von dieser Krankheit befallen wurden, mutierten die menschlichen Gene in der Weise, daß sie Kinder in Sphinx-Gestalt zur Welt brachten. Leider stand der Geist dieser Kinder außerhalb der Reichweite eines Musternisten. So waren die Clayarks nur körperlich verwundbar. Genauso, wie auch die Clayarks die Musternisten nur körperlich verletzen konnten. Teray drückte sich weit in den Schatten der Bäume, die ihn bis dahin vor dem Clayark verborgen gehalten hatten.

Es war ein Männchen. Es stand auf drei Beinen, mit dem vierten aß der Clayark etwas. Gegen Terays Willen zog ihn dieser Anblick in Bann. Er verglich das Geschöpf mit Laros Figurine. Niemals zuvor hatte er aus solcher Nähe einen leibhaftigen Clayark gesehen. Er stellte fest, daß der Clayark alleine war. Wahrscheinlich würde er nicht schnell genug sein, um ihm Schaden zufügen zu können. Doch er war bewaffnet. Er trug an einem Gurt das unvermeidliche Gewehr über seinen Rücken, den Kolben griffbereit an einer Schulter.

Das Geschöpf warf etwas zur Seite, und Teray erkannte, daß es sich um eine Orangenschale handelte. Es bestand kein Zweifel, der Clayark hatte die Frucht aus den Vorräten Bryants gestohlen, einem Nachbarn von Coransee, der diese Früchte anbaute. Außerdem trug der Clayark eine Art Satteltasche über dem Rücken. Die Taschen zu beiden Seiten beulten sich aus, sicherlich, weil sie voller gestohlener Früchte steckten.

Der Clayark erschien Teray wie eine lebende Version von Laros Statue – muskulös, gebräunt, schlank, Menschenkopf, nahezu der Körper eines Löwen. Das Geschöpf bewegte sich mit der Geschmeidigkeit einer Wildkatze und trug anstelle einer Mähne einen leuchtend rotgoldenen Kopfschmuck. Da sein Körper nicht von einem Pelz bedeckt war, trug das Geschöpf auch Kleider – zwei Tierhäute; die eine war über die Lenden gezogen, die andere über dem Körper, wahrscheinlich, um die darüber befestigte Last bequemer tragen zu können.

Aber nicht typisch war der Schutz der Vorderfüße, die gleichzeitig als Hände dienten. Nur die Clayarks, die Wert darauf legten, daß ihre Hände weich wie die eines Menschen waren, trugen Laufhandschuhe in der Art, wie dieser Clayark sie nun anzog. Die Hände der Clayarks, die keine Handschuhe trugen, waren bald mit Schwielen und Hornhaut überzogen, die den legendären Ruf der Clayark als unbeholfene Wesen begründete.

Und dann konnte Teray seine Neugierde nicht mehr bezähmen. Er sah sich noch einmal sorgfältig um, um sich zu vergewissern, daß der Clayark auch wirklich alleine war, dann erhob er sich und trat aus seinem Versteck hervor. Einen Augenblick später hatte das Geschöpf ihn erspäht. Der Clayark erstarrte.

»Töten?« eine tiefe und rauhe Stimme, aber unmißverständlich menschlich.

»Nicht, solange du mich nicht dazu zwingst«, sagte Teray.

»Nicht töten?« der Clayark ließ sich wie eine Katze auf seinen Hinterbacken nieder. »Warum?«

»Kann ich dir nicht sagen«, sagte Teray.

»Junge? Schuljunge?«

Teray setzte ein grimmiges Grinsen auf. Dann sandte er einen Strahl zu der rechten Hand des Clayarks und drückte die Muskelstränge zusammen. Der Clayark keuchte bei dem plötzlichen Schmerz, kollabierte fast, bevor er wieder zu Atem kam. Haßerfüllt und ohne ein Wort zu sagen, starrte er Teray an.

»Mann«, sagte Teray. »Also, unterlaß alle Albernheiten.«

»Was willst du?«

»Nichts. Ich möchte dich nur sprechen hören.«

Das Geschöpf schaute ihn zweifelnd an. »Deine Sprache . . . nicht viel.«

»Aber du verstehst mich.«

»Leben.«

»Wenn du weiter am Leben bleiben willst, rate ich dir, deine Raubzüge auf Redhill einzustellen. Die Gebieter hier sind schon hinter euch her.«

Der Clayark zuckte zusammen. Das sah bei ihm seltsam aus.

»Warum greift ihr uns an? Wir würden euch nicht töten, wenn ihr uns in Ruhe ließet.« Er wußte die Antwort, aber es interessierte ihn, ob auch der Clayark sie wußte.

»Feinde«, sagte das Wesen. »Nicht Menschen.«

»Ihr wißt, daß wir Menschen sind.«

»Feinde. Land. Nahrung.«

Also wußte er es, zumindest indirekt. Die Clayarks brauchten immer mehr Land und immer mehr Nahrung. Sobald sie Land erobert hatten, vermehrten sie sich um so mehr und breiteten sich augenblicklich darauf aus.

»Besser, du gehst jetzt«, sagte Teray. »Bevor du einem anderen Musternisten über den Weg läufst, der dich umbringt.«

Das Geschöpf richtete sich auf und sah Teray sekundenlang aufmerksam an. »Rayal?« Im ersten Augenblick verstand Teray nicht. Er runzelte die Stirn. »Was?«

»Du . . . dein Vater. Rayal?«

Geistesgegenwärtig antwortete Teray darauf nicht. »Du sollst abhauen, habe ich gesagt.«

Katzenhaft sprang das Wesen davon, in Richtung der südwestlichen Grenze des Sektors.

Teray blieb noch eine Weile wie angewurzelt stehen. Ihm war es unverständlich, wie ein Clayark ihn als Rayals Sohn hatte erkennen können. Nun gut, Coransee hatte Teray schon verraten, daß er sehr große Ähnlichkeit mit Rayal hatte, und die Clayarks hatten vor Jahren die Gelegenheit gehabt, sich Rayal gründlich anzuschauen. Einige von ihnen hatten mit Sicherheit überlebt, um die Kunde über sein Aussehen weiterzutragen. Vielleicht hatte einer der Überlebenden sogar ein Bild angefertigt.

Da sie alle die Krankheitskeime in sich trugen, hatten sie nur zu freudig von der Gelegenheit Gebrauch gemacht, um Rayal zu mutieren. Sie hatten ihn gebissen und ihn damit mit der einzigen Krankheit angesteckt, die kein Musternistenheiler kurieren konnte – mit der Clayarkkrankheit. Waren sie nun auf der Suche nach seinen Kindern, seinen möglichen Erben, um ihnen das gleiche anzutun? Hatten sie deshalb Coransees Haus überfallen?

Teray sandte seinen Geist in die Richtung aus, die der Clayark eingeschlagen hatte. Er durchsuchte ein großes Gebiet, aber der Clayark war nicht da. Das war eine der größten Schwierigkeiten der Musternisten – sie waren nicht in der Lage, den Geist eines Clayark zu erreichen. Sie konnten Clayarks nur dann ausfindig machen, wenn sie sich auch körperlich in ihrer Nähe befanden – so nahe, daß sie mit der Warnsystemabschirmung in Berührung kamen. Terays Schirm umfaßte einen außergewöhnlich großen Umkreis, weil er stark war. Da der Clayark so schnell entschwunden war, hieß das, daß er über gewaltige Muskelkraft verfügte. Teray tat es nachträglich leid, daß er den Clayark nicht getötet hatte.

*

Erst Stunden später machte sich Teray auf den Heimweg. Als er dem Haus näher kam, fühlte er, daß sich seine Atmosphäre verändert hatte. Im Gemeinschaftsraum hielt sich eine ganze Anzahl von Fremden, der übliche Anhang von Stummen, Außenseitern und Frauen auf. Sein erster Gedanke war, daß es mit den Clayarks Schwierigkeiten gegeben und Coransee um Hilfe gerufen hatte. Aber dafür war die Atmosphäre zu entspannt. Die

Fremden hatten es sich bequem gemacht, sie ruhten aus oder unterhielten sich mit einem Stein oder einer Statue oder probierten ihre Verführungskünste an einem Mitglied von Coransees Haus aus.

Teray schaute sich um und fand Amber, die sich in den Inhalt eines Lernsteines vertieft hatte. Er ging zu ihr hinüber und berührte sie leicht am Handgelenk. Nur, um sie auf ihn aufmerksam zu machen. Erschreckt sprang sie auf und schaute um sich, als ob sie gerade aufgewacht sei und als wollte sie nicht, daß jemand das bemerkte. Dann sah sie Teray und legte den Stein zur Seite. »Ich glaube, du bist genau zum rechten Zeitpunkt nach Hause gekommen«, sagte sie.

»Warum? Was ist los?«

»Dein Freund Joachim. Er ist mit einem von Rayals Reisenden hier. Ich glaube nicht, daß das ein guter Einfall von ihm war, aber ich nehme an, daß er es für dich getan hat.«

Mit gerunzelter Stirn sah er sie an. »Wie kommst du darauf?«

»Du meinst, wieso ich das alles weiß?«

»Ja!«

Sie zögerte. »Nun, du hättest genausogut darauf kommen können. Du erinnerst dich doch sicher an die Herzverletzung, die dir Coransee in der ersten Nacht hier zugefügt hat, nicht wahr?«

Er sagte nichts, doch er hatte verstanden. Gedemütigt sah er sie an.

»Wie leicht ist es doch, jemanden zu verletzen oder zu töten, und wie schwer ist es dagegen, denjenigen wieder zu heilen«, sagte sie. »Vor allen Dingen dann, wenn es jemand anders ist, als du selbst. Coransee mußte mich hinzurufen, wollte er dein Leben retten. Damals habe ich keine Frage gestellt, erst später – nach Suliana. Und Coransee hat sie mir beantwortet.«

Angewidert wandte sich Teray von ihr ab. Rechtzeitig, bevor er weggehen konnte, ergriff sie seinen Arm. Sie hielt ihn etwas länger als nötig. Wortlos und verblüffend leicht entspann sich zwischen ihnen eine Kommunikation. Informationen wurden nicht ausgetauscht. Nur diese Einheit, so unerwartet, und so viel geschlossener, als Teray je gedacht hätte, und vor allen Dingen viel intensiver, als er es befürchtet hatte.

Amber ließ seinen Arm los, und die Einheit löste sich auf. Nicht plötzlich, sondern ganz langsam schien sie abzuebben, bis Teray wieder mit sich allein war.

»Ich fragte ihn nicht nur aus purer Neugierde«, sagte sie. Er brauchte ein, zwei Sekunden, bis ihm klar wurde, worüber sie sprachen. Und als es ihm dann wieder einfiel, war es ihm egal. »Hör zu«, sagte er, und er ging rückwärts von ihr weg, während er über seinen Arm strich, »hör zu, tu das nie wieder. Nie wieder.«

»Wie du willst«, sagte sie.

Sie hatte zu schnell eingewilligt. Er traute ihr nicht. Doch bevor er noch einmal seinen Worten Ausdruck verleihen konnte, erreichte ihn ein Ruf von Coransee. Ohne ein weiteres Wort drehte er sich um und ließ Amber stehen.

Noch im Gehen versuchte er den Eindruck der geteilten Einheit abzuschütteln. Er hätte sich an seinen eigenen Entschluß halten sollen, nämlich Amber zu meiden, außer wenn er ihre Hilfe als Heiler brauchte. Was, wenn sie zufällig – oder nicht zufällig – etwas über seinen Fluchtplan erfahren hatte? Aber nein, er hatte nichts von ihr erfahren, also hatte sie auch nichts von ihm erfahren. Sie hatte nicht einmal versucht, etwas bei ihm herauszufinden. Und dann hätte er sich automatisch dagegen abgeschirmt. Sie hatte nur versucht, ihn ein wenig zu verführen. Er war sich nicht sicher, ob sie sein »Nein« gehört hatte.

Im Büro warteten Coransee, Joachim und ein dritter Mann auf ihn, der entsprechend den Linien des Musters ähnlich solide gebaut war wie Joachim, nur ein paar Jahre älter.

»Dies ist Michael, Teray.« Coransee deutete auf den Fremden. »Er ist ein Reisender von Rayals Haus.«

Teray hatte sich noch nicht niedergelassen. Er schaute den Fremden an und fühlte in ihm Stärke, überraschende Nähe zu ihm im Muster, sowie Ausgeglichenheit und Reife. Dieser Mann hätte genauso gut ein hervorragender Hausgebieter sein können, nahm Teray an. Doch es geschah häufig, daß in dem Haus des Gebieters über das Muster Lehrlinge es vorzogen, als Reisende zu bleiben und niemals den Wunsch hatten, ein eigenes Haus zu führen. Ganz offensichtlich verschaffte die Tatsache, in Rayals Diensten zu stehen, ein ebenso hohes Prestige. Und was Rayal betraf, so mächtig er war, brauchte er auch mächtige und beeindruckende Untergebene. Michael erfüllte sicherlich alle Anforderungen glänzend.

»Teray«, sprach Michael ihn ruhig an. »Ich habe ein paar Fragen an dich. Zunächst aber möchte ich dir mitteilen, was bisher geschehen ist. Joachim, der für kurze Zeit dein Hausgebieter war, hat zwei Anklagen gegen Coransee erhoben. Die erste Anklage lautet, daß er dich illegaler Weise gezwungen hat, in sein Haus einzutreten, obwohl du noch unter dem Schutz der Schule standest – das zum Fall des gesetzeswidrigen Handelns um Schulkinder.«

Teray zuckte innerlich zusammen.

»Und die zweite Anklage betrifft den Wettstreit um das Muster, der schon jetzt eingesetzt haben soll, vor dem offiziell-rechtlichen Termin für diesen Wettstreit – nämlich schon zu Lebzeiten des Gebieters über das Muster, zu Lebzeiten Rayals.«

»Das stimmt,« sagte Teray. »Ich war Joachims Lehrling

– damit unterstand ich noch der Schule. Coransee zwang mich, in seinem Haus die Stelle eines Außenseiters einzunehmen. Damit wollte er mich davon abhalten, mit ihm in einen Wettstreit um das Muster einzutreten.«

»Warum sagst du, er zwang dich aus diesem Grund?«

»Weil er es mir gegenüber genau so begründet hat.«

Das schien selbst Joachim zu überraschen. »Es ist also klar«, sagte er. »Coransee ist weit vor der Zeit in den Wettstreit um das Muster eingetreten.«

Michael schaute zu Coransee. »Wenn es erwünscht ist, kann ich mir in den Gedanken des Jungen Bestätigung holen, aber ich würde es lieber nicht tun.«

Coransee zuckte gleichgültig mit den Schultern. »Wenn du damit andeuten willst, daß du von mir erwartest, daß ich all dies jetzt bestätige, so wird dir wohl nichts anderes übrig bleiben. Bis zu einem gewissen Punkt ist alles richtig. Ich habe Teray Joachim abgenommen. Und Joachim hat eine Bezahlung für ihn angenommen. Er hat einen guten, jungen Künstler von mir erhalten, den ich selbst gerade eingekauft hatte. Ich behaupte, daß das ein legaler Handel war.«

»Das ist niemals legal, ein Handel, bei dem ein Lehrling beteiligt ist,« warf Joachim ein.

»Warum hast du ihn dann gehandelt – wenn er dein Lehrling war?« Teray fiel auf, daß Coransee dann am gefährlichsten war, wenn er völlig entspannt wirkte. Damit schien er seine Gegner zu überrumpeln.

»Du hast mich gezwungen, um ihn zu handeln«, sagte Joachim. »Ich habe dem Reisenden Michael alles über die Kontrolle erzählt, die du über mich hast. Ich schäme mich deswegen, aber so ist es nun einmal. Niemals hätte ich Terays Freiheit geopfert und so getan, als ob er gar nicht frei sei.«

»Du hast Terays sogenannte Freiheit damals geopfert, Joachim. Zu deinem eigenen Nutzen.«

»Ich bin gerne bereit, mich dem Reisenden Michael zu öffnen, um zu beweisen, daß du mich zu diesem Handel gezwungen hast!«

»Öffne dich. Der Reisende Michael wird erfahren, daß ich dich gezwungen habe, Teray aufzugeben – das war es, was ich tat. Aber ich habe dich nicht gezwungen, dafür eine Bezahlung entgegenzunehmen. Es wäre ein leichtes für dich gewesen, ihn aufzugeben, so wie ich es von dir forderte, ohne eine Bezahlung dafür anzunehmen. Aber nein, im Gegenteil, du wagst es auch noch, Rayal aufzusuchen und dich darüber zu beklagen, daß du gezwungen wurdest, etwas Unrechtes zu tun. In Wahrheit hast du einen Handel gemacht und einen wertvollen Künstler eingekauft. Und jetzt kommst du hierher und versuchst mich, um den Preis zu betrügen, den du für jenen Künstler bezahlt hast.«

Ungläubig starrte Joachim ihn an. Er fiel auf die Knie. »Du verlogener Hurensohn. Du Hundesohn eines Clayark . . .«

Coransee ließ sich nicht beirren. »Natürlich, du hast recht, nur Außenseiter können legalerweise gehandelt werden. Aber, Joachim, um das einmal klar zu stellen, du hast Teray gehandelt. Du hast Bezahlung für ihn angenommen. Wie konntest du so etwas tun, wenn du Teray wirklich aufrichtig als deinen Lehrling betrachtet hättest?«

Joachim gab eine erbärmliche Gestalt ab. Hilflos wandte er sich an Michael. »Reisender, mit Hilfe formaler Tricks verdeckt er seine Verbrechen. Lies in meinen Erinnerungen. Sieh selbst, was damals passiert ist.«

Coransee betrachtete Joachim mit einem Blick, der vergnügt zu sein schien. Dann schaute er wieder zu Michael. »Reisender, was für eine Strafe steht auf dem Verbrechen, dessen man mich beschuldigt? Ich meine, Kinderhandel.«

»Der Verlust . . . deines Hauses.« Michael sah zu Joachim hinüber.

Coransee nickte. »Also, ein Hausgebieter, der einen Lehrling handelt – oder einen solchen im Handel annimmt – verliert sein Haus. Aber, wenn ich richtig unterrichtet bin, Außenseiter kann ein Hausgebieter soviele handeln, wie er will.« Jetzt sah Coransee wieder Joachim an. »Und ich habe auch sicher recht in der Annahme, daß, wenn ein Hausgebieter außerhalb der Schultore irgendeinen jungen Bengel aufliest, der schon den Übergang zum Erwachsenen vollzogen hat, er diesen als seinen Außenseiter betrachten kann.«

Joachim lehnte sich zurück und hielt sich die Hand vor die Augen. »Mein Gott, das kann doch nicht wahr sein.«

Michael hatte den Mann zu einer dünne Linie zusammengepreßt. »Lord Joachim, du hast eine Klage vorgebracht. Willst du sie in irgendeiner Form teilweise oder ganz wieder zurücknehmen?«

Joachim lachte unbeherrscht auf. »Du hast dich auf seine Seite geschlagen. Auch du willst, daß er damit durchkommt.«

Michaels Gesicht war schmerzverzerrt. »Lord, hast du als Gegengabe für den jungen Teray einen Künstler in Empfang genommen?«

»Niemals hätte ich angenommen, wenn . . . Zum Teufel. Ja, ich habe den Künstler angenommen. Aber sieh doch, ich würde ihn jederzeit zurückgeben, wenn . . .«

»Vorausgesetzt, es handelt sich um einen legalen Handel, so ist das eine Angelegenheit, die du mit Coransee regeln mußt, Lord Joachim. Bist du bereit, auszusagen, daß Coransee dich nicht gezwungen hat, den Künstler zu akzeptieren?«

»Verdammt«, murmelte Joachim. »Ich ziehe die Klage zurück. Jedenfalls was das betrifft.« Er warf einen verstohlenen Blick zu Teray hinüber.

Es war Teray schon klar, daß, wenn er sich an Joachim rächen wollte, dies der geeignete Augenblick war. Denn das, was er in seinem Geist als Erinnerung gespeichert hatte, würde eindeutig beweisen, daß Joachim ihn als Lehrling behandelt hatte. Ganz gleich, ob Joachim oder Coransee sich öffneten oder nicht, Terays Erinnerungen würden ausreichen. Er könnte bewirken, daß Joachim sein Haus verlor. Und nicht nur das, unter Umständen würde er dadurch sogar seine Freiheit wiedergewinnen. Joachim würde mit Sicherheit sein Haus verlieren, Teray würde möglicherweise freikommen, und Coransee . . .? Ganz sicher hätte Coransee es mehr verdient als Joachim, sein Haus zu verlieren. Doch was sollte es, er würde nur für kurze, weniger–als–ein–Jahr Zeit ohne Haus bleiben, die Rayal noch zum Leben verblieb. Natürlich, ihm, Teray, würde die gleiche Zeit zur Verfügung stehen, um in Freiheit zu lernen. Er würde die Möglichkeit haben, sicher nach Forsyth zu reisen und in Rayals Haus zu lernen. Aber für diese unsichere Möglichkeit der Freiheit würde er Joachim opfern müssen. Daran führte kein Weg vorbei.

Und, obwohl er längst seine hohe Achtung vor Joachim verloren hatte, er brachte es nicht über sich, den Mann zu vernichten.

Ihm wurde klar, daß Michael, ebenso wie Coransee ihn gespannt ansahen, als ob sie auf seine Entscheidung warteten. Er sah ihnen der Reihe nach in die Augen, dann ging er zu einem Stuhl an Coransees Schreibtisch und setzte sich. »Was hat es mit der anderen Anklage auf sich?« sagte er angewidert.

Joachim sackte in sich zusammen, er schloß die Augen vor Erleichterung. Michael ließ sich überhaupt nichts anmerken, und Coransee schien sich zu langweilen. Er spielte unablässig mit einem polierten Steinwürfel – wahrscheinlich nur Stein, ohne daß darin etwas gespeichert war. Oder er speicherte gerade jetzt etwas ein.

»Die zweite Anklage«, sagte Michael bekümmert, »vorzeitiger Wettstreit um das Muster.«

»Das leugne ich«, sagte Coransee einfach.

Michael runzelte die Stirn. »Du streitest ab, daß du Teray deswegen in dein Haus genommen hast, um ihn daran zu hindern, daß er mit dir in den Wettstreit um das Muster tritt?«

»Ja.«

Teray richtete sich auf seinem Stuhl auf. Er hatte das Verlangen, sich zu streiten, Coransee als den Lügner zu verdammen, der er war, aber Joachims Schicksal hatte ihn vorsichtig gemacht. Er wartete ab, wie Michael die Sache anfangen würde.

»Teray«, sagte der Reisende, »du hast ausgesagt, Coransee habe dir erklärt, er wünsche nicht, daß du mit ihm in den Wettstreit um das Muster eintrittst?«

»Ja, Reisender.«

»Und wie wollte er das verhindern?«

»Entweder indem er mich so kontrolliert, wie er Joachim kontrolliert, oder indem er mich tötet – falls ich mich weigern sollte, unter seiner Kontrolle zu stehen.«

Michael wandte sich kaum merklich in seinem Sessel um, so daß er Teray anschauen konnte. »Und, stehst du unter Kontrolle?«

»Nein. Ich habe mich dagegen gewehrt. Er hat mir Aufschub gegeben, meine Meinung zu ändern.« Im gleichen Augenblick wußte Teray, daß er den letzten Satz besser weggelassen hätte.

»Wieviel Zeit, Teray?« Diese Frage hatte Coransee gestellt.

Michael schaute ihn überrascht an. »Lord, du gibst also zu, von solchen Einschüchterungen Gebrauch gemacht zu haben?«

»Ja. Doch aus einem anderen Grund, als Teray angibt.

Doch selbst, wenn ich Teray bedroht hätte, so wie er sagt . . . Beantworte mir meine Frage, Teray. Wieviel Aufschub habe ich dir gegeben?«

Es gab keine andere Möglichkeit, als die Wahrheit zu sagen. Denn so war es auch in seinen Erinnerungen – und er hatte nicht die Fähigkeit, die Wahrheit zu verdrehen, so wie Coransee es tat.

»Teray?«

»Du hast mir soviel Zeit gegeben, wie Rayal zum Leben gelassen bleibt, Lord.«

»So viel Zeit, wie Rayal zum Leben gelassen wird. Und natürlich, das ist doch ganz klar, sobald Rayal gestorben ist, wird der Wettstreit um das Muster eröffnet.«

Als Teray sah, wie sich die Niederlage in Michaels Gesicht widerspiegelte, kochte er innerlich. Noch einmal ging Teray in Gedanken den Morgen dieses Frühstücks mit Coransee durch, er versuchte, noch irgend etwas zu finden, ein Stückchen Wahrheit, das er erzählen bzw. geschickt verdrehen konnte. Aber er fand nichts. Jede Begründung, die er überlegte, konnte er gleichzeitig schon wieder widerlegen.

Teray sah zu Joachim. »Trotzdem, vielen Dank«, sagte er leise.

»Er ist verteufelt gut in solchen Sachen«, sagte Joachim. »Unter anderem.«

Michael rutschte ungeduldig auf seinem Sessel und sagte zu Coransee: »Da niemand gegenteilige Erinnerungen anführen kann, Lord, ist diese Anklage gegen dich niedergeschlagen. Aber es gibt noch etwas, das ich selber gerne wissen würde. Steht Teray immer noch unter Todesurteil?«

»Ja.«

»Warum?«

»Aus dem gleichen Grunde, aus dem der Gebieter über das Muster, Rayal, seinen stärksten Bruder und seine stärkste Schwester tötete. Selbst angenommen, ich würde das Muster für mich erringen, ohne Kontrolle würde Teray immer eine Gefahr für mich bedeuten. Entweder er unterwirft sich meiner Kontrolle, oder er wird sterben.«

»Ich verstehe.« Michael senkte einen Augenblick seinen Kopf, dann sah er Teray an. »Du mußt mir nicht antworten, wenn du nicht willst, Teray, aber ich frage mich, ob es dir nicht vielleicht doch möglich sein könnte, die Kontrolle zu ertragen.«

»Nicht einmal, wenn er mich in diesem Augenblick töten wollte«, sagte Teray. »Nicht, nachdem ich die Gelegenheit hatte, ihn wie heute in Aktion zu erleben.« Das war unbesonnen. Teray fragte sich, wie er wohl dazu kam, dermaßen spontan in Coransees Haus von der Seele zu plaudern. Vielleicht, weil ihn die Lügen des Hausgebieters mehr erregt hatten, als er gedacht hatte. Denn, was anderes als Lügen hätte er in einer solchen Situation von Coransee erwarten dürfen? Aber was ihn geärgert hatte, war, daß Coransee diese Lügen von langer Hand vorbereitet hatte. Coransee ergriff das Wort.

»Reisender, wenn du das Gespräch mit meinem Außenseiter beendet hast, würde ich gerne privat mit dir einige Worte wechseln.«

Und damit war alles vorbei. Ganz einfach. Teray und Joachim waren entlassen, Michael und Coransee hatten nun Gelegenheit, Wichtigeres zu besprechen.

Im Gemeinschaftsraum sagte Joachim zu Teray, »ich schulde dir Dank.«

Teray zuckte mit den Schultern.

»Wenn ich mir überlege, wie schwierig es war, Michael hierher zu bekommen!« setzte Joachim fort. »Und dann das alles nur, um Coransee ein paar vergnügliche Minuten zu bereiten.«

»Das macht doch nichts.«

Joachim schaute ihn erstaunt an. »Ich rege mich offensichtlich mehr darüber auf, als du.«

Teray erwiderte nichts, sorgfältig achtete er darauf, daß sein Gesicht nichts verriet. Auch wenn ihm nicht daran gelegen war, Joachim zu belügen, so hatte er andererseits auch kein Verlangen mehr, ihm zu vertrauen. Joachim war Coransees Mann, ob er es wollte oder nicht.

Joachim hatte offensichtlich verstanden. Er wechselte das Thema. »Was hat Coransee dir versprochen, für den Fall, daß du die Kontrollen annimmst?«

»Dieses Haus hier.«

»Dieses Haus!« Joachim hauchte es nur. Er schaute sich in dem riesigen Raum um. »Er muß sich des Musters sehr sicher fühlen.«

»Das glaube ich auch.«

»Wenn du dem hier widerstehen . . .«

»Das kann ich. Ich habe es schon.«

»Teray . . . Die meiste Zeit ist es mit der Kontrolle gar nicht so schlimm. Und wenn er erst einmal das Muster hat, wird er beschäftigt sein. Dann hat er noch weniger Zeit, sich um dich zu kümmern.«

Teray ging nicht darauf ein, sondern sah sich um, ob Amber noch anwesend war. Er fand sie nicht. Gut. »Joachim, kennst du eine Frau namens Amber?«

»Teray, hör mir zu! Du gibst längst nicht soviel auf wie ich. Als ich mich ihm unterworfen habe, mußte ich für ihn so eine Art politischer Strohmann spielen. Aber wenn er erst einmal Gebieter über das Muster ist, wird er so etwas mit dir nicht mehr anstellen. Du bist so gut wie unabhängig. Und du lebst.«

Teray schüttelte langsam den Kopf, und schloß für eine Weile die Augen. »Ich kann es nicht, Joachim. Ich würde nicht mit mir ins reine kommen können. Selbst eine lange Leine ist immer noch eine Leine. Und am Ende wird immer Coransee sein und sie halten. Aber jetzt etwas anderes, kennst du Amber?«

»Wie du willst, wechseln wir das Thema. Bring dich doch um. Ja. ich kenne Amber. Was willst du über sie wissen?«

Teray runzelte die Stirn. »Alles, was du über sie weißt. Sie sagt, sie sei unabhängig.«

»Das ist sie. Eine starke Frau. Es ist erst vier oder fünf Jahre her, seit sie die Schule verlassen hat, aber trotzdem ist es ihr schon gelungen, einen Hausgebieter um die Ekke zu bringen und das, als sie noch nicht einmal den Übergang zum Erwachsensein gemacht hatte. Du solltest sie einmal daraufhin ansprechen. Das ist ganz interessant.«

»Ohne Zweifel«, murmelte Teray, »aber sag mir eins, hältst du sie für fähig, daß sie mit allem, was sie aufschnappt, zu Coransee rennt?«

Joachim schüttelte langsam den Kopf. »Überhaupt nicht. Sie hat Coransee gern, aber sie unternimmt rein gar nichts, um sich bei ihm beliebt zu machen. Sie tut ihre Arbeit, und ansonsten hält sie sich aus den Angelegenheiten des Hauses heraus.«

Insgeheim hoffte Teray, daß er recht hatte. Für diese Frau würde es mehr als einfach sein, etwas bei ihm aufzufangen. Egal, was auch passierte, er mußte so schnell wie möglich weg von hier.

Gerne hätte er noch privat mit Michael gesprochen, aber er wußte, daß das nicht gut wäre. Selbst wenn die Sympathie des Reisenden ihm galt, das Gesetz war auf Coransees Seite. Und daran konnte auch Michael nichts ändern.

*

Der Reisende Michael blieb noch zwei Tage, und dann reiste er weiter nach Norden, um Rayals Geschäfte zu erledigen. Nach Norden. Forsyth lag 480 Kilometer süd-lich. So durfte Teray nicht einmal darauf hoffen, daß er unterwegs mit Michael zusammentreffen und ihn über-reden könnte, die Reise gemeinsam fortzusetzen. Es war auch keine besonders gute Idee, den Michael hätte sein eigenes Leben dafür riskieren müssen. Und wenn alles so lief, wie Coransee es sich vorstellte, würde Michael später oder früher Coransee direkt unterstehen.

Teray mußte alleine gehen. Und er wußte, daß er allein aus diesem Grund seine Flucht aufschob – weil es ihm immer klarer wurde, daß das, was er vorhatte, gefährlich nahe an Selbstmord herankam. Und überhaupt, was sollte mit Iray geschehen?

Das war eine Entscheidung, an die er sich überhaupt nicht herantraute. Er hatte Angst, offen mit Iray darüber zu sprechen – Angst, daß sie Coransee nicht verlassen wollte, Angst, daß ihr offensichtliches Interesse an Co-ransee nicht nur vorgetäuscht war. Und selbst, wenn es nicht so war – denn sie hatte ihr Wort gehalten und nicht ihren Namen verändert – wie würde er von ihr verlangen können, das Risiko mit ihm auf sich zu nehmen? Konnte er es verantworten, sie von hier wegzuholen, auf die Ge-fahr hin, daß sie getötet wurde? Und dann war es seltsa-merweise Amber, die ihm Hoffnung machte.

Eine Nacht später nachdem Michael abgereist war, wartete sie in seinem Zimmer auf ihn. Als er hereinkam, stand sie am Fenster und sah hinaus.

»Gut«, sagte sie, wandte sich um und sah ihn an. »Ich muß mit dir sprechen.«

»Und deswegen bist du extra zu mir gekommen?«

»Es ist dringend. Ich habe eine Nachricht für dich von Michael.« Und plötzlich war er hellwach.

»Warum sollte Michael dir eine Nachricht für mich übergeben?«

»Weil ich mich dazu angeboten habe. Er und ich, wir

sind alte Freunde, er vertraut mir. Er sah keine Möglichkeit, sie dir direkt zu übermitteln.«

»Wieso nicht?«

»Meine Güte, wo bist du mit deinen Gedanken. Hast du etwa nicht bemerkt, wie aufmerksam Coransee dich und Michael in den letzten zwei Tagen beobachtet hat?«

Teray ging zu seinem Bett, setzte sich und zog die Schuhe aus. »Das habe ich nicht bemerkt. Es ist wahrscheinlich auch ganz gut, daß ich es nicht bemerkt habe.«

»Michael jedenfalls hatte sich gedacht, daß du nicht mehr lange leben würdest, wenn er auch nur das geringste Interesse an deiner Person gezeigt hätte. Dann hätte es wahrscheinlich einen Unfall gegeben. Du verstehst schon.«

Teray schauderte. Daran hatte er noch nicht gedacht. Eine solche Möglichkeit war ihm noch nicht in den Sinn gekommen. Aber sie hatte recht. Interesse von Michael für seine Person konnte leicht dazu führen, daß auch Rayal sich für ihn interessierte. Und das war ganz sicher nicht in Coransees Sinne, daß Rayal sich mit einem zweiten potentiell mächtigen Sohn beschäftigte.

»Was ist das für eine Botschaft?« fragte er Amber.

»Daß dir auf Forsyth Asyl gewährt werden wird, falls du es schaffst, aus eigener Kraft bis dorthin zu kommen.«

Und in diesem Augenblick der Aufregung über die überraschenden Worte passierte das, was er am meisten gefürchtet hatte: Er verriet sich an sie. Sein Schirm glitt zur Seite – nicht weit und nur für einen kurzen Augenblick. Selbst Coransee hätte seine Mühe gehabt, in so kurzer Zeit etwas zu erhaschen. Aber Amber schien diesen Augenblick der Gunst gut genutzt zu haben. Sie las alles in ihm.

»Nun gut.« Sie lächelte ihn an. »Es scheint, daß ich bessere Nachrichten gebracht habe, als ich zu hoffen wagte. In der Tat, genau die Nachricht, auf die du gewartet hast.«

Nun ließ Teray alle Vorsicht fallen. Jetzt gab es ohnehin nur noch zwei Möglichkeiten. Entweder sie verriet ihn oder sie verriet ihn nicht. Und Michael hatte ihr schließlich vertraut. »Vor allen Dingen brauche ich«, sagte er, »ein paar gute Kämpfer, die mich begleiten. Wenn ich mich nicht irre, waren es allein zwölf Frauen und Außenseiter, die Michael begleiteten.«

»Fünfzehn«, verbesserte sie ihn. »Willst du Tray mitnehmen?«

»Ich weiß noch nicht. Mir scheint –« er hielt inne und sah Amber an. Sie war schließlich nicht mehr als eine Bekannte. Vielleicht eine, mit der man schlafen konnte, vielleicht, aber bestimmt nicht eine, mit der er seine persönlichen Probleme bereden wollte. Aber andererseits, warum eigentlich nicht? Es fiel ihm so leicht. Und mit wem sonst sollte er darüber sprechen? »Mir scheint, ich habe Iray genug Böses angetan.«

»Ich glaube, du hast ihr überhaupt nichts Böses getan. Das war Joachim, und natürlich Coransee. Aber du stehst gerade im Begriff, ihr Böses anzutun.«

»Indem ich sie verlasse – oder indem ich sie mitnehme?«

»Indem du für sie entscheidest.«

»Ich will nicht, daß sie umgebracht wird.«

Amber zuckte mit den Schultern. »Wen ich sie wäre, würde ich mir am liebsten eine eigene Meinung darüber bilden.«

»Ich habe ihr versprochen, daß ich sie nicht zurücklassen würde.«

»Mag sein, das müßt ihr unter euch ausmachen.«

»Sag mal, nur aus Neugierde, was versuchst du eigentlich zwischen uns aufzubauen?«

Sie lächelte. »Etwas Gutes, hoffentlich.«

»Was hat Coransee dabei zu tun?«

»Ja.« Sie atmete tief durch. »Ein Punkt für dich«, sagte sie.

»Was?«

»Erinnerst du dich noch, daß du gesagt hast, du hofftest, dabei zu sein, wenn ich versuchen wollte, Coransee zu verlassen?«

»Und du hast es versucht?«

»Nein. Aber fast – es ist eine Weile her. Aber ich bin so eine Art Herausforderung für ihn geworden. Ob ich wollte oder nicht, ich würde mich als eine seiner Frauen hier niederlassen, sagte er wenigstens. Das zeigt, daß er mich in den letzten beiden Jahren nicht gut kennengelernt hat.«

»Und was wirst du tun?«

»Das Gleiche wieder. Und wenn wir es zusammen tun, besteht die Chance, daß wir länger leben.«

Er brauchte mehrere Sekunden, um das zu verdauen. Vor allen Dingen empfand er Erleichterung. »Zwei, oder vielleicht drei, die zusammen reisen. Es ist besser, als einer – wenn auch noch nicht viel besser.«

»Du willst also auch Iray ansprechen?«

»Ja.«

»Gut. Wir brauchen sie.«

»Wir.« Teray lächelte. »Ich wünschte, du wärst ein wenig härter im Nehmen.«

»Das wünsche ich mir auch, vor allem, wenn wir uns trennen müssen. Aber jetzt nicht.«

»Bleib die Nacht bei mir.«

»Was ist mit Suliana?«

»Ich habe sie gerade erreicht. Sie schläft in ihrem Zimmer – oder wo immer sie möchte.«

»Dann bleibe ich.«

Unter ihren Kleidern war die Haut noch leuchtender goldfarben. Honigfarben. Der schwarze Lockenkopf

fühlte sich weicher an, als er aussah und der Körper fe-
ster. Er wünschte sich, die Erinnerung an die Sensation
dieses Augenblickes nie zu verlieren.

V

In aller Frühe ließ Teray die schlafende Amber in seinem
Bett zurück, und ging in den Speiseraum, wo er Iray er-
fühlt hatte. Er ging davon aus, daß Iray sich nicht verändert hatte. Er würde nur das über sie wissen wollen, was
sie ihm freiwillig erzählte. Er wollte ihr vorurteilsfrei ent-
gegentreten. Sie frühstückte zusammen mit einer Frau
und einem Mann am Ende einer der langen Tafeln in
dem fast leeren Zimmer. Die meisten Hausbewohner
schliefen noch.

»Ich muß mit dir sprechen«, sagte er zu ihr.

Zögernd sah sie zu ihm auf, fast widerstrebend. Sie
schlang den letzten Bissen Pfannkuchen herunter, trank
ihren Orangensaft aus und entschuldigte sich bei ihren
Freunden. Dann folgte sie ihm in die Abgeschiedenheit
des völlig verlassenen Hofes, wo sie sich das letzte Mal
unterhalten hatten. Seit damals hatten sie sich mit den
Augen gesucht und hatten sich geweigert, einander in
die Augen zu sehen. Aber gesprochen hatten sie kaum
mehr miteinander.

Sie setzten sich auf einer der Bänke nieder, und Iray
starrte auf ihre geballten Fäuste.

»Es tut mir leid«, fing Teray an, »aber ich muß dich etwas fragen . . . Ist es irgendwie möglich . . . Vielleicht
durch dich, daß Coransee hören kann, was ich dir sage?«

»Nein«, sagte sie leise. »Ich bin mit ihm verbunden,
aber nur insofern, daß er sicher ist, daß du und ich . . .
Daß wir nicht miteinander schlafen.«

»Es ist also eine Verbindung zur Warnung?«

Sie nickte. »Und natürlich werde ich ihm nichts von dem erzählen, was du nicht willst, daß er es weiß.«

Die gleiche Loyalität ihm gegenüber wie immer, aber irgend etwas stimmte nicht. Lag es an ihrer Verbindung mit Coransee, daß sie jetzt nervös an ihren Fingern zupfte, und sie ihm nur flüchtige Blicke zuzuwerfen wagte?

»Würdest du dich mir öffnen?« fragte er.

»Du traust mir nicht«, sagte sie. In ihrer Stimme schwang weder Überraschung noch Zorn.

»Ich vertraue dir . . . Vertraue dir, so wie ich dich kenne. Ich weiß nicht, wie du jetzt bist.«

»Du kannst mir vertrauen. Einerseits möchte ich mich dir nicht öffnen, aber andererseits, würde ich dich nicht verraten.«

»Hat er dich verletzt? Hat er dir irgend etwas angetan, das du mir nicht . . .?«

»Nein, Teray. Warum hätte er mich verletzen sollen?«

»Was ist dann passiert?«

»Ich habe deinen Rat befolgt.«

Das war es also. All ihre Angst in diesen fünf Worten. Das war unmißverständlich.

»Am Anfang habe ich nur eine Rolle gespielt«, sagte sie. »Es war eine harte Rolle. Und dann . . .« Sie sah ihn an, endlich, bekümmert. »Dann fiel es mir leichter. Und jetzt ist es keine Rolle mehr.«

Teray erwiderte nichts, ihm fiel nichts ein, was er hätte erwidern können.

»Er ist nicht so, wie ich gedacht habe«, sagte sie. »Ich hatte gedacht, seine Macht hätte ihn verändert, hätte ihn grausam und brutal gemacht, aber statt dessen . . .«

»Iray!« Er konnte nicht still sitzen und mit anhören, wie sie, wie eine fremde Frau, Coransee gute Eigenschaften andichtete. Und ganz besonders nicht bei Iray.

Nachdenklich sah sie ihn an und gab sich nicht die Mühe, trotz des abgeschirmten Geistes, ihm zu verheim-

lichen, daß sie gerne mit ihm hier war. Immer noch verschränkte sie unentwegt ihre Finger, aber ihr Schweigen
war nun spannungsgeladen, allmählich zog sie sich
zurück.

»Iray . . . Was wäre, wenn wir hier herauskommen
könnten? Wir beide, meine ich. Was wäre, wenn du nicht
länger bei ihm bleiben müßtest?«

»Ist es soweit?«

»Ja!« Er mußte ihr vertrauen. Wie konnte er von ihr erwarten, daß sie ihm glaubte, wenn er ihr nicht offen erzählte, was sie glauben sollte? Er hatte sie schon einmal
betrogen. Zweimal. Sie hatte allen Grund, zu zögern.
Schnell erklärte er ihr seinen Plan, und erzählte ihr von
Michaels Nachricht, ohne Amber zu erwähnen. Dafür
war jetzt nicht die Zeit.

Iray atmete tief und schüttelte den Kopf. »Clayarks«,
sagte sie. »Auf dem ganzen Weg bis Forsyth. Hunderte
von Kilometern nur Clayarks.«

»Das ist nicht das schlimmste«, sagte er. »Das könnten
wir meistern. Wir könnten . . .«

»Nein.«

Lange Zeit schwieg er. Er sah sie an: sie hatte es ernst
gemeint. Zwischendurch sah er zu Boden oder gegen
eine Mauer.

»Wie du willst. Ich kann es dir wirklich nicht verden-
ken. Ich hätte dich auch fast nicht gefragt, weil ich dachte, ich hätte nicht das Recht, dein Leben genauso aufs
Spiel zu setzen wie meins. Und ganz sicherlich, ich habe
auch nicht das Recht dazu. Aber ich habe dir auch einmal
gesagt, daß ich dich nicht im Stich lassen würde. Deshalb
habe ich dich gefragt, ob du mit mir dieses Risiko auf
dich nehmen wolltest.«

»Ich hätte es auf mich genommen. Wenn ich dich so
begehrt hätte, wie ich dich einmal begehrt habe, wäre ich
mit dir gegangen.«

Er sagte nichts, er sah sie nur an.

»Du hast dich seiner Kontrolle nicht unterwerfen können«, sagte sie. »Obwohl es nicht nur deine eigene Freiheit war, die auf dem Spiel stand, hast du dich ihm nicht unterwerfen können.«

»Hättest du das gewollt, daß ich kontrolliert worden wäre – so wie Joachim?«

»Nein! Nein, ich habe schon verstanden, was in dir vorgegangen ist. Deswegen habe ich dir auch nie einen Vorwurf gemacht. Deswegen habe ich auch niemals versucht, deine Meinung zu ändern. Und dann hast du mir gesagt, was ich tun mußte. Und beide Male hattest du recht. Nun, ich habe getan, was ich tun mußte. Und es war gut so, und ich bin jetzt zu Hause. Ich werde hier bleiben.« Ihm blieb nichts mehr zu sagen, außer, er hätte es auf Streit und Vorwürfe ankommen lassen. Doch seine Wut richtete sich eher gegen sich und seine eigene Hilflosigkeit, und natürlich gegen Coransee, anstatt gegen sie. So oft hatte er über sie und Coransee nachgedacht, so oft auch überlegt, daß sie Coransee eines Tages vorziehen würde. Aber trotz Coransees Macht und trotz seiner Anziehungskraft auf Frauen: er hatte es sich nie eingestehen wollen.

Sie legte ihre Hand auf seinen Arm, und er genoß das Gefühl der Berührung. Dann zog er seinen Arm weg. Sie schloß ihn immer noch aus seinen Gedanken aus, und auch diese Berührung brachte sie ihm nicht näher. Die körperliche Berührung mit Suliana machte ihm mehr Spaß – die Berührung mit einer Stummen. Oder mit Amber.

»Tray«, sagte er leise, »ich muß dir sagen –« Dann hielt er plötzlich inne und sah sie an. »Es tut mir leid«, sagte er. »Ich weiß, daß dir das nun auch nicht mehr weiterhilft, aber es tut mir leid.«

Er stand auf und ging auf die Tür zum Gemeinschaftszimmer zu.

»Warte!«

Sie ergriff seinen Arm, und dieses Mal hätte er sich nicht von ihr losmachen können, ohne ihr weh zu tun. Er hielt inne, sah auf sie herab und wartete darauf, daß sie ihn gehen ließ.

»Geh bald, Teray, bald. Ich sagte dir schon, daß ich dich nicht verraten will, und das werde ich auch nicht tun – wenigstens nicht freiwillig. Aber wenn zufällig . . . Weißt du, ich verbringe jetzt viel Zeit mit ihm zusammen, und manchmal bekommt er auch Dinge mit, von denen ich nicht will, daß er sie mitbekommt.«

Er brauchte einen Moment, bevor er nickte. Dann ließ sie ihn los. Doch er ging nicht weg, sondern betrachtete sie und hoffte, daß sie nicht den Schmerz in seinen Augen sah. Er fühlte sich nicht in der Lage, sich von ihr abzuwenden. Er streckte seine Hand nach ihrem Gesicht aus.

Sie wich zurück, drehte sich um, und eilte ins Haus.

Teray blieb wie angewurzelt stehen. Endlich schüttelte er den Kopf. Er sandte seinen Geist nach einem der Küchenstummen aus. Es war der Mann, dessen Fuß er geheilt hatte. Behutsam und leise gab Teray dem Mann seine Befehle. Dann sandte er nach einem Stummen im Stall – nicht unbedingt ein Stummer, der in seiner Schuld stand, aber der natürlich wie jeder andere Stumme verpflichtet war, den Musternisten zu gehorchen. Er gab auch diesem seine Befehle und dann ging er wieder zu seinem Zimmer zurück. Amber hatte sich inzwischen angezogen und saß vor dem Frühstück. Teray sah sofort, daß sie noch nichts gegessen hatte, und da fiel auch ihm auf, daß er keinen Hunger hatte.

»Wenn du damit fertig bist, pack deine Sachen zusammen«, sagte er ihr. »Wir werden noch heute aufbrechen. Ich möchte nicht, daß du noch einen Tag länger hier bleibst.«

Sie sah ihn überrascht an, aber dann nickte sie, langsam. »Es ist in Ordnung.«

»Und nimm so wenig wie möglich mit. Zieh ein paar Kleider über die, die du jetzt anhast. Wir dürfen nicht so aussehen, als wollten wir jeden Augenblick davonrennen.«

»Das weiß ich selber.«

»Ich habe veranlaßt, daß für uns Vorräte zusammengepackt und Pferde gesattelt werden. Und . . . Wir werden nur zu zweit sein.«

Sie sagte nichts dazu. Sie begann zu essen.

*

Sie schlugen den Weg nach Südosten ein, auf die Küste und die nächstgelegene Grenze des Sektors zu. Teray hatte sich entschlossen, wenn irgend möglich, die Küstenroute nach Süden zu benutzen. Die Inlandroute war leichter, Bergrutsche oder Hindernisse auf der Straße waren kaum zu erwarten, aber sie war auch der Weg mit dem häufigsten Reiseverkehr. Dort zogen die Musternistenkarawanen durch, und dort lagen die Clayarks im Hinterhalt und warteten auf sie. Die Inlandroute war ein wenig kürzer, weil sie sich nicht an den Küstenfelsen entlangschlängeln mußte. Andererseits durchquerte die Inlandstrecke einundzwanzig Musternistensektoren, während die kaum bereiste Küstenstraße nur durch drei führte.

Auch an der Küste gab es Clayark. Es war gar nicht zu vermeiden, Clayark gab es überall. Sie vermehrten sich wie die Kaninchen, kabbelten sich untereinander und griffen regelmäßig die Musternisten an. Doch selbst Michael hatte einen Teil seines Weges in den Norden an der Küste entlang zurückgelegt. Das hatte Teray von ein paar Außenseitern erfahren, mit denen er zufällig zusammengekommen war. So groß, wie Michaels Reisegruppe gewesen war, hatte er wenig Schwierigkeiten gehabt. Aber als er unterwegs einen großen Stamm Clayarks wahrnahm, war er diesem ausgewichen, und hatte sich in einen Musternistensektor geflüchtet. Und dieser Fluchtweg war Teray versperrt. Da hatte er sogar noch bessere Chancen gegen die Clayarks. Seine eigenen Leute würden sich Coransees Belohnung nicht entgehen lassen und ihn festnehmen. Bis er bei Rayals Haus angekommen sein würde, konnte er keinem Musternisten außer Amber trauen.

Sie ritt neben ihm und ließ sich seltsamerweise von seiner Siegesgewißheit mitreißen. Und dann wußte sie auch warum. Teray wäre es lieber gewesen, sie hätte es nicht erraten. Sie sagte ruhig: »Ich glaube, wir sollten uns verbinden, Teray.«

»Was?«

»Ich weiß, wir würden uns näher stehen, als die meisten Menschen. Und vielleicht ist es dir noch nicht recht, daß ich dir so nahe stehe. Aber wir gewinnen an Sicherheit, wenn wir verbunden sind. Wenn ich zum Beispiel Clayarks fühle, dann möchte ich, daß du es im selben Augenblick weißt – auch, wenn du gerade schläfst. Wenn wir nicht zusammen halten, haben wir keine Chance.«

»Oh, du meine Güte«, murmelte er.

Sie sagte nichts mehr.

Einige Minuten lang ritten sie schweigend nebeneinander her. Und dann, ohne ein Wort darüber zu verlieren, öffnete er sich, und sandte seine Gedanken zu ihr aus. Sich verbinden war wie sich die Hände reichen – nicht einmal das.

Ab jetzt würde jede ihrer Ahnungen, ihrer Angst, fast jedes stärker ausgeprägte Gefühl von ihr ihn erregen. Und umgekehrt würden seine Gefühle sie erregen. Und mehr noch als das. Wie er befürchtet hatte, veränderte sich sein Bewußtsein mit dieser Verbindung – er war sich der starken, sensuellen Einheit mit ihr bewußt. In der Regel trat eine Verbindung, nachdem sie einmal vollzogen war, in den Hintergrund des Geistes zurück und drängte sich nicht eher wieder ins Bewußtsein, bis nicht einer der in der Verbindung gehaltenen Menschen etwas tat, was das Gefühl des anderen erregte.

Aber egal. Welchen Kontakt er bis jetzt zu Amber auch aufgenommen hatte; das war immer ungewöhnlich gewesen, sie waren sich zu nahe gewesen. Und es blieb ihm nichts anderes übrig, als das zu akzeptieren – und überraschenderweise fiel es ihm nicht schwer. Gegen seinen Willen spürte er, wie er sich entspannte. Er fühlte, daß der Zorn und die Verletzung, die Iray ihm zugefügt hatte, zwar nicht völlig verschwand, aber zurücktrat, so daß nicht mehr sein ganzer Geist davon eingenommen war. Und das lag nicht an Amber. Sie mißbrauchte nicht die Verbindung, um ihm unaufgefordert ihre Heilkünste anzudienen. Es war ihre geistige Gegenwart, die das bewirkte. Ihre Gegenwart weckte in ihm Gefühle, für die er normalerweise viel länger gebraucht hätte, sie zu entwikkeln, und er genoß das. Er hätte darüber ärgerlich sein können, statt dessen war er nur neugierig.

»Amber?«

Sie sah ihn an.

»Wie empfindest du die Verbindung?«

Sie grinste. »Hervorragend. Wie sonst sollten Leute fühlen, die im Muster so dicht beieinander stehen wie wir?«

»Und es macht dir nichts aus?«

»Nein. Und dir auch nicht.«

Er dachte darüber nach, dann zuckte er mit den Schultern. Er fühlte sich wohl, und ihre Vermutungen störten ihn nicht. Er gab weiter seiner Neugierde nach. »Alles in allem hast du mehr über mich erfahren, als ich über dich. Ich wüßte eigentlich jetzt gern mehr über dich.«

Als sie ihn anschaute, war da eine Spur von Wachsamkeit, fast Angst in ihrem Blick. »Was willst du wissen?«

Ihre Reaktion verwirrte ihn. Offensichtlich wollte sie etwas vor ihm verstecken. Aber wer tat das nicht? »Ich habe gehört, daß es dir gelungen ist, einen Hausgebieter umzubringen, als du nicht einmal die geistigen Fähigkeiten eines Erwachsenen hattest. Du könntest mir zum Beispiel erzählen, wie du das angestellt hast.«

Sie seufzte und schwieg so lange Zeit, daß er schon dachte, sie wollte ihm darauf nicht antworten. »Es war ein Unfall«, sagte sie schließlich. »Die Folge davon, wenn ein Jugendlicher sich im prae-musternistischen Stadium befindet und davon keine Ahnung hat. Wer hat dir darüber erzählt?«

»Joachim. Er hat es mir nicht erzählt, er hat mir gesagt, daß ich dich danach fragen soll.«

Sie schien sich zu entspannen. »Na ja, wenigstens etwas. Nun, dieser Hausgebieter war mein Sekundant, und er wäre es besser nicht gewesen. Von Anfang an ging es nicht gut mit uns. Und weil ich zu nahe vor dem Übergang zum Musternistenstand war, um geistige Züchtigkeit zu ertragen, setzte er körperliche Züchtigung ein – wie der Teufel schlug er auf mich ein, wann immer es ihm danach gelüstete. Bis ich es eines Tages schaffte, ihn wegzustoßen. Er fiel gegen die Kante einer niedrigen Wand. Er schlug mit dem Kopf auf. Er starb, bevor irgend jemand Kontakt mit einem Heiler aufnehmen konnte. Auch meine Fähigkeiten waren natürlich noch nicht ausgereift, so konnte ich ihm nicht helfen.«

»Aber das ergibt doch keinen Sinn«, sagte Teray. »Warum hast du nicht deinem Lehrer mitgeteilt, daß du mit deinem Sekundanten nicht zurecht kamst? Du hättest einen neuen zugewiesen bekommen –«

»Nein, das konnte ich nicht. Wie ich schon sagte, Kinder im prae-musternistischem Stadium wissen nicht, was mit ihnen geschieht, Leal – der Lehrer – wußte sehr wohl, daß er mir den wohl schlechtesten Sekundanten zugewiesen hatte. Er fand daran Gefallen, weil er wußte, daß ich mir meinen Sekundanten schon ausgesucht hatte. Und das billigte er nicht.« Sie lachte bitter auf . . . »Wenn es ihm möglich gewesen wäre, ich glaube, er hätte mich am liebsten selber für den Übergang übernommen – wenn er nur stark genug dafür gewesen wäre. Das hätte er gerne gewollt. Er wollte eine Menge von Dingen, die ein Lehrer nicht haben kann.«

»Dich zum Beispiel.«

»Oh, eine Zeitlang hatte er mich. Die letzten sechs Monate in der Schule. Es machte mir nichts aus. Aber wir wußten auch beide, daß er mich aufgeben müßte, sobald ich in das Stadium einer Musternistin überwechselte. Es war ganz ausgeschlossen, daß ich Lehrer werden würde. Nicht mit den Vorfahren, die ich hatte. Das konnte Leal ja noch akzeptieren, aber was er nicht akzeptieren konnte, war Kai, den Sekundanten, den ich mir ausgesucht hatte. In das Haus wäre ich gern eingetreten. Vielleicht hätte Leal es durchgestanden, wenn ich nur in der Lage gewesen wäre zu verheimlichen, daß ich in Kai verliebt war. Sie kam wegen irgendeiner anderen Angelegenheit in die Schule, und Leal war der –«

»Moment mal.« Teray drehte sich um und starrte sie an. »Sie?«

»Du hast exakt Leals Tonfall getroffen. Er reagierte genauso, als ihm klar wurde, was da vor sich ging«, sagte Amber. »Ich hoffe, es wird mit dir nicht das gleiche sein wie mit ihm.«

»Ich bin mir noch nicht schlüssig«, antwortete Teray. »Erzähl weiter.«

Sie hielt an, und bat auch Teray, nicht weiterzureiten.

Dann sprach sie leise weiter. »Du solltest dir deine Meinung bilden, bevor wir in das Territorium der Clayarks eindringen«, sagte sie. »Leals Reaktion hat mir damals fast das Leben gekostet. Ich habe nicht die Absicht, mein Leben noch einmal aufs Spiel zu setzen, indem ich mit jemandem gehe, der mir feindlich gesinnt ist.« Die Verbindung verriet ihren Schmerz. Amber nahm es sehr ernst mit Teray. Sie erwartete, daß er sie zurückstieß.

»Fühlst du Feindseligkeit in mir?«

Mißtrauisch sah sie ihn an, dann vernahm sie die Botschaft über die Verbindung – außer Überraschung und Neugierde kein anderes Gefühl.

Sie entspannte sich und sie ritten weiter. »Ich bin empfindlich«, sagte sie. »das hat Leal mir beigebracht, empfindlich zu sein.«

»Warum hast du mir das alles erzählt?«

»Weil du es früher oder später sowieso herausgefunden hättest. Stück für Stück. Wenn ich ohne aufzupassen daran gedacht hätte. Dann hättest du es bei mir aufgeschnappt. Der Preis, den wir für unsere Geschlossenheit zahlen müssen, ist die Aufgabe unserer geistigen Privatsphäre.«

Teray nickte. »Mag sein, daß Leal mit Recht eifersüchtig war, ich . . .«

»Eifersucht, Wut, Demütigung. Wie konnte ich es wagen, ihn wegen einer Frau an die Seite zu schieben? Armer Lehrer. Er hatte ja so schon genug Schwierigkeiten, den Wettstreit um eine Frau mit Männern zu gewinnen.«

»Das ist mir nicht ganz klar. Er war doch der Lehrer. Er hätte doch in der Lage sein müssen, viele Frauen anzuziehen.«

»Ja, das ja, aber nicht unbedingt die, die er wollte. Er hätte jede Lehrerin haben können, aber die waren ihm nicht gut genug. Er war eher auf die älteren Schülerinnen aus, aber da gab es immer nur zwei Möglichkeiten. Entweder er mußte sie verlassen oder sie wurden Lehrerinnen. Er hatte die fixe Idee, daß Frauen, die nichts mit der Schule zu tun hatten, besser waren. Die versuchte er vor allen Dingen für sich zu gewinnen – und dabei scheiterte er gewöhnlich. Aber bis ich Kai traf, hatte er niemals eine seiner Schülerinnen an eine Frau verloren. Das war zuviel für ihn.«

»Und Kai hatte sogar ein eigenes Haus.«

»Deswegen würde Leal sie nicht gehaßt haben. Wenn sie zum Beispiel ihn anstelle von mir erkoren hätte. Prestige. Aber so wie die Dinge nun einmal lagen, war das Haus nur Öl auf die Flammen seiner Eifersucht. Er konnte sie nicht für sich gewinnen, und er wußte, daß er niemals ein Haus übernehmen könne. Für einen Lehrer war er eigentlich schon zu stark, aber er war längst nicht stark genug, um Gebieter über ein Haus zu werden.«

»Wahrscheinlich hätte ein stärkerer Mann vernünftiger reagiert.« Teray zuckte mit den Schultern. »Alles in allem, ich finde, der Vorfall ist nicht ungewöhnlich.«

»Coransee hat auch nicht besonders gut auf die Geschichte reagiert.«

Verblüfft schaute er sie an. »Aber was sollte es Coransee ausmachen? Das passierte doch, bevor du zu ihm kamst, und es hat ihn auch nicht davon abgehalten, dich zwei Jahre bei sich zu behalten.«

»Aber es störte ihn trotzdem. Ich hatte es ihm nicht erzählt. Er hat es herausgefunden, als er vor einigen Wochen in meinen Gedanken herumschnüffelte. Da war ihm klargeworden, daß ich für ihn leichter zu einer Herausforderung werden könnte, als er es sich gedacht hatte. Daraufhin hat er mir dann auch mitgeteilt, daß er beabsichtigte, mich in sein Haus zu übernehmen – und mir meine Unabhängigkeit zu nehmen.«

»Das wagen nicht viele. Meinst du, daß er sich hätte durchsetzen können?«

»Vielleicht, mit Hilfe seiner Stärke. Ganz offen, ich habe Angst vor ihm. Deshalb habe ich es vorgezogen, wegzulaufen, anstatt mit ihm zu kämpfen.«

Traurig schüttelte Teray den Kopf. »Er hat eine schlimme Art, sich die Leute untertan machen zu wollen.«

»Was ist mit dir? Bist du zufrieden?«

»Ich bin immer noch neugierig. Mich interessiert, wie ein Kind im prae-musternistischen Stadium es geschafft hat, der Todesstrafe zu entgehen, das eine so wichtige Person wie einen Hausgebieter umgebracht hat. Es würde mich überraschen, wenn seine Freunde nicht ausgesagt hätten, du seist behindert, so daß man dich daraufhin hätte vernichten können, bevor du noch deine Rechte als Erwachsener erlangt hättest. Und neugierig bin ich, wie es mit dir und Kai weiterging.

»Es macht mir nichts aus, dir alles zu erzählen. Aber das meinte ich nicht, als ich dich fragte.«

Nein. Er wußte, was sie gemeint hatte. »Vergangene Nacht habe ich dich gefragt, was du mit uns vorhättest, und du sagtest ,etwas Gutes'. Ich glaube, daß darin auch so etwas enthalten war wie ,etwas Vorübergehendes'. Soweit so gut. Immerhin könnte ich mich als ein ebenso schlechter Mensch wie Coransee entpuppen. Vielleicht aber auch als etwas anderes.«

Sie lachte. Ihr Lachen klang schön. »Besser nicht. Ein Coransee hat mir gereicht. Und jetzt werde ich dir den Rest meiner Geschichte erzählen. Übrigens, bist du auch ganz auf Clayarks eingestellt? Ich habe in diesen Bergen schon welche gesehen.«

»Ich habe alle Fühler so weit ausgestreckt, wie nur eben möglich.« Sie hatten die grasbewachsene Hügellandschaft erreicht, die sie überqueren mußten, um an die Küste zu gelangen.

»Gut. Ich bin nicht hingerichtet worden, weil Kai einige der Hausgebieter aus dem Sektorenrat überredete, bestach, beziehungsweise erpreßte, dafür zu votieren, mir das Leben zu schenken. Sie erzählte ihnen nichts Neues – nur, daß es ein Unfall war, daß ich nur wenige Tage vor meiner Übergabe stände, und daß der Mann, den ich tötete, mir niemals hätte zugewiesen werden dürfen. Das alles wußten sie, sicherlich, aber trotzdem waren sie so aufgebracht. Ich glaube, weil sie sich schämten. Weil ich, praktisch noch ein Kind, es gewagt hatte, einen von den ihren zu töten . . . Sie waren mehr auf Rache als auf Gerechtigkeit aus. Die Hauptfrau des Mannes, den ich getötet hatte, stachelte sie auf. Leal rückte nicht mit der Wahrheit heraus, weil er genau wußte, daß er der eigentliche Verantwortliche für den Tod des Mannes war.

Kai holte mich da heraus, aber sie konnte mir nicht alle Steine aus dem Weg räumen. Anstatt mich zu töten, beschlossen sie, mich aus dem Sektor auszuweisen. Sie waren sich sicher, daß die Clayark ihnen das Töten abnahmen. Kai sollte mich bis an die Grenze des Sektors bringen und dort aussetzen. Statt dessen nahm sie mich mit zu ihrem Haus. Sie vollzog den Übergang – ein paar Tage zu früh. Aber eben zu früh.«

Amber atmete tief durch, als sie daran dachte. »Ich schwöre, ich hätte mich bestimmt lieber den Clayarks gestellt, als das durchzumachen. Ich versuchte einfach zu sterben und alles vorbei sein zu lassen. Sie brachte mich wieder zurück. Hatte ich schon erwähnt, daß sie auch ein Heiler war? Das traf sich glücklich. Obwohl ich damals daran noch gar nicht gedacht hatte. Sie zog mich durch alles durch – streifte meinen Gedankenschild der Kindheit ab, obwohl ich noch keinen Ersatz hatte. Sie setzte mich geistig nackt all den freiliegenden geistigen Geschossen im Umkreis von Meilen aus. Der Zorn, die heftigen Gefühle, alles mögliche von mir Wildfremden fing ich auf, bis es mir schließlich gelang, trotz aller Schwierigkeiten, ein Schild aufzubauen. Fast hätte ich auch sie

getötet, während sie versuchte, mich zu retten. Ich wußte einfach nicht, was ich tat. Genug damit. Sie bereitete
mich auf meine Ausweisung aus dem Sektor vor – wie
ich meine Fähigkeiten, von denen ich noch kaum etwas
ahnte, einsetzen mußte. Ihr blieb keine Zeit mehr, mich
zu unterrichten. Sie gab mir einfach ihre Erinnerungen.
Sie gab mir ihre fünfzehnjährigen Erfahrungen als Haus-
gebieterin. Und sie zwang mich, alle diese Erfahrungen
zu assimilieren. Nicht, wie du es mit Jackmans Erinnerungen gemacht hast: einfach speichern und ruhen lassen. Ich fühlte mich wie ein Teil von ihr – als ob ich eine
völlig neue Vergangenheit bekommen hätte, die vielleicht ein paar Jahre weniger umfaßte als meine tatsächli-
che Vergangenheit.

Sie gab mir zu essen, nachdem sie mich von den Wunden, die ich mir im Verlaufe meines Übergangs zum Erwachsensein zugezogen hatte, geheilt hatte. Dann versorgte sie mich mit Vorräten, gab mir ein Pferd und riet
mir, so schnell wie möglich zu fliehen. Ich gewann gerade noch einen guten Vorsprung vor den Hausgebietern,
die endlich – zwölf Stunden zu spät – bemerkt hatten,
was sich abgespielt hatte.«

Amber war mit ihrer Geschichte zu Ende, und sie ritten eine ganze Zeitlang schweigend weiter. Sie kamen in
eine Ebene und spornten ihre Pferde zu schärferer Gang-
art an.

Dann erklommen sie langsam den nächsten Berg.

»Sie liebte dich«, bemerkte Teray endlich.

»Das beruhte auf Gegenseitigkeit. Sie hätte fast ihr
Haus wegen mir verloren.«

»Nur fast?«

»Sie hätte es verloren, wenn es nicht Michael gegeben
hätte. Daher kenne ich ihn. Sie hatte einen Hilferuf nach
Forsyth geschickt, als ich das erste Mal unter Anklage
stand. Michael war in unserem Gebiet geschäftlich unter-

wegs. Auf dem Weg zu uns bekam er Schwierigkeiten mit Clayarks.

Als er schließlich ankam, nahm er meine Erinnerungen unter die Lupe – man gestattete mir sogar, dafür in den Sektor zurückzukehren. Er erkannte die tatsächlichen Tatbestände, die die Hausgebieter außer acht gelassen hatten, und entschied dann für Kai. Es gelang ihm nicht, daß sie mein Ausweisungsurteil zurücknahmen. Aber immerhin erreichte er, daß sie Kai in Ruhe ließen.«

»Aber für euch war er zu spät gekommen. Du konntest nicht mehr zu ihr zurückkehren.«

»Ja, ich weiß.«

»Die Tatsache, daß du stärker warst als sie und daß du so viele ihrer Erfahrungen und so viel ihres Wissens übernommen hattest . . . Ich glaube nicht, daß sie es hätte wagen können, dich noch einmal bei sich aufzunehmen.«

»Ich bin froh, daß sie darüber nicht entscheiden mußte.«

Mit einem Mal wechselte Teray das Thema. »Ich glaube, ich habe einige Clayarks ausgemacht.« Er hätte das nicht zu sagen brauchen. Sie schaute schon in die Richtung, in der sich die Clayarks befanden. Sie waren noch nicht sichtbar, aber ganz offensichtlich bewegte sich eine Gruppe von Clayark auf Teray und Amber zu. Sie waren wahrscheinlich schon hinter dem nächsten Berg.

»Es sind nur wenige«, sagte Amber. »Ungefähr zwanzig. Wenn wir Glück haben, passieren sie den Berg auf der anderen Seite.«

»Ja, und dann kann es uns gut passieren, daß sie unsere Spur sehen und uns folgen. Und einen schicken sie los, um Verstärkung zu holen. Besser, wenn wir sie töten.«

»Wie du willst. Du bist hier der Führer.«

Sie öffnete sich ihm. Seit der Schulzeit war ihm das

nicht mehr passiert. Sie überließ ihm die Gewalt und die Kontrolle über ihre geistige Kraft. So kämpften die Menschen, die sich im Muster nahe standen, am besten. So kämpfte Joachims Haus, so kämpfte Rayal, wenn das Volk im Krieg stand und er alle Macht benötigte. Aber nur Rayal konnte die Kraft aller Menschen zusammenbringen, ihre Stärke in seinem eigenen Geist vereinen und auf die Clayarks überall im Lande, von Forsyth bis zu den nördlichsten Musternistensektoren konzentrieren. Immer mehr Musternisten vermieden, wenn möglich, sich mit irgendwem zusammen zu tun – sie trauten einander nicht mehr. Und wie schnell konnte es geschehen, daß aus der vorübergehenden Kontrolle eine ewige wurde.

Teray hatte noch nicht viel Erfahrung damit. Irgendwie schaffte er es dann aber doch, Ambers Kraft mit der seinen zu vereinen. Und dann sandte er mit doppelter Macht seine Gedanken zu den Clayarks aus.

Die neue Kraft war aufregend und berauschend. Er mußte sich zusammenreißen, um sich auf die Clayarks einzustellen. Bei einem der Geschöpfe lokalisierte er die große Arterie, die direkt zum Herzen führte. Er merkte sich die Lage, damit er sie auch schnell bei den anderen Clayarks finden konnte. Dann riß er die Arterie auseinander. Der Clayark taumelte zu Boden und umklammerte seinen Brustkorb.

Im Nu stoben die anderen Clayarks in alle Richtungen auseinander. Aber Amber, die sich bis dahin still verhalten hatte, nahm ihre Spur auf, und machte Teray auf sie aufmerksam. Bald waren alle entweder tot oder lagen im Sterben.

Minuten später ritten sie an den Körpern vorbei. Amber hatte sich wieder verschlossen – so gut es ging, trotz ihrer Verbindung – und Teray hatte ihr die Kontrolle über ihre geistige Kraft wiedergegeben. Für den

Augenblick war ihre Kraft genauso wie Terays geschwächt. Das war eine der Gefahren beim Verleihen von geistiger Kraft an einen anderen. Es konnte vorkommen, daß der Empfänger sich zu reichlich aus der Kraftquelle des anderen bediente und ihn so bis zur Erschöpfung, gar bis zum Tode brachte. Aber weder Teray noch Amber waren übermäßig erschöpft.

Teray starrte auf die Körper, die über dem Berg verstreut lagen. Er sah den Ausdruck des Todeskampfes auf vielen der Clayarkgesichter, und er wußte nicht, was er davon halten sollte, ob er darüber Übelkeit oder Triumph empfand. Nicht einer der Clayarks hatte Gelegenheit und Zeit gehabt, einen Schuß abzufeuern oder nur einen Blick auf den Feind zu werfen, der ihn umgebracht hatte. Aber was sollte es. Auch von den Clayarks wußte man, daß sie aus dem Hinterhalt töteten. Irgendwie war es ein seltsamer, beschämender Kampf gewesen.

»Das ist das erste Mal für dich gewesen, nicht wahr?« fragte Amber.

»Nein.« Teray ließ gerade ein Clayarkweibchen hinter sich, das noch im Tode die Arme nach einem kleineren, völlig nackten Abbild ihrer selbst ausstreckte. Vielleicht eine Verwandte. Eine Tochter? Clayark behielten ihre Kinder bei sich, so daß sie von den natürlichen Eltern aufgezogen werden konnten. Stirnrunzelnd wandte sich Teray von dem Paar ab. Sie waren Clayarks.

Wenn er ihnen Gelegenheit dazu gegeben hätte, hätten sie ihn getötet. Und sie waren Überträger der Clayarkkrankheit.

»Ich habe dir den Kampf überlassen, weil ich davon ausging, daß du noch nie zuvor so etwas getan hattest.« Als er sich zu Amber umdrehte, fühlte er, daß Wut in ihm aufstieg. »Ich wollte einfach sehen, wie du in einer solchen Situation zurecht kommst. Direkte Gefahr bedrohte dich ja nicht«, sagte sie.

»Glaubst du, ich hätte so etwas nicht in der Schule gelernt?«

»Nein, ich fürchtete, man hätte es dir nicht beige-bracht.«

»Die Clayarks sind tot, nicht wahr?« Seinen ganzen Ekel über das, was er hatte tun müssen, ließ er nun an ihr aus und machte sich deswegen nicht einmal Sorgen. Worüber beklagte sie sich eigentlich?

»Die letzten wären uns fast entkommen.«

»Fast, zum Teufel! Sie sind tot.«

»Wenn nur einer oder zwei mehr bei ihnen gewesen wären, hätten wir sie nicht alle erwischt. Sie wären aus unserer Reichweite gewesen, bevor wir sie hätten töten können. Und irgendwann heute oder morgen wären sie mit all ihren Freunden hierher zurück gekommen.«

»Was willst du damit sagen . . .«

»Ich will damit sagen, daß du zu langsam bist. Eine Spur zu langsam. Eine ganze Reihe von Clayarks würden uns bei lebendigem Leibe verschlingen, ohne daß du et-was daran ändern könntest.«

»Hättest du es besser gekonnt?«

Kalte Wut erfüllte ihn nun, aber seine Stimme klang weich und ruhig.

»Teray, du mußt mir glauben, daß ich es bestimmt di-plomatischer angestellt hätte, wenn wir nicht befürchten müßten, daß wir schon hinter dem nächsten Berg auf eine Clayarkarmee stoßen. Aber um es rundheraus zu sa-gen, Schulweisheiten reichen hier nicht mehr aus. Bist du einverstanden, wenn ich dir ein paar mehr Tricks bei-bringe?«

»Du willst mir Tricks beibringen?« machte er sich über sie lustig. »Warum willst du nicht selber kämpfen?«

»Ja, aber du solltest zumindest auch eine Chance zum Überleben haben, falls mir etwas zustößt oder wenn wir getrennt werden.«

»Und ohne deine Weisheiten würde ich die Reise nicht überstehen?«

»So ist es.«

»Zum Teufel mit deinen Weisheiten.«

Sie seufzte. »Wie du willst, aber denk daran, ich bin sie dir schuldig. Die nächsten Clayarks, die sich uns in den Weg stellen, übernehme ich.«

»Dann kannst du mir ja beweisen, wie gut du bist. Und vielleicht werde ich meine Meinung ändern.«

»Nein, Teray, so nicht. Sondern, weil ich sicher sein will, daß wir auch das nächste Clayarkzusammentreffen überleben.« Sie sprach besorgt, und ihre Worte erreichten ihn über die Ohren sowie über den Geist. Sie hatte sich ihm wieder geöffnet. Und was seinen Geist betraf; was sie ihm übermittelte, dem schenkte er absoluten Glauben. Trotz ihrer Worte machte sie keinen überheblichen Eindruck. Im Gegenteil, sie hatte Angst. Angst um ihn.

Er fühlte, wie seine Wut sich verkroch, und durch etwas anderes ersetzt wurde. Etwas, was er noch nicht beim Namen nennen konnte, aber was längst nicht so unerfreulich wie seine Wut war.

»Meinst du, du würdest es schaffen, Amber? Allein, meine ich, von hier bis Forsyth?«

»Ich glaube schon.« Sie hatte sich wieder vor ihm verschlossen.

»Du weißt es.«

Sie sagte nichts.

»Du hast es schon einmal gemacht.«

Sie zuckte die Schultern. »Ich sagte dir schon, ich war unabhängig. Nun sind wir gemeinsam auf der Reise.«

»Warum hast du es mir nicht vorher erzählt?«

»Warum sollte ich? Die Tatsache, daß ich schon einmal eine solche Reise unternommen habe, hat nichts damit zu tun, daß wir jetzt unterwegs sind.«

»Außer, daß ich eine Belastung bin.«

Sie antwortete wieder nicht.

»Wir sind etwa gleich alt«, sagte er. »Ich bin der Sohn der beiden stärksten Musternisten der Generation unserer Eltern, und ich bin selber stark genug, um die Nachfolge über das Muster anzutreten. Und da bist du, mit deinen fünfzehn Jahren Erfahrungen von ich weiß nicht wem, deinen vier oder fünf Jahren Wandererfahrungen . . .«

»Wärst du lieber mit jemandem geflohen, der für dich eine Belastung dargestellt hätte?«

»Mir behagt einfach nicht das Gefühl, daß ich selbst eine solche Belastung bin.«

»Mach dir darüber keine Sorgen. Mit deiner Kraft steht das außer Zweifel. Wenn ich das nicht von dir gewußt hätte, hätte ich mich niemals bei dir eingeladen.«

Er schaute sie prüfend an.

»Nein, das ist nicht der einzige Grund«, sagte er lächelnd. »Du hast noch ein paar andere gute Karten in die Hand bekommen.«

Sie seufzte und ergab sich, ohne daß es ihm recht klar wurde.

»Zum Beispiel dein verträglicher Charakter«, sagte sie. »Öffne dich, damit ich dir zeigen kann, wie du schnell einen Clayark töten kannst.«

Er gehorchte und betrachtete sie dabei mit dem gleichen Mißtrauen, das sie ihm vorher entgegengebracht hatte.

VI

»Paß auf«, erklärte ihm Amber, »wir dürfen nicht unsere Zeit und unsere Kraft damit verschwenden, Löcher in die Clayarks zu bohren. Das ist das, was sie bei uns

128

mit ihren Gewehren versuchen. Wenn wir sie mit ihren eigenen Waffen bekämpfen, werden sie uns früher oder später erwischen. Dafür sind sie zu viele. In einem großen Clayarkangriff bringen die einen dich zur Strecke, wenn du noch dabei bist, in die anderen Löcher hineinzupusten.«

Teray hörte nur halb zu. Das Rauschen des Meeres dröhnte ihm ungewohnt in den Ohren. Sein ganzes Leben hatte er nur eine Tagesreise vom Meer entfernt verbracht, doch noch nie hatte er es mit eigenen Augen gesehen. Er hatte es in den Merksteinen durch die Augen anderer betrachtet, die er in sich aufgenommen hatte, aber das war nicht das gleiche. Jetzt ritt er neben Amber am Strand entlang und konnte fasziniert die endlose Wasserfläche kaum mit den Augen erfassen.

Vor der Küste schauten Felsenspitzen aus dem Wasser. Fast zu seinen Füßen brachen sich die Wellen am Strand und an den Felsen. Der Lärm der Brandung verschluckte teilweise Ambers Worte. Aber das machte nichts. Sie verlieh ihrer Information nur noch vokal Nachdruck, mental hatte sie ihm die Nachricht schon übermittelt. Bei der mentalen Kommunikation wurde die Aufmerksamkeit von ihrer Umgebung – und möglicherweise von den Clayarks – abgezogen. »Ich glaube, ich kann es jetzt«, sagte er zu ihr.

»Probiere es so schnell wie möglich aus.«

»Sobald wir wieder auf Clayarks stoßen.« Doch eigentlich war er nicht begierig darauf, ihre Tötungsmethoden auszuprobieren, weder ihre noch von irgendwem sonst. Vor seinem geistigen Auge tauchte wieder das Bild der Clayark auf, die er getötet hatte. Mag sein, daß es ihm leichter fallen würde, wenn sie nicht diese Menschenköpfe hätten. Oder wenn er nicht mit einem von ihnen sich schon einmal unterhalten hätte. Aber sie hatte recht. Er mußte sich nicht nur daran gewöhnen, sie umzubringen, er mußte sich sogar daran gewöhnen, sie noch wirkungsvoller zu töten. So wie sie es ihm gezeigt hatte. Nur so würden sie beide eine Chance zum Überleben haben. Wie sie selber vor zwei Jahren zu Fuß, alleine, sich in die Sicherheit des Redhillsektors geflüchtet hatte. Sie war verwundet gewesen und hatte sich trotzdem weitergeschleppt. Nur ihren Heilfähigkeiten hatte sie es zuverdanken, daß sie am Leben und bei Bewußtsein geblieben war. Und bis zum Ende hatte sie getötet, hatte keilförmig ihre Wahrnehmung durch das Gebiet schwenken lassen, das sie durchwanderte. Wie das Pendel einer Uhr. Wurde dabei ein Clayark getroffen, so wand er sich in Schmerzen und starb. In der Zeit, die das Sterben eines Clayarks beanspruchte, hatte sie schon die nächsten sechs oder sieben gestreift. Irgendwie gelang es den Clayarks, von außerhalb des Keils, den sie unter Kontrolle hatte, auf sie zu schießen. Aber die weiten Entfernungen forderten meisterhafte Scharfschützen, und das waren nicht alle von ihnen – jedenfalls nicht genug.

Sie setzte mit ihren Wahrnehmungsstrahlen bei den Gehirnen der Clayarks an. Sie gebrauchte deren eigene Energie, um massive Störungen in ihren Nervensystemen hervorzurufen. In den Gehirnen der Clayarks wurden so die Atemzentren gelähmt. Daraufhin hörte das Herz auf zu schlagen und das Blut zirkulierte nicht mehr. Sie starben, als ob sie vom Blitz getroffen worden seien. Oder als ob . . .

Teray runzelte die Stirn. »Weißt du«, sagte er nach einer Weile, »daß deine Art, die Clayarks zu töten, sich nicht so sehr davon unterscheidet, wie wir Musternisten uns gegenseitig umbringen?«

»Es ist genau das gleiche«, sagte sie. »Du stellst dich nur anders ein, wenn du Clayarks töten willst. Du konzentrierst dich direkt auf den Körper des Clayark – nämlich auf sein Gehirn – anstatt auf seine Gedanken.«

»Aber . . . Warum bringen sie uns dann in der Schule bei, daß man einen Clayark nicht auf die gleiche Weise umbringen kann wie einen Musternisten?«

Sie zuckte mit den Schultern. »Wahrscheinlich, weil sie es nicht besser wissen. Die meisten Musternisten, die keine Ahnung von Heilkunde haben, haben überhaupt keine Vorstellung davon, woran ein Musternist stirbt, wenn er von einem anderen in einer bestimmten Weise geschlagen worden ist. Und solange die Sache funktioniert, ist es ihnen auch gleichgültig.« Sie runzelte die Stirn und dachte nach. »Die Konzentration ist alles, Teray. Sicher, wir können uns nicht so in einem Clayark einnisten, wie wir es untereinander tun. Wir können nicht ihre Gedanken lesen, nicht einmal fühlen können wir sie, und so können wir ihn auch nicht einschließen, wie wir es bei uns gewohnt sind.«

»Und was passiert – was passiert, wenn du dich auf einen Clayark mit den Augen konzentrierst? Oder wenn du seine körperliche Anwesenheit fühlst und ihn dann so schlägst, wie du einen Musternisten schlägst?«

»Wohin sollte ich ihn deiner Meinung nach schlagen?«

»Auf den Kopf, natürlich.«

»Das würde nicht klappen«, sagte sie. »Damit würdest du einem Clayark nur Zeit geben, dir eine Kugel durch den Kopf zu schießen. Die einzigen Menschen, bei denen berechtigte Hoffnung besteht, daß man sie durch ungezieltes Schlagen mit der eigenen Kraft tötet, sind Stumme oder Musternisten. Bei den Clayarks ist das anders. Du mußt genau wissen, was du vorhast, und du mußt es richtig machen, sonst töten sie dich.«

»Ein Clayark würde überhaupt keine Verletzung davontragen, wenn du ihn schlägst?«

»Wenn *du* ihn schlägst – auf seinen Kopf – und zwar mit all deiner Kraft, mag sein, daß er eine Verletzung davonträgt. Aber bei den meisten Leuten wäre der Erfolg gleich Null.«

Er runzelte die Stirn. Er hatte zwar nicht verstanden, was sie meinte, aber er wollte auch keine weiteren Fragen stellen.

»Fühlst du den Wind?« sagte sie.

»Was?«

»Den Wind. Vom Ozean bläst eine angenehm kühle Brise zu uns herüber. Der Wind hat viel Macht – selbst in einer Brise wie dieser. Frag Joachim. Er hat Windmühlen in Betrieb. Man will es zunächst nicht glauben, daß der Wind Macht hat. Jedenfalls nicht so lange, bis man einen Weg gefunden hat, seine Macht zu nutzen. Wenn du einen Clayark so schlägst wie einen Musternisten, so hat das auf ihn die gleiche Wirkung, wie der Wind auf dich, bevor ich dich auf ihn aufmerksam gemacht habe.«

»Ich sagte schon, daß ich dich verstanden hatte.«

»Dann ist es ja gut.«

Und dann war da noch diese Krankheit. Eine Krankheit, die ihre Träger schützt und ihre Feinde tötet. Die Krankheit von *Clay's Ark*, die, so sagt die Überlieferung, vor Hunderten von Jahren mit dem einzigen Raumschiff, das die Erde verlassen und auch wieder zu ihr zurückgekehrt ist, eingeschleppt wurde. ein Schiff zu den anderen Sternen. Eine Erfindung der Stummen, mit der sie wahrscheinlich ihrer Herrschaft über die Erde ein Ende gesetzt hatten, über die Erde, die sie so gerne verlassen hätten. Dieser Abschnitt der Geschichte hatte Teray schon immer fasziniert. Seine eigene Rasse hatte es damals kaum gegeben. Sie war nur eine eigenwillige Abart der Stummen gewesen, in alle Winde verstreut, ohne voneinander zu wissen. Sorgfältig hatte sein Volk auf die Entwicklung der mentalen Kräfte hin gearbeitet – einer von ihnen, der zufälligerweise mit soviel geistiger Kraft geboren worden war, wie er dazu brauchte. Das war einer gewesen, der nicht über die speziellen Fähigkeiten des Heilens, des Lehrens, des Kunstschaffens oder irgendeines der anderen Talente verfügte. Die besondere Fähigkeit des Gründers war es gewesen, am Leben zu bleiben. Tausende von Jahren hatte er gelebt, hatte sich vermehrt und ein Volk aufgebaut, aus dem sich die Musternisten entwickelten. Schließlich wurde er von einer seiner eigenen Töchter umgebracht – sie war diejenige, die als erste das Muster geschaffen und besessen hatte.

Und währenddessen hatten die Stummen eine Gesellschaft aufgebaut, die so hoch entwickelt und technisiert war wie keine Gesellschaft mehr nach ihnen wieder. Es gab immer noch einige Musternisten, die sich hartnäckig weigerten, diese geschichtliche Tatsache wahrzuhaben. Sie sagten, das wäre genauso, als ob man daran glauben wollte, daß Pferde und Vieh einmal Gesellschaften entwickelt hätten. Aber in Coransees Haus hatte Teray die Erfahrung gemacht, daß die Stummen technisch viel begabter waren als die meisten Musternisten. Und daß die Stummen intelligent waren. Und zwar so intelligent, daß Teray sie gerne mehr gefordert hätte – man hätte ihnen mehr Freiheit geben müssen, und sie ermutigen sollen, ihren Kopf und ihre Hände für mehr als nur ihre Schufterei zu benutzen. Dann hätte er herausfinden können, ob die Kreativität, die sie einst groß gemacht hatte, noch existierte. Immerhin, selbst jetzt noch waren es die Stummen, die mit den wenigen Maschinen umgehen konnten, die sich auf dem Territorium der Musternisten befanden. Und auch von den Clayarks, die nichts anderes als körperlich mutierte Stumme waren, erzählte man sich, daß sie in den Dörfern hinter dem Gebirge im Osten eine einfache Industrialisierung entwickelt hatten. Die Clayarks westlich des Gebirges produzierten allerdings nichts anderes als Waffen und Krieger. Jedenfalls soweit es den Musternisten bekannt war. Doch Teray mußte von Zeit zu Zeit immer noch an den Clayark denken, mit dem er sich unterhalten hatte. Das Geschöpf hatte Terays Sprache gesprochen, es hatte zumindestens eine einfache Kommunikation stattgefunden. Doch was ihn, Teray, ebenso wie die meisten Musternisten betraf, hatte er keine Ahnung von der Sprache der Clayarks. Das lag daran, daß Musternisten fast nie Clayarks so nahe an sich herankommen ließen, um ihren Unterhaltungen lauschen zu können. Zwischen Musternisten und Clayarks tat sich ein Abgrund von Krankheit und körperlicher Unterschiedlichkeit auf, und so fanden es beide Seiten am einfachsten, sich gegenseitig immer wieder die gleiche Lüge zu erzählen. Die Lüge, die der Clayark von Teray so versucht hatte auszudrücken:

»Keine Menschen.«

In der Nacht kam wieder eine Gruppe Clayarks nahe an sie heran. Teray und Amber hatten im Schutze eines Berges auf dem Strand ihr Nachtlager aufgeschlagen. Amber hatte die peinlich genaue Untersuchung der Pferde abgeschlossen, die zu einer Art Abendritual geworden war. Sie heilte jede kleinste Verletzung, damit sich daraus nichts Ernsthaftes entwickelte, und um, wie sie sagte, nicht zu Fuß vor die Hunde zu gehen. Sie hatten nicht ihre Vorräte angreifen müssen. Sie aßen Wachteln, die Teray mit Hilfe seiner geistigen Fähigkeiten aus dem Gebirge angelockt hatte. Die Clayarks kamen von hinten auf sie zu. Im gleichen Augenblick, in dem Teray die Gefahr fühlte, hatte ihm Amber auch schon ihre Kraft angeboten. Er nahm sie an und ortete den Umfang der Gruppe.

Augenblicklich spürte er die Stärke der Clayarks, die querfeldein auf sie zukamen. Es würde nicht lange dauern, dann würden die Leittiere das Feuer sehen.

Blitzschnell prägte sich Teray noch einmal die Technik ein, die er von Amber gelernt hatte. Dann fegte er über die Clayarks hinweg wie eine Meereswelle. Eine Welle der Vernichtung, des Todes.

Die Clayarks kamen nicht einmal mehr dazu auseinanderzulaufen. Es waren einige Clayarks mehr in der Gruppe, als in der, der sie vorher begegnet waren. Aber Teray wurde in einem Bruchteil der Zeit mit ihnen fertig, die er für die erste Gruppe aufgewendet hatte. Und, er brauchte dazu weniger Energie, weil er keine gezielten Anstrengungen unternehmen mußte. Und weil er so schnell war, brauchte Amber ihn auch nicht auf mögliche Flüchtlinge aufmerksam zu machen, denn es gab keine.

Da er sie nicht leibhaftig sah, strich er zur Vorsicht noch einmal über sie hinweg, ob auch alle tot waren. Doch jede Bewegung schien ausgelöscht.

Er sah sich nach Amber um. »Zufrieden?«

Sie nickte nachdenklich. »Ich werde besser schlafen können.«

»Du solltest deine Methode an die Schulen weitergeben – wenigstens an die in Redhill. Das würde einigen Musternisten das Leben retten.«

»Heiler kommen gewöhnlich selber darauf. Und die meisten Musternisten, die nicht die Fähigkeit des Heilens besitzen, sind auch nicht fähig, diese Technik zu erlernen. Immer müssen sie eine gezielte Anstrengung unternehmen, oder so zuschlagen, wie sie es bei einem Musternisten tun würden. So wie ich es mache, das liegt irgendwie dazwischen. Ich hatte sogar Angst, daß auch du nicht mit dieser Technik zurecht kommen würdest.«

»Das hat man dir aber nicht angemerkt.«

»Natürlich nicht. Ich wollte dich nicht damit belasten.«
Er sah sie an, schüttelte den Kopf und lächelte.

»Hat je jemand den Versuch unternommen, dich in der Heilkunst zu unterrichten?« fragte sie.

»Sie haben mir in der Schule beigebracht, was sie selber wußten. Ich scheine nicht sehr talentiert zu sein.«

»Das sagten dir jene, die selbst in der Heilkunst nicht bewandert sind.«

»Ich habe wirklich kein Talent dazu. Ich habe nicht diese feine Wahrnehmung. Bevor Symptome nicht ganz offensichtlich sind, entdecke ich sie nicht. Schmerz und Blut sind eindeutige Anzeichen. Aber die kleinen Dinge, besonders die, die durch eine Krankheit und nicht durch eine Verletzung hervorgerufen sind – die kann ich nicht spüren.«

Sie nickte. »Coransee hat das gleiche Problem. Aber ich glaube, er ist schlechter dran als du. Wenn du willst, werde ich gerne versuchen, dir ein wenig mehr beizubringen, wenn wir erst einmal in Forsyth sind. Ich glaube, du unterschätzt dich.«

»Einverstanden.« Er hoffte, daß sie recht hatte. Das Gefühl, in einem Bereich besser zu sein als Coransee, würde ihm Sicherheit geben.

*

Am nächsten Tag kamen sie nicht gut voran. Ihre Route führte sie durchs Gebirge, und der Weg war nicht mehr klar erkennbar. »Abgerutscht, wie immer«, wie Amber sagte. Die küstennahen Sektoren hatten eigentlich die Verpflichtung, sich um die Wege zu kümmern, aber während der langwährenden Krankheit von Rayal waren solche Arbeiten zu gefährlich. Teray und Amber stiegen ab und führten ihre Pferde mehr, als daß sie ritten. Am dritten Tag kamen sie nur noch zu Fuß voran. Es gab kein befestigtes Ufer mehr. Die Wellen brachen sich direkt an den Felsen des Gebirges. Sie hatten die Aufeinanderfolge von Schluchten und Hochebenen, die sie überwinden mußten, im Kopf. Verirren würden sie sich nicht. Aber sie verloren Zeit. Sie kletterten über die Felsen und kämpften sich durch das dichte Unterholz. Oft fragten sie sich, wie sie und die Pferde Halt finden sollten. Der Weg war beschwerlich, und sie waren erschöpft, aber zumindest wurden sie nicht von Clayarks belästigt. Sie spürten Wild auf und Wachteln, die sie erjagten, und stießen auf Vieh. Sie machten einen großen Bogen darum. Das Vieh gehörte in die Küstenregionen, und sie wollten keine Aufmerksamkeit auf sich lenken. Am vierten Tage ihrer Reise befanden sie sich ausschließlich auf Sektorengebiet. Sie bewegten sich so schnell und so vorsichtig wie möglich. Sie waren ein ganzes Stück von der Küste abgekommen. Einmal hatten sie sogar Gelegenheit, auf ein großzügig angelegtes Haus mit Nebengebäuden in einem kleinen Tal herunterzublicken. Sie machten, daß sie davonkamen.

Zur gleichen Zeit wurden sie sich eines großen Clayarkstammes bewußt. Sie waren inzwischen außer Sichtweite des Hauses und kamen gut voran, weil der Weg innerhalb des Sektors gut instand gehalten war. Doch schienen die Bewohner bei der Absicherung gegen die Clayarks nicht die gleiche Sorgfalt, die sie dem Weg angedeihen ließen, walten zu lassen.

Die Clayarks schienen auszuruhen – beziehungsweise sie bewegten sich nicht. Mit vereinten Kräften versuchten Teray und Amber die Größe des Stammes herauszufinden. Doch sie kamen an kein Ende. Der Stamm dehnte sich weiter aus, als sie ihn mit ihrer doppelten Wahrnehmungsfähigkeit erfassen konnten. Hunderte über Hunderte von Clayarks; der sichere Tod für Musternisten, wenn sie ihnen nicht geschlossen und mit geballter Kraft entgegentraten. Teray und Amber schlugen einen großen Umweg ein, um nur ja jeden Kontakt mit ihnen zu vermeiden. Die Clayark schienen sie nicht zu bemerken, aber weder Teray noch Amber gelang es, sich in den nächsten Stunden zu entspannen.

Als sie die Hälfte des Weges zurückgelegt hatten – am

neunten Tag statt am fünften, wie ursprünglich vorgesehen – mußten sie den jetzt gut gepflegten Weg verlassen, weil er nicht mehr an der Küste entlang, sondern quer durch einen ausgedehnten Sektor führte. Den Sektor, in dem sie die Clayark aufgespürt hatten, hatte er nur gestreift. Die Küste verlief rund um eine ausgedehnte Halbinsel, und die Straße führte direkt nach Süden. Teray und Amber entschlossen sich, lieber noch mehr Zeit zu verlieren, und dafür näher an der Küste zu bleiben. Nicht unbedingt so nahe wie vorher, aber sie wollten sich auf alle Fälle von den Häusern des Sektors fernhalten. Aufgrund ihrer außerordentlich großen Wachsamkeit bemerkten sie schon sehr früh am nächsten Morgen die Musternisten, die sich ihnen zu Pferde näherten. Es waren sieben.

Augenblicklich, fast instinktiv, arbeiteten Teray und Amber zusammen, als ob sie seit Monaten ein Team wären, und nicht erst seit Tagen. Und zusammen waren sie stark. Zusammen war es durchaus möglich, daß sie gegen die sieben Musternisten antraten und sogar gewannen – sofern sich nicht Coransee unter den Angreifern befand. Damit war das Stichwort gegeben. Amber ergriff das Wort.

»Ich glaube nicht, daß Coransee unter ihnen ist. Ich habe sie zwar nur flüchtig gestreift, bevor ich mich abgeschirmt habe, aber ich glaube, ich hätte es gespürt.«

»Vielleicht sind es Leute aus diesem Sektor«, sagte Teray.

»Ganz gleich, wer sie sind, wir haben faire Chancen.«

In einem kleinen Hain trafen sie aufeinander. Teray und Amber kamen von der einen Seite, und die sieben Fremden – vier Männer und drei Frauen – ritten ihnen von der anderen Seite entgegen. Teray und Amber saßen still in ihren Sätteln und warteten ab, gespannt, gut vor den Fremden abgeschirmt und selber nur durch die Verbindung vereint.

»Ich rate euch«, sagte eine kleine, weißhaarige Frau inmitten der Gruppe der Fremden, »ergebt euch kampflos und kommt mit uns.«

Das Haar der Frau war naturweiß und dennoch nicht vom Alter ergraut. Obwol sie sehr alt war, wie Teray augenblicklich wußte. Wieso ihm dieser Gedanke gekommen war, konnte er sich nicht erklären. Denn nichts wies auf ihr Alter hin. Entweder sie oder ihr Heiler hatten die mit dem Alterungsprozeß verbundenen körperlichen Veränderungen gestoppt, und sie sah aus wie fünfunddreißig. Trotzdem, Teray war sich sicher, daß die Frau mindestens doppelt so alt war. Und das war ungewöhnlich für einen Hausgebieter – und diese Frau schien über ein Haus zu gebieten. Die meisten Hausgebieter wurden um ihren Besitz und um ihr Leben gebracht, lange bevor sie das Alter dieser Frau erreichten.

»Wir sind siebzehn«, sagte die Frau ruhig. »Zehn, die ihr wahrscheinlich noch nicht entdeckt habt. Wir sind alle miteinander verbunden. Wenn ihr einen von uns angreift, habt ihr es mit allen zu tun.«

In diesem Augenblick wurden Teray und Amber auch der zehn anderen gewahr, die sich aus ihrer Richtung näherten. Sie wagten nicht, die Fremden mehr als nur einer flüchtigen Untersuchung zu unterziehen. Teray sah Amber an. Amber zuckte mit den Schultern, und dann entspannte sie sich und schien sich ganz offensichtlich unterwerfen zu wollen. Was sollten sie auch gegen siebzehn miteinander verbundene Musternisten ausrichten können?

»Was willst du von uns?« fragte Teray.

»Es geht um eine nicht beglichene Schuld«, sagte die Frau.

Teray runzelte die Stirn. »Wessen Schuld?«

»Zu deinem Unglück, um eine Schuld gegenüber deinem Bruder Coransee.«

»Du willst uns also wegen Coransee gefangen nehmen?«

»Ja.«

Teray entspannte sich, so wie es Amber kurze Zeit vor ihm getan hatte, und war sich dennoch der Spannung ihrer Verbindung bewußt. Das war nicht die Spannung eines Dings, das daran jeden Moment zerbrechen konnte, sondern eher die Spannung einer Feder, die jeden Augenblick losschnellen würde.

»Nein«, sagte Teray ruhig. Zwischen den Bäumen wurden die zehn weiteren Musternisten sichtbar. Teray achtete nicht auf sie. Er überließ sie Amber, die, wie er erwartet hatte, ihre Aufmerksamkeit auf die Neuankömmlinge lenkte. Sie würde jede Angriffsabsicht aus dieser Ecke so rechtzeitig erfassen, daß sie keinen Schaden anrichten konnten. Teray sprach.

»Wenn ich Coransee in die Finger falle, wird er mich töten. Also verliere ich nichts, wenn ich mich euch widersetze.«

»Du setzt das Leben deiner Frau aufs Spiel. Ich habe bemerkt, daß ihr verbunden seid.«

Und dann sagte Amber: »Auch ich bin nicht so begierig darauf, Coransee wieder in die Hände zu fallen. Und ich stehe auf eigenen Füßen, Lady Darah. Ich bin so unabhängig, wie ich es immer gewesen bin.«

Die Frau ließ jetzt Teray zum ersten Mal aus den Augen. »Das habe ich schon befürchtet, daß du das sein könntest. Hallo, Amber.«

Amber neigte kaum merklich den Kopf zur Begrüßung. »Du hast ganz recht, Lady. Wir sind verbunden. Und wir werden verbunden bleiben. Und wahrscheinlich wirst du auch ohne Mühe erraten können, auf wen wir alle unsere Kraft konzentrieren werden, in dem

Augenblick, wo ihr uns angreifen solltet.«

Darauf stellte sich Teray voll ein. Er verdrängte seine Überraschung darüber, daß Amber die Frau kannte. »Coransee ist mein Bruder, Lady. Das läßt Rückschlüsse auf meine Kraft zu. Wenn sie ihr Leben aufs Spiel setzen wollen, ebenso wie das Leben mehrerer ihrer Gefolgsleute, dann sollten sie uns besser gehen lassen.

»Ich weiß, daß du stark bist«, sagte sie. »Aber ich glaube nicht, daß du mich töten könntest. Deshalb nicht, weil ich mit so vielen verbunden bin. Und wenn du es richtig bedenkst, so wirst auch du es nicht für möglich halten.« Sie gab den zehn neu hinzugekommenen Reitern ein Zeichen, sich hinter Amber und Teray aufzustellen. Die zehn formierten sich, mit der Absicht, Teray und Amber vor sich herzutreiben.

Aber Amber und Teray rührten sich nicht vom Fleck. Die Verbindung übermittelte Teray die geringe Kraftanstrengung Ambers. Und er konnte sich denken, was passiert war. Er hatte verstanden.

Sechs der Pferde hinter ihnen – die, die am nächsten an ihnen waren – waren zusammengebrochen. Die Reiter schrien vor Überraschung auf, manchen gelang es, noch abzuspringen. Andere stürzten. Die siebzehn Musternisten hatten mit einem Angriff auf ihre Personen, oder zumindest auf Darah gerechnet. Sie waren überhaupt nicht darauf vorbereitet gewesen, daß ihren Pferden etwas passieren könnte. Amber hatte schnelle und gründliche Arbeit geleistet. Keiner von ihnen konnte den Augenblick, für den sie ihr Schild geöffnet hatte, zum Gegenangriff nutzen. Und außerdem war Teray schon auf dem Sprung, jeden, der es versucht hätte, davon abzuhalten.

Nichts geschah. Außer, daß die gestürzten Reiter aufsprangen und ihre Pferde wieder einsammelten. Niemand, weder Mensch noch Tier, schien verwundet.

Doch nachdem die Musternisten wieder aufgestiegen waren, hatte offensichtlich keiner von ihnen mehr das Verlangen, nahe an Teray oder Amber heranzurücken.

»Lady«, sagte Amber leise, »mag sein, daß du vergessen hast, welche Kunstfertigkeit ich beherrsche. Wenn ich will, kann ich dich hier und jetzt töten, und daran ändert auch deine Verbindung nichts. Ich kann dich genauso wie einen Clayark töten. Und ich bin schnell. Einen erwische ich immer, bevor jemand mein Schild durchstößt.«

Die Frau hielt Ambers Blick stand. »Du würdest dafür sterben. Meine Leute würden dich deswegen umbringen.«

»Ohne Zweifel. Aber was hättest du davon?«

»Du stehst nicht unter Coransees Urteil.«

»Nein.«

»Und . . . Angesichts der Gunst, die du mir einmal erwiesen hast, wäre ich damit einverstanden, dich gehen zu lassen. Aber alleine.«

»Du wärst also geneigt?«

»Willst du unbedingt sterben, Amber?« Die Stimme der Frau war plötzlich hart.

»Nein, Lady.«

»Dann geh!«

»Nein . . . Lady.«

»Ich kann nicht glauben, daß du bereit sein solltest, dein Leben für ihn zu opfern.«

Amber lächelte. »Doch, so ist es.«

»Und«, setzte die Frau fort, ohne sich um Ambers Einwand zu kümmern und wandte sich an Teray, »ich kann nicht glauben, daß du jemand bist, der eine Frau für sich kämpfen läßt.«

»Glaubst du wirklich, ich sei so närrisch, ihre Hilfe auszuschlagen? Immerhin habe ich dich und zehn weitere Musternisten gegen mich.«

»Ich wollte dir nur Gelegenheit geben, daß sie ihr Leben retten kann – da deins ja ohnehin verspielt ist.«

»Lady, wählen sie drei unter ihren Leuten aus. Verbinden sie sich mit ihnen und lösen sie die Verbindung mit den anderen. Ich werde den Kampf gegen vier aunehmen. So stelle ich mir eine faire Chance vor.«

Die Frau sah ihn an, dann lachte sie laut auf. »Prahlhans, selbst in einer Situation wie dieser. Du bist sein Bruder, zweifellos.«

In Wirklichkeit glaubte sie nicht, daß er prahlte. In Wirklichkeit, so glaubte Teray, war sie es, die prahlte – sie wollte ihm einreden, daß er besiegt sei, auch ohne Kampf. Und sie versuchte ihn von Amber zu trennen.

»Sind sie jetzt zum Sterben bereit, Lady?« fragte er.

Sie sagte nichts, aber ihre Leute verfolgten aufmerksam den Dialog.

Er nickte. »Das dachte ich mir. Aber ich habe jetzt keine Zeit mehr.« Er zog die Zügel an und lenkte sein Pferd geradewegs auf Darah und ihre Gefährten zu. Er nahm wahr, daß Amber sich an seiner Seite hielt, aber seine Aufmerksamkeit konzentrierte er auf Darah und ihre Leute. Die Pferde scheuten, sprangen zur Seite, und wieherten erschrocken. Die Reiter hatten alle Hände voll damit zu tun, sie zu beruhigen und unter Kontrolle zu bringen.

Teray und Amber fielen in Galopp. Teray konzentrierte sich nach vorn, während Amber sich nach hinten auf Darah und ihre Leute einstellte. Aber Darah nahm ihre Verfolgung nicht auf. Teray verspürte das Verlangen, in hartem Galopp vor dieser Frau zu fliehen, bevor sie ihre Meinung änderte. Aber er wußte, daß das nicht möglich war. Es gab kein »Weglaufen« innerhalb des Sektors. Wenn sie wollte, konnte Darah sie immer noch festhalten. Denn ohne Zweifel hatte sie Verbündete – Hausgebieter, die ihr sicher gern zur Hilfe kämen. Und sie verfügte über Hausbedienstete, denen sie befehlen konnte, ihr zu helfen. Das hing alles davon ab, ob sie selber dazu bereit war, Teray laufen zu lassen. Auf ein paar von ihren Leuten kam es ihr nicht an. Aber was ihr eigenes Leben betraf, da dachte sie anders. Wenn sie nur nicht jemanden fand, der couragierter an die Sache heranging – oder tollkühner – und der an ihrer Stelle den Angriff wagen würde.

Sie ritten weiter und wichen nun auch von ihrem Plan ab, die Halbinsel zu umrunden. Sie nahmen den geraden Weg nach Süden quer über das Land. Sie hielten es jetzt für wichtiger, schnell voran zu kommen, als sich die Zeit zu nehmen, ihnen auszuweichen. Auch wenn ihr Weg durch die Sektoren führte. Wenn Coransee wirklich ernsthaft auf Terays Kopf aus war, dann war er jetzt schon hinter ihnen her. Und vielleicht nicht einmal mehr weit von ihnen entfernt.

Seit ihrer Flucht hatten Teray und Amber kein Wort gewechselt, aber durch die Verbindung fühlte Teray, wie unruhig Amber war. Auch ihr lag es am Herzen, den Sektor so schnell wie möglich hinter sich zu bringen. Sie war auf der Hut. Sie vermischte jetzt rückhaltlos all ihre Wahrnehmungssinne mit den seinen. Zusammen kontrollierten sie nun ein Gebiet, das mindestens zweimal so groß war, als wenn jeder für sich seine Wahrnehmungen eingesetzt hätte.

Sie gönnten sich kaum Pausen und ritten unentwegt weiter. Es wurde Abend, und es wurde Nacht. Sie hielten nicht eher ein, bis beide, sie und die Pferde zu erschöpft waren, um weiter zu können.

Sie schlugen ihr Lager in einer Niederung in den Bergen auf. Nicht so geschützt wie ein Tal. Dichtbewachsene hügelige Erhebungen schlossen den Platz ein. Angenommen, ein Musternist würde in der Nähe vorbeikommen, er würde sie unweigerlich spüren können. Sie wagten kein Feuer zu entzünden und hielten sich statt dessen lieber an ihren kalten Vorrat. Kekse, Wasser, Trockenfleisch und Rosinen. Und zum erstenmal fühlten sie sich wirklich als Flüchtlinge.

Die Nacht verlief ohne weitere Ereignisse. Wie gewöhnlich schliefen sie mit dem Warnschutz, der einmal aufgebaut, jede Störung signalisierte, egal ob sie wachten oder schliefen. Am nächsten Morgen nahmen sie ein karges Frühstück zu sich und ritten früh weiter. Sie hatten Darahs Sektor inzwischen verlassen, aber waren immer noch nicht weit von dessen Grenze entfernt, um wirklich beruhigt sein zu können.

Sie fühlten sich dennoch schon sicherer. Ohne es direkt zu beabsichtigen, beruhigten sie sich gegenseitig. Seit sie Darah entkommen waren, hatten sie kaum miteinander gesprochen – hatten auch sonst in keiner Weise kommuniziert. Sie hatten kein Bedürfnis danach gehabt. Doch jetzt wurde Teray gesprächig. Und außerdem glaubte er, daß er Grund dazu hatte – vielleicht.

»Amber?«

Sie sah ihn an.

»Woher kanntest du Darah?«

»Das war so«, sagte sie. »Als ich das letzte Mal hier durchkam, hatte Darah keinen vernünftigen Heiler, und sie sah zwanzig Jahre älter aus als jetzt. Richtig wäre es gewesen, daß sie vierzig Jahre älter ausgesehen hätte. Wie auch immer, ich half ihr. Ich stand zu ihr wie zu einem Freund. Bis jetzt.«

»War sie eine Geliebte von dir?«

Sie zog eine Augenbraue hoch. »Nein. Ihre Geliebten waren ausschließlich Männer.«

Mehrere Sekunden betrachtete er sie eingehend. Goldbraun getönte Haut, kleinbrüstig, schmal und stark. Manchmal erinnerte sie ihn mehr an einen Knaben als an eine Frau. Doch wenn sie in der Nacht zusammen lagen,

wenn sich ihre Geister und ihre Körper aneinander-
schmiegten und miteinander vermischten, war es gar
keine Frage, ob sie etwas anderes war als Frau. Doch . . .

»Amber, ehrlich, würdest du lieber mit einem Mann
oder mit einer Frau zusammen sein?«

Sie versuchte nicht auszuweichen. »Ich werde es dir
sagen«, sagte sie leise. »Aber die Antwort wird dir nicht
gefallen.«

Er wandte den Blick von ihr ab. »Ich möchte die Wahrheit wissen. Ob sie mir gefällt oder nicht.«

»Schon?« flüsterte sie.

Er tat so, als habe er sie nicht gehört.

»In dem Augenblick, wo ich eine Frau kennenlerne,
die mich anzieht, ziehe ich Frauen vor«, sagte sie. »Und
wenn ich einen Mann treffe, der mich anzieht, dann ziehe ich Männer vor.«

»Du willst damit sagen, daß du dir darüber noch keine
Meinung gebildet hast.«

»Ich will genau das sagen, was ich gesagt habe. Wie ich
dir schon sagte, es wird dir nicht gefallen. Fast jeder, der
mich dazu fragte, wollte von mir eine definitive Antwort.
Ob ich auf der einen oder auf der anderen Seite stehen
würde.«

Er dachte darüber nach. »Nein, wenn es wirklich so ist,
wie du sagst, macht es mir nichts aus.«

»Tausend Dank dafür.«

»Du weißt, ich will dir nichts Böses.«

Sie seufzte. »Ich weiß.«

»Und ich habe auch nicht nur aus reiner Neugierde
gefragt.«

»Nein.«

»Du hast bei der Auseinandersetzung mit Darah dein
Leben für mich aufs Spiel gesetzt.«

»Nicht ernsthaft. Ich kenne sie. Sie hat es nur deshalb
geschafft, so alt zu werden, weil sie ein gut vereintes

Haus zusammengehalten und alle Situationen gemieden hat, die ihr das Leben hätten kosten können. Obwohl sie eine gute Kämpferin sein soll.«

»Sie glaubte, daß du bereit warst, mit mir zu sterben.«

Amber schwieg einen Moment lang. Dann lächelte sie wehmütig. »Ich war bereit. Sie blufft nicht nur selber gut, sondern sie ist auch in der Lage, einen Bluff zu durchschauen.«

»Nein, du warst nicht bereit.«

Sie sagte nichts darauf.

»Bleibe bei mir, Amber. Werde meine Frau – meine Hauptfrau, sobald ich ein Haus mein eigen nenne.«

Sie schüttelte den Kopf. »Nein. Ich habe dich gewarnt. Ich liebe dich – vermutlich, weil wir uns zu nahe stehen, als daß wir vermeiden könnten, uns früher oder später zu lieben. Trotzdem nein.«

»Warum?«

»Weil ich auf das gleiche aus bin, wie du. Auf ein Haus. Auf ein eigenes Haus.«

»Ein gemeinsames . . .«

»Nein.« Daran war nicht zu rütteln. »Ich will, was ich will. Ich hätte eben mein Leben für dich geben können, wenn es zum Kampf gekommen wäre. Aber ich könnte niemals mein Leben an dich abgeben.«

»Ich verlange nicht dein Leben«, sagte er wütend. »Als meine Hauptfrau hättest du Autorität, Freiheit . . .«

»Wie begierig wärest du, mein Hauptmann zu werden?«

»Sei vernünftig, Amber!«

»Das bin ich. So wie ich das sehe, werde ich einen Hauptmann brauchen.«

Wütend starrte er sie an, und doch suchte er nach Worten, mit denen er sie umstimmen könnte. »Warum zum Teufel bist du zwei Jahre bei Coransee geblieben, wenn du so dringend dein eigenes Haus verlangst?«

»Weil ich Spaß an dem Mann hatte, und von ihm gelernt habe. Ich habe eine Menge bei ihm gelernt.«

»Brauchtest du sozusagen eine Krönung des Wissens, zusätzlich zu dem, was dir schon Kai vermittelt hatte?«

»Ich brauchte es ganz einfach. Ich wollte nicht nur eine Kopie von Kai bleiben. Clayarks, Teray.«

Sie wechselte nicht den Tonfall, als sie die Warnung aussprach. Allein die Verbindung bewirkte, daß er sofort hellwach war. Sie hatte allen Grund zu dieser Warnung gehabt. Sie hatte einen Teil einer riesigen Clayarkherde ausgemacht – vielleicht handelte es sich um denselben Stamm, den sie schon vor Tagen bemerkt hatten. Sie kamen aus Darahs Sektor auf sie zu. Möglicherweise hatten sie dort eines der Häuser angegriffen.

Teray und Amber hatten schon das Gebirge durchquert und waren wieder auf die alte Küstenstraße gestoßen. Die Clayarks hielten sich noch in den Bergen auf. So, wie sie sich voranbewegten, schienen sie auch dort bleiben zu wollen. In den Bergen gab es allerlei Kurzweil, in den Bergen gab es eßbare Pflanzen. Die Clayarks gingen parallel zu ihnen, möglicherweise, wahrscheinlich sogar, würden sie die beiden Musternisten überholen, ohne sie überhaupt zu bemerken. Außer, sie würden eine andere Richtung einschlagen. Oder, sie würden sich mehr verstreuen. Oder, vielleicht hatten sie Teray und Amber schon gesehen – von irgendeinem hohen Berge aus, bevor sie sich über die Musternistenanwesen hergemacht hatten.

Man durfte die letzte Möglichkeit nicht ausschließen. Clayarks wußten ganz genau, daß zwei Musternisten allein es niemals schaffen würden, einen ganzen Stamm anzugreifen.

»Wenn sie nicht schneller werden«, sagte Teray, »besteht keine Gefahr, daß sie uns einholen.«

»Ich bin mir nicht sicher, ob ich nicht lieber hinter ihnen wäre. Der Gedanke, daß sie uns vor sich hertreiben, gefällt mir nicht.«

»Wenn ich mich nicht irre, liegen auf unserem Weg, nicht weit von uns entfernt, Ruinen aus der Stummenära. Vielleicht wollen sich die Clayark dort für eine Weile niederlassen.«

»Das glaube ich nicht. Ich kenne die Ruinen. Da steht nicht mehr genug, um einer Clayarkfamilie Schutz zu geben, geschweige denn, einem ganzen Stamm.«

»Ein Stein, den ich darüber studierte, vertrat eine andere Meinung.«

»Dann war der Stein veraltet. Wenn ich mich nicht irre, haben die Leute aus Darahs Sektor die Ruine dem Erdboden gleichgemacht, weil sie ein Anziehungspunkt für Clayark waren.«

Das klang einleuchtend. Auf dem Territorium der Musternisten waren im Laufe der Jahrhunderte die meisten Ruinen aus der ehemaligen Stummenzivilisation dem Erdboden gleich gemacht worden. Aber er war nicht in der Stimmung, klein beizugeben.

»Vielleicht halten sie diesmal trotzdem dort an«, sagte Teray. »Und ganz egal, ob sie es tun oder nicht, es ist besser, wenn wir uns nicht von ihnen überholen lassen.«

»Außer, wir finden ein Versteck und lassen sie vorüberziehen.«

»Nein. Wenn wir sie vor uns haben, und sie lassen sich nieder, dann werden sie sich auch ausbreiten. Dann müssen wir einen Umweg machen und wahrscheinlich bis in die Berge zurückgehen, um sie zu umrunden.«

»Genau. Aber immerhin werden wir am Leben sein und können diesen Umweg machen. Wenn wir uns aber an der Spitze halten, und sie aus irgendeinem Grund beschließen, aus den Bergen herauszukommen, können wir nirgendwohin flüchten.«

Teray mußte ihr mindestens teilweise recht geben. Sie

hatte immer recht. Auf die Dauer ging ihm das auf die Nerven. »Hör zu«, sagte er, »wenn du hierbleiben und sie überholen lassen willst, dann mach das.«

»Teray . . .«

Wütend schaute er sie an.

»Wir können uns das nicht leisten. Nur Leute, die sicher und gut geschützt in ihren Häusern sitzen, können es sich leisten, ihren Gefühlen freien Lauf zu lassen.«

»Willst du sie überholen lassen, oder nicht?«

»Ja, ich will sie überholen lassen. Aber auf der anderen Seite auch nicht. Ich werde nämlich bei dir bleiben, solange die Clayarks sich nicht direkt auf uns zubewegen. Wenn das eintrifft, und du immer noch nicht zu Vernunft gekommen sein solltest, dann lasse ich mich zurückfallen und werde mir anschauen, wie du mit ihnen zusammentriffst.«

Und mehr würde er wahrscheinlich nicht gegen sie durchsetzen können, sagte er bitter. Sicherlich hatte sie ihm sogar einen Gefallen getan, als sie es ablehnte, seine Frau zu werden.

Die Clayarks holten auf und formierten sich. Ohne darüber nachzudenken, erhöhten Teray und Amber ihre Geschwindigkeit. Dann kamen die Clayarks wieder näher.

Da wurde es Teray klar, daß er und Amber verfolgt wurden – oder gejagt. Und da war es auch keine Frage mehr, was zu tun sei. Sie mußten ein Versteck finden, einen Platz, an dem sie die Horde vorüberziehen lassen konnten. Wenn die Clayarks sie erst einmal bemerkten, würden sie ihnen nicht mehr davonlaufen können. In fieberhafter Eile suchte Teray das Land nach einem Platz ab, wo sie sich verbergen konnten. Selbst während seiner Suche erhöhten die Clayarks ihre Geschwindigkeit und kamen jetzt direkt auf die beiden Musternisten zu.

Wenn man sich auf den Standpunkt stellte, daß

Clayarks nichts anderes als Tiere seien, mußte man dennoch zugeben, daß sie majestätische Geschöpfe waren. Ohne Schwierigkeiten jagten sie über das Land und erreichten dabei Geschwindigkeiten von einhundert Kilometern pro Stunde. Sicherlich kamen sie zwischen den Bergen nicht so gut voran – aber sie liefen.

Die ganze Horde in einer fast fliegenden Bewegung. Dabei hielten sie sich noch zurück und liefen nicht so schnell, wie es ihnen der felsige Untergrund gestattete. Doch selbst bei ihrer augenblicklichen Geschwindigkeit hätten sie mit Leichtigkeit ein Pferd niederrennen können. Ein Clayark konnte hinter einem Pferd herjagen, es überholen und trotz der hohen Geschwindigkeit, die er entwickelte, augenblicklich zum Stillstand kommen und auf den aufholenden Reiter und sein Pferd schießen. Derartiges soll mit Stummen häufig passiert sein. Wagemutigere Exemplare der Clayarks sollen sogar Pferd und Reiter direkt angegriffen haben, das heißt, daß sie dem Pferd auf den Rücken oder an den Hals gesprungen waren. Wenn es darum ging, einem Feind das Leben zu nehmen, schienen sie keine Rücksicht mehr auf ihr eigenes Leben zu nehmen.

Im vollen Galopp rasten Teray und Amber durch ein kleines Wäldchen, dem sie nicht weiter Beachtung schenkten, weil es ihnen keinen Unterschlupf bot. Vor ihnen ragten Felsen aus dem Sand, die sich bis in die Brandung hinein fortsetzten. Dort hatte Teray einen Platz erspäht, der unangreifbar und dennoch groß genug erschien, ihnen und ihren Pferden Schutz zu bieten. Er machte Amber darauf aufmerksam und wartete auf ihre Entscheidung. Er konzentrierte sich nach hinten auf die Clayarks. Mit Entsetzen stellte er fest, daß sie in Sichtweite gekommen waren. Er drehte sich um, um sich seines Eindrucks zu vergewissern. Er sah sie, zunächst als eine Linie, dann wie eine Welle, die über den Gipfel des

Berges flutete, viel zu nahe hinter ihnen. Er begann zu töten. Die ersten starben einfach, indem ihnen die Beine unter dem Körper nachgaben. Die Körper der Toten, die bei hoher Geschwindigkeit zu Boden stürzten, rollten noch weiter. Die nachfolgenden Clayarks, die nicht rechtzeitig ausweichen konnten, stolperten oder stürzten über ihre toten Gefährten.

Eine Art Hundegebell ertönte, und die Formation löste sich auf. Hunderte von heulenden Clayarks stoben auseinander, hielten auf Distanz oder legten an Geschwindigkeit zu. Viele hielten sich hinter den Bergen zurück, verzogen sich außer Sichtweite, und viele verließen sogar den Wahrnehmungskreis der Musternisten. Ein paar wagten einen Ausbruch und jagten auf die beiden Musternisten zu, bis Teray sie niedermachte.

Die Clayarks eröffneten das Feuer.

Die schnaubenden Pferde erreichten die Felsen, trotteten leichtfüßig weiter und zuckten zusammen, als das Feuergefecht stärker wurde. Terays Pferd taumelte und wäre fast zu Boden gefallen. Erst als er absprang, bemerkte er, daß es getroffen war. Dennoch wandte er seine Aufmerksamkeit nicht von den sich immer mehr ausbreitenden Clayarks ab. Beiläufig nahm er an seiner Seite Amber wahr, die die Wunde des Pferdes versorgte. Clayarks schossen gewöhnlich zuerst auf die Pferde von Musternisten, denn direkt auf Musternisten zu schießen, das ging ihnen zu schnell. Ein Musternist zu Fuß war immerhin noch eine sich langsam bewegende Zielscheibe.

Amber unterzog die Pferde einer Untersuchung, dann ließ sie die Tiere sich im Schutz der Felsen niederlegen und versetzte sie in Bewußtlosigkeit. Das war am sichersten. Damit war die Möglichkeit ausgeschlossen, daß sich die Pferde erschreckten, scheuten und davonliefen. Dann konzentrierte Amber ihre Stärke wieder auf Teray, um ihm zu helfen. Und plötzlich entzog sie sich ihm.

Er brauchte ihre Hilfe, um bis zu den Clayarks zu gelangen, die sich in die Berge zurückgezogen hatten und einen neuen Ausbruchversuch planten, vor allem aber einen neuen Standort suchten, von dem aus sie die Musternisten besser unter Beschuß nehmen konnten. Es gelang ihnen, sich außerhalb seines Wahrnehmungssektors zu halten. Wütend starrte er zu Amber hinüber.

Sie hatte ihre Gedanken irgendwohin in den Raum ausgesandt. Amber hatte sich vor ihm abgeschlossen, außer der Verbindung existierte nichts zwischen ihnen, und von dieser Verbindung nahm sie im Augenblick keine Notiz. Plötzlich bemerkte er, daß sie mit jemandem kommunizierte. Mit einem anderen Musternisten. Die Verbindung vermittelte ihm schattenhaft Eindrücke von Angst, Verzweiflung und Hoffnungslosigkeit. Nur eine einzige Person konnte solche Gefühle in ihr hervorrufen. Coransee. Wütend und zornig wandte er sich ab und widmete sich wieder den Clayarks. In seinem Wahrnehmungssektor befanden sich nur wenige, die er augenblicklich tötete. Dann stellte er sich auf Amber ein.

»Wie weit ist er noch von uns entfernt?« Er selber wollte nicht seine Gedanken aussenden und seinen Bruder berühren wollen. Das Vergnügen würde er noch früh genug haben dürfen. Nämlich, wenn er zum zweiten Mal versuchen würde, Coransee umzubringen.

»Er ist nicht mehr weit entfernt. Er wird in einigen Minuten bei uns sein.« Ambers Stimme kam von weither, leise. Sie war immer noch mit Coransee in Verbindung. Teray packte sie bei den Schultern und schüttelte sie.

»Wirf ihn ab!«

Sie sah ihm fest in die Augen. Sie saß ganz still da und starrte ihn an, bis er sie aus seinem Blick entließ.

»Wenn er nämlich gleich hier ist, kannst du sicher noch so lange warten und dich dann mit ihm unterhalten.«

Sie entspannte sich. Sie seufzte. »Er hat versucht, mit mir zu handeln.«

Teray ließ noch einmal seine Gedanken über die Clayarks streifen. Er spürte keinen mehr auf. Statt dessen rückten die größer werdenden Umrisse mehrerer berittener Verfolger in seinen Wahrnehmungsbereich. Die Clayarks zogen sich zurück. Coransee kam in Begleitung von zehn – ja, zehn – seiner Leute. Offensichtlich waren das mehr Musternisten, als die Clayarks niederzumachen wagten. Sie stellten endgültig das Schießen ein.

Teray seufzte und wandte seine Aufmerksamkeit Amber zu. »Ich vermute, du hattest keinen Erfolg – in deinen Verhandlungen.«

»Ich glaube, du hast recht.«

»Er legte einen Arm um sie. »Das hätte ich dir vorher sagen können. Aber trotzdem, danke.«

»Er will dich lebend wiederhaben.«

»Den Gefallen werde ich ihm nicht tun.«

Sie zuckte zusammen. »Wenn wir nicht so nahe beieinander wären, du und ich, würde ich versuchen, dich davon abzubringen.«

»Nein.«

»Ich weiß. Wir sind uns darin sehr ähnlich. Dickköpfig, uneinsichtig.«

Er schaute sie eine ganze Zeitlang an, dann zog er sie an sich. »Ich würde dich gerne da heraus halten, wenn er gleich kommt.«

»Nein.«

Seine Alarmbereitschaft war geweckt. Er stieß sie von sich. »Amber, ich meine das wirklich so. Er ist nicht Darah, er läßt sich nicht einschüchtern. Er wird dich umbringen.«

»Das mag sein. Aber wahrscheinlich wirst du der Einzige sein, den er töten wird.«

Er löste die Verbindung zu ihr auf. Die plötzlich auf

ihn einstürmende Einsamkeit war entsetzlich und nahm ihm fast den Atem. Niemals zuvor hatte er Einsamkeit so beängstigend empfunden. Er hatte sich vielmehr von der Verbindung abhängig gemacht, als es ihm klargeworden war.

»Teray«, bat sie ihn, »bitte. Das ist doch kein gewöhnlicher Streit. Er hat dich illegalerweise zum Außenseiter gemacht. Du hast ihn nicht herausgefordert. Du willst ihm nichts abnehmen. Er ist völlig im Unrecht, aber trotzdem ist er auf dem besten Wege, dich umzubringen. Du hast nur eine Chance, und das ist meine Hilfe.«

»Ich sagte nein. Er soll sich mir stellen, ohne einen seiner Leute im Rücken. So muß es geschehen.«

Sie schaute auf und zu den Reitern, die inzwischen in Sicht waren und die Straße hinuntergeritten kamen. »Zum Teufel mit deinem dummen Stolz«, sagte sie. »Vergiß nicht, daß ich nie mehr nach Redhill zurückkehren werde – ebensowenig wie du. Du solltest dich besser wieder mit mir verbinden, denn wenn er dich schlägt, dann werde ich ihn schlagen. Wenn wir nicht miteinander verbunden sind, dann ist es fast unausweichlich, daß einer von uns getötet wird und der andere davon überhaupt nichts hat.«

»Amber nein . . .!«

»Verbinde dich. Jetzt!«

Er verband sich mit ihr, wütend auf sie. Fast haßte er sie, er fühlte sich überhaupt nicht zum Dank verbunden. Stolz. Er würde versuchen, ihr Leben zu retten. Sie standen auf, um Coransee und seinen Leuten entgegenzugehen. Amber stellte sich dicht neben Teray, so dicht, daß Coransee sich klar darüber werden sollte, daß seine Ankunft sie nicht veranlassen würde, die Seiten zu wechseln. Sie war es, mit der Coransee als erste sprach, als er vom Pferd gestiegen war. Er kam auf sie zu, seine Leute blieben im Hintergrund. Sie saßen nicht ab, sondern beobachteten offensichtlich die Clayarks.

»Ich nehme nicht an, daß du versucht hast, ihn davon zu überzeugen, sich freiwillig zu unterwerfen.«

»Ich habe es nicht versucht.«

»Und du bleibst an seiner Seite. Ich hatte dich für klüger gehalten.«

»Nein, du dachtest, ich hätte Angst vor dir. Du hast dich geirrt.«

Er stöhnte gelangweilt auf und wand sich von ihr ab. »Terray . . . Willst du wirklich sterben?«

»Entweder ich sterbe hier oder ich setze meinen Weg nach Forsyth fort. Nichts auf der Welt könnte mich bewegen, mit dir nach Redhill zurückzukehren.«

Coransee runzelte die Stirn. »Und was erhoffst du dir von Forsyth?«

»Asyl.« Coransee würde es früher oder später sowieso herausfinden.

»Asyl? Für wie lange?«

»Und wenn es nur für ein paar Monate ist, zumindest verlebe ich die dann in Freiheit.«

»Du würdest sie damit verbringen, alles zu lernen, um mich zu besiegen.«

»Weil du mir keine andere Wahl gelassen hast.«

»Ich habe dir ganz einfach einen Vorschlag gemacht und du . . .« Coransee brach ab und atmete tief durch. »Warum sollte ich das jetzt noch einmal alles mit dir durchsprechen. Ob du es glaubst oder nicht, mir liegt wirklich nichts daran, dich zu töten. Paß auf . . . ich mache dir einen Vorschlag.«

»Was?« fragte Teray argwöhnisch.

»Es ist nichts Großartiges. Es ist nur, daß ich mich frage, wie sehr du aufgrund unserer Vorfahren für mich zur Bedrohung werden könntest.«

Teray überhörte die Beleidigung in Coransees Worten. »Wenn du mich in Ruhe läßt, werde ich dich überhaupt nicht bedrohen. Das habe ich dir schon gesagt.«

»Das zählt nicht. Ich bin nicht an deinen Versprechungen interessiert, sondern mich interessiert deine potentielle Kraft, und die kann ich kaum erraten. Nur Rayal könnte mehr als Vermutungen anstellen.«

»Du willst also, daß Rayal mich bewertet?«

»Ja.«

»Und was passiert, wenn er herausfindet, daß ich . . . Daß ich nicht das Potential habe, mich mit dir anzulegen?« Eine demütigende Frage, die er stellen mußte. Doch was er wirklich sagen wollte, war, »was wirst du mit mir anstellen, wenn sich herausstellt, daß ich zu schwach bin, gegen dich anzutreten?«

»Was sollte denn deiner Meinung nach dann passieren?«

»Ich will meine Freiheit!«

»Nicht mehr?«

»Von dir frei zu sein, das reicht mir.«

Coransee lächelte. »Du würdest mich nicht um mehr bitten, auch wenn du noch viel mehr wolltest, nicht wahr, Bruder?« Teray sagte nichts.

»Das ist auch gleichgültig. Bist du einverstanden, daß Rayal dich bewertet?«

»Ja.«

»Dann laß uns nach Forsyth aufbrechen. Wir sind fast dort, und auch ich will Rayal sehen. Aber da ist noch etwas. Nur Rayals Urteil kann dich befreien. Du wirst als mein Außenseiter nach Forsyth gehen.«

Terry zuckte zusammen.

»Als mein Eigentum.«

»Du hast mich gefangen genommen.«

»Du sollst es sagen.«

Teray starrte ihn haßerfüllt an.

»Ich habe genug Zeit mir dir vergeudet, Teray. Sag es mir nun frei weg ins Gesicht.«

Wenn er es sagte, würde er damit jedes Recht auf Asyl in Forsyth verwirken, und das konnte er durchaus nötig haben, je nachdem Rayals Entscheidung ausfiele. Wenn er es aussprach, würden diese Worte in seinem Gedächtnis sein und könnten immer wieder abgerufen werden, um ihn zu verdammen. Er hatte die Entscheidung, sich zu weigern, diese Worte zu sagen, oder zu sterben.

»Ich bin dein Außenseiter«, sagte Teray ruhig. »Dein Eigentum.«

VII

Die Zeit schien still zu stehen. Die dreizehn Reiter ritten zu zweit hintereinander mit Coransee an der Spitze. Teray und Amber ritten direkt hinter ihm. Sie waren noch miteinander verbunden, doch sie ruhten sich aus. Sie achteten nicht länger auf Clayarks. Das konnten ruhig die elf anderen tun. Teray fühlte seine Müdigkeit wie einen Schatten, der von Ambers Müdigkeit auf ihn fiel. Sie waren sich nicht darüber klar gewesen, wie sehr sie die beständige Wachsamkeit angestrengt hatte, besonders während der letzten vierundzwanzig Stunden. Und dann noch, daß alles damit enden mußte, gefangen genommen zu werden, und zwar genau von demjenigen, den sie hatten entfliehen wollen . . .

Teray schaute zu Amber und entdeckte in ihrem Gesicht nicht nur Müdigkeit, sondern auch Bitterkeit. Da erst wurde ihm bewußt, daß die Abmachung, die er mit Coransee getroffen hatte, in keiner Weise Ambers Interessen berücksichtigten. Sie war von Redhill geflohen, weil Coransee ihr ihre Unabhängigkeit hatte streitig machen und sie gegen ihren Willen in seinem Haus hatte halten wollen. Und nun hatte er sie wieder. Teray hatte immerhin noch eine Chance, die Freiheit zu erlangen, aber sie war gefangen – wenn sie nicht darauf zurückgreifen wollte, Coransee mit ihren Heilmethoden umzubringen. Doch sie hatte ja schon zugegeben, daß sie Angst vor ihm hatte.

Spontan spornte Teray sein Pferd an, um mit Coransee auf gleiche Höhe zu gelangen. Das konnte er nicht. Er konnte nicht die Frau im Stich lassen, konnte nicht still zuschauen, daß sie in Abhängigkeit geriet, ohne wenigstens den Versuch unternommen zu haben, ihr zu helfen. Sie hatte ihm genauso geholfen. Der Schuß traf Teray, als er nach vorn preschte. Er fühlte den Einschlag der Kugel so stark, daß er fast vom Pferd gefallen wäre. Irgendwie hielt er das Gleichgewicht. Er verspürte den Schmerz, der sich ausbreitete seltsam gedämpft. Dann fiel ihm auf, daß nicht er von der Kugel getroffen worden war, sondern Amber.

Die Verbindung hatte ihre Aufgabe fast zu gut erfüllt. Sie hatte ihm einen so großen Teil ihrer Empfindung mitgegeben, daß, wäre sie alleine gewesen, er in dem Augenblick der Bestürzung und des Verwirrtseins ebensogut wie sie hätte erschossen werden können. Aber sie waren nicht alleine.

Von den wachen, gespannten Gesichtern der Außenseiterfrauen las Teray ab, daß sie schon auf der Spur des Clayarkschützen waren. Die Karawane hatte angehalten. Teray überließ es den anderen, die Jagd nach dem Clayark aufzunehmen, stieg ab und ging zu Amber, um ihr zu helfen.

Sie war nicht vom Pferd gestürzt. Sie saß vornübergebeugt und hustete Blut, kämpfte verzweifelt gegen ihren Tod an. Die Kugel hatte ihre Kehle durchschossen. Als Teray sie vom Pferd hob, schwanden ihr die Sinne. Er fühlte ihr Gewicht tot und schlaff in seinen Armen, und nur die Verbindung versicherte ihm, daß sie noch am Leben war. Er trug sie zum Strand und legte sie auf dem

weichen Sand nieder. Er kniete sich neben sie und überlegte, ob es wohl gefährlich wäre, sie zu stören. Er wollte
ihr seine Hilfe anbieten. Brauchte sie überhaupt Hilfe?
Eine Verletzung wie diese hätte sicherlich jeden, der
nicht die Kunstfertigkeit des Heilens besaß, getötet, bevor irgend jemand anders hätte etwas tun können. Sie
lebte nicht nur, sondern sie kämpfte um ihre eigene Heilung. Teray fühlte eine Hand auf seiner Schulter. Er
schaute auf, und zu seiner Verblüffung sah er, daß Coransee neben ihm niederkniete.

»Es sieht so aus, als ob nur du sie noch erreichen könntest«, sagte der Hausgebieter.

»Ihr zu helfen? Vielleicht braucht sie es gar nicht.«

»Du hast recht. Ich habe sie schon schlimmer verletzt
gesehen. Wahrscheinlich schafft sie es besser, wenn wir
sie in Ruhe lassen.«

Zweifelnd sah Teray ihn an. Er war sich nicht sicher,
ob Coransee wußte, wovon er sprach. Aber schon übermittelte die Verbindung kein Leiden mehr. Amber war
ihres Schmerzes Herr geworden. Sie blutete nicht länger
aus Hals und Mund. Sie schien sich völlig unter Kontrolle zu haben. Das bewog Teray, sie in Ruhe zu lassen, zumindest, solange er fühlte, daß sie nicht wieder in
Schwierigkeiten geriet. Er machte sich davon, ging zu
seinem Pferd und holte sich ein sauberes Taschentuch.
Das befeuchtete er mit dem Wasser aus seiner Feldflasche und ging zu ihr zurück. Sorgfältig wischte er das
Blut von Gesicht und Hals. Schweigend beobachtete Coransee ihn eine Weile, dann sagte er: »Hattest du nicht
dein Pferd angespornt, kurz bevor sie den Schuß abbe-
kam?«

»Ja, ich wollte mit dir sprechen. Über sie.«

»Das ist interessant. Lear sagte mir, – sie ritt genau
hinter Amber – wenn du nicht in dem Augenblick vor-
wärts geprescht wärest, hätte dich die Kugel getroffen.«

Teray dachte darüber nach und nickte langsam.

»Wahrscheinlich hatten sie dich im Visier. Du hast Glück gehabt.«

»Von wo aus haben die Clayark geschossen?«

Coransee zeigte ins Landesinnere in Richtung der Berge. »Der Schütze stand über euch und war weit entfernt. Doch er hat so lange gewartet, bis du und Amber fast genau vor ihm waren. Ich hoffe nicht, daß sie viele von diesen Scharfschützen haben, die so meisterhaft schießen können.«

»Nun, auf jeden Fall haben sie jetzt einen weniger.«

»Nein. Wir haben seine Spur verloren.«

Ungläubig starrte Teray ihn an. »Ihr alle? Ihr wart nicht in der Lage, ein Clayark zu fangen?«

Coransee zog die Augenbraue hoch. »Genau das sagte ich, Bruder.«

Teray hörte die Warnung in seiner Stimme, doch er achtete nicht darauf. »Es geht mir nicht in den Kopf, daß ihr ihn habt verpassen können. Ihr seid so viele . . .« Plötzlich fiel ihm etwas ein. »Lord, bist du mit irgendwem verbunden?«

»Ich nicht, aber alle anderen sind paarweise verbunden.« Und der Wahrnehmungsradius eines verbundenen Paares dürfte kaum größer sein als Coransees Wahrnehmung allein. Was brachte es Coransee an Vorteil ein, zehn Leute bei sich zu haben, wenn er sie nicht geistig ausnutzte? Teray konnte nicht verhindern, daß der Hausbesitzer die offene Anklage in seinen Augen las.

»Ein Vorwurf?« sagte Coransee ruhig. »Was suchen wir hier draußen zwischen den Sektoren, was haben wir mit den Clayarks zu schaffen, Teray? Überleg dir, warum sind wir hier?«

Teray räusperte sich widerwillig. »In Ordnung, wenn es dir gefällt, ist es eben mein Fehler. Aber du weißt genausogut wie ich, daß du dich wenigstens mit ein paar deiner Leute verbinden solltest. Wenigstens mit zweien von ihnen könntest du es versuchen, auch wenn du ihnen im Muster nicht nahe stehst. Zum Teufel, du bist doch derjenige, der das Muster haben will. Dann bist du mit jedem verbunden.« Er bemerkte, daß Coransee zornig wurde, aber Teray kümmerte das nicht.

»Weißt du«, sagte Coransee ruhig, »ich hätte dich schon eher unterbrochen, wenn ich mir nicht gedacht hätte, daß dich deine Gefühle für die Frau so sprechen lassen. Aber selbst dann, du hast mehr als genug ausgesprochen.«

Teray sah zu Amber hinüber und sah, daß sie wieder normal atmete. Und doch hatte es einen Augenblick lang so ausgesehen, als ob sie nie mehr atmen würde. Sie hatte sich selbst geheilt. Die Wunde war schon wieder verschlossen. Und es ging ihr gut. Und auf keinen Fall würde so etwas wieder passieren, denn müde oder nicht, Amber und er würden sich nicht mehr auf den Schutz, die Wachsamkeit der anderen verlassen. Sie würden auf sich selber aufpassen, so wie vorher, würden zusammen arbeiten und stark sein aufgrund ihrer Verbindung. Ihnen würde nichts entgehen. Über Tage waren sie alleine gereist und es war ihnen nichts passiert. Nun, inmitten einer Gruppe starker Musternisten, hatten die Clayarks sich ihrer bemächtigt. Nicht einmal darin konnte man Coransee vertrauen, daß er die Leute schützte, von denen er behauptete, daß sie sein Eigen waren.

Teray berührte Amber am Arm und wußte, daß sie sich seiner bewußt war und daß sie seine Anwesenheit als wohltuend empfand. Er sah sie mehrere Sekunden lang schweigend an und richtete dann wieder das Wort an Coransee.

»Du hast recht, Lord, ich sprach aus Liebe zu ihr. Ich . . . Beabsichtigst du, sie für dich zu behalten?«

»Ja.«

»Das habe ich befürchtet. Wenn Rayal mich freispricht, kann ich sie dir dann abkaufen?«

»Kaufen, mit was?«

»Mit meinem Dienst, Bruder, mit Arbeit. Zwar habe ich vorgehabt, Redhill nie wieder sehen zu wollen, sollte ich einmal befreit werden. Aber nun bin ich bereit, freiwillig zurück zu gehen und dort zu arbeiten, was immer du mir auch befiehlst, wenn ich sie dadurch kaufen kann.«

Aber schon schüttelte Coransee den Kopf. »Redhill, mein Haus, alles steht dir offen, sobald du frei bist. Aber Amber steht nicht zum Verkauf.« Coransee lächelte leicht. »Außerdem würdest du sie auch nicht halten können.«

»Ich würde sie nicht gegen ihren Willen halten wollen. Ich begehre sie als meine Frau, nicht als meine Gefangene.«

»Sie wird nicht deine Frau. Nicht, solange ich ihrer nicht überdrüssig bin. Aber natürlich hast du zu ihr den gleichen Zugang, wie jeder andere Außenseiter auch, wenn du mit mir zurückkehrst.«

Amber schlug die Augen auf und sah Teray an, dann Coransee. Sie sprach nicht. Vielleicht konnte sie es noch nicht.

»Natürlich«, sagte Coransee zu Teray, »kannst du alles gewinnen, wenn du dich entscheidest, nie mehr gegen mich antreten zu wollen. Amber würde das mindeste sein, was ich dir dafür geben würde.«

Amber setzte sich auf und schloß für eine Sekunde wieder ihre Augen. Dann öffnete sie sie wieder und stand auf. Ohne ein Wort ging sie zu ihrem Pferd, zog ihre Feldflasche aus der Satteltasche und ging zu einem der größeren Felsen im Sand hinüber. Sie lehnte sich gegen den Stein, grub ein Loch in den Sand und übergab sich in die Vertiefung. Dann wischte sie sich den Mund ab und nahm einen großen Schluck Wasser. Sie schüttete das Loch im Sande zu, wandte sich um und gesellte sich dann wieder zu Coransee und Teray. Sie kaute etwas, was sie sich wohl auch aus der Satteltasche geholt, aber was Teray nicht beobachtet hatte. Ihr Blick ruhte auf Coransee.

»Ich bin unabhängig, Lord.« Ihre Stimme war heiser. »Ich bin unabhängig, weil es den meisten Leuten klar ist, welche Schwierigkeiten ich ihnen bereiten kann, wenn sie versuchen würden, mich gegen meinen Willen zu halten.«

»Und du meinst, das wäre mir nicht klar, nach diesen zwei Jahren?«

»Ich glaube, du hast noch nicht richtig darüber nachgedacht.«

»Das klingt wie eine Warnung.«

»Gut. Zumindest kennst du mich so gut, um das verstanden zu haben.«

Er schlug sie in dem Augenblick, in dem sie sich umdrehte. Sie hatte sich zu spät abgeschirmt, um dem Schlag vollends entgehen zu können. Sie fiel auf die Knie und starrte ihn haßerfüllt an.

»Ich habe dich in meinem Haus aufgenommen«, sagte er. »Du gehörst mir. Und du hast keine Warnungen zu geben.«

»Das eine verspreche ich dir!« Ihre Stimme war nur noch ein heißeres Flüstern. »Wage du es, mich noch einmal zu schlagen, und du wirst in deinem Körper ein Organ haben, daß man nicht mehr kurieren kann!«

Teray stellte sich zwischen sie. Körperlich und geistig. Er lud die Verbindung so auf, daß Coransee die Situation nicht mehr eindeutig wahrnehmen konnte.

»Das ist nicht deine Sache, Teray«, sagte der Hausgebieter.

»Lord, sie hat sich gerade von einer Verletzung erholt, die jeden anderen umgebracht hätte. Kannst du nicht wenigstens warten, bis sie sich davon ein wenig erholt hat, bevor du dich auf sie stürzt?«

Amber stand auf und stellte sich neben Teray. Dann sagte sie ruhig: »Halt dich da raus, Teray. Du hast dein Abkommen mit ihm geschlossen.«

»Sag nichts mehr.« Teray sah sie nicht einmal mehr an. Sie konnte ihm dankbar sein, sie und Coransee. Er öffnete ihnen einen Weg, heil aus der Situation herauszukommen. Einen Weg, dieser möglicherweise selbstmörderischen Auseinandersetzung zu entkommen. Schlimmstenfalls wurde er in die Konfrontation mit hineingezogen. Selbst dann hätte Amber größere Lebenschancen. »Wir sind eins«, sagte er zu Coransee. »Amber und ich sind eine Einheit. Wenn du sie angreifst, ist es das gleiche als wenn du mich angreifst.«

Coransee schaute Teray überrascht an. »Sie ist dir dein Leben wert?«

»Das ist sie.« Nicht, daß er darauf aus gewesen wäre, sein Leben zu opfern. Doch der Höhepunkt der Spannung war überschritten. Jetzt würde Coransee sich, ohne das Gesicht zu verlieren, aus der Situation retten können.

»Hat sie dir schon ihre Einwilligung gegeben, bei dir zu bleiben?« fragte der Hausgebieter. Hatte Teray Erfolg gehabt, wo Coransee eine Niederlage hatte einstecken müssen?

»Nein, Lord. Tatsache ist, daß sie sich geweigert hat.«

Coransee lachte laut auf. »Dann bist du ein noch größerer Narr, als ich gedacht habe.«

Teray sagte nichts, er stand zu seinen Worten. Coransee sagte zu Amber: »Würdest du wirklich zulassen, Mädchen, daß er für dich sein närrisches Leben wegschmeißt? Du weißt, ich könnte ihn töten.«

Amber antwortete nicht.

»Du hättest zumindest noch eine Chance gegen mich,

weil du ein Heiler bist. Er hingegen hat keine Chance gegen mich.« Das hörte sich nach Darah an.

»Forderst du jetzt wirklich mein Leben?« fragte Amber ruhig. »Versuchst du wirklich, ihn dir jetzt aus dem Weg zu schaffen, indem du drohst, mich zu töten?«

Er lächelte. »Ich bezweifle, ob das notwendig ist. Glaube mir oder glaube mir nicht. Das, was ich die ganze Zeit versuche, ist, euch beide am Leben zu halten.«

»Was willst du von mir?«

»Vorläufig nur eine Verbindung. Ich will, daß du dich mir öffnest und mich sehen läßt, ws du schon Totbringendes meinem Körper angetan hast. Die Verbindung soll mir zu erfahren helfen, ob du so etwas wieder versuchen würdest. Das anstelle des Schlagens, das du dir verboten hast.«

»Ich bin mit Teray verbunden.«

»Das ist dein Problem – und seines. Mich davon abzuhalten, dich umzubringen, heißt, eine Verbindung mit mir einzugehen. Immerhin, du hast mich gewarnt. Widersetze dich mir, und ich werde dich hier und jetzt töten.«

Sie sah ihn mehrere Sekunden lang an. Dann schaute sie hilflos zu Teray. »Wenn du mit ihm kämpfen willst, ich stehe dir bei«, sagte er.

»Nein.«

»Wir haben eine Chance. Deine Kraft, verbunden mit der meinen . . .«

»Nein, Teray.« Sie hustete und schwieg. Als ob sie Zeit brauchte sich innerlich eine Rechtfertigung zurecht zu legen. »Nicht jetzt. Nicht bevor ich muß, und besonders nicht mit dir. Ich bin zu erschöpft. Ich könnte dir schaden.« Sie zögerte. »Soll ich unsere Verbindung unterbrechen?«

»Sie unterbrechen? Nein, natürlich nicht.«

»Aber über mich wirst du mit ihm verbunden sein.«

»Nur indirekt. Er wird nicht in der Lage sein, bei mir mehr herauszubekommen, als er schon weiß. Er und ich sind zu weit voneinander entfernt.«

»Aber . . . Er ist sich deiner mehr bewußt. Du würdest zum Beispiel nicht . . .«

»Ihn überrumpeln können? Das hätte ich wahrscheinlich auch so nicht gekonnt. Außerdem, wenn du wirklich unsere Verbindung lösen willst, brauchst du mich nicht zu fragen. Du kannst es einfach tun.«

»Ich will es ja nicht. Ich sollte es, deinetwegen, aber ich will es nicht. Ich möchte dich bei mir haben.«

Er sah nur sie, sie, die er liebte, die er begehrte, und er wußte, daß er es irgendwie schaffen mußte, sie Coransee zu entreißen. So wie er seine Freiheit brauchte, so mußte er die ihre gewinnen.

Sie machte sich von seinem durchdringenden Blick frei und er fühlte, daß Angst in ihr aufflackerte. Angst vor ihm?

Kurz darauf öffnete sie sich Coransee. Teray war sich der exakten Kommunikation zwischen ihnen nicht bewußt. Das behielten sie für sich. Nur über die Verbindung konnte er spüren, wie ihre Angst plötzlich wuchs und zum Entsetzen wurde. Als er sich gerade einschalten wollte, nahm die Angst wieder ab. Und wandte sich zu Wut, Demütigung, Haß.

Und in dem Maße, wie sich ihre Gefühle beruhigten, wurde sich Teray Coransees als ein Teil der Verbindung bewußt. Der Hausgebieter war ein Eindringling, unwillkommen, und brachte Unruhe in die Verbindung. Zumindest zuerst. Teray versuchte das Gefühl, geistig gegen seinen Willen besetzt zu sein, abzuschütteln. Er wußte, daß Coransee nicht an seine Gedanken herankam, außer wenn er sich ihm öffnete. Aber das unangenehme Gefühl würde er nicht abschütteln können.

Teray fuhr sich mit der Hand durch die Haare und

fragte sich, ob er wohl je lernen würde, mit diesem Gefühl zu leben. Dem Gefühl, von einem Feind ständig beobachtet und bespitzelt zu werden.

Mit zusammengebissenen Zähnen und starrem Gesicht griff er nach Ambers Hand und hielt sie fest. Teray wurde klar, daß sie mit diesem Gefühl noch viel mehr zu kämpfen hatte. Sie war direkt mit ihm verbunden. Seine Empfindungen waren schon durch sie vermittelt. Er bot ihr einen Teil seiner Kraft zur Unterstützung an. Sie zögerte zunächst, aber dann nahm sie an.

Plötzlich merkte er, daß sie nahe daran war zusammenzubrechen. Eine so ernsthafte Verletzung im Zustand der Erschöpfung zu heilen, mußte ihre Kraft völlig aufgebraucht haben. Und, obwohl sie etwas gegessen hatte, schien sie mörderischen Hunger zu haben. Er legte seinen Arm um sie.

»Können wir nicht eine Weile hier ausruhen?« fragte er Coransee. »Sicherlich kannst du fühlen, wie sehr sie am Ende ist.«

»Ist sie das?« Coransee nahm Amber in Augenschein. »Sag ihm, was du mir angetan hast.«

»Was macht das schon aus? Ich kann es nicht mehr wiederholen, ohne daß du vorzeitig darauf aufmerksam würdest.«

»Sag es ihm!«

Sie warf Teray einen Blick zu, dann sah sie betreten zu Boden auf den Sand. »Ich habe versucht, ihn heute nacht zu töten. Während er schlief. So wie wir die Clayarks getötet haben. Es hätte auch geklappt, wenn ich ihn nur einmal völlig außerhalb seiner Wachsamkeit erwischt hätte.«

Coransee nickte mit grimmiger Miene. »Wann immer du dein Glück mit mir versuchen willst, Heiler, kannst du dich mir entgegenstellen. Aber es soll Mann gegen Mann sein, und wir beide hellwach.«

Sie sagte nichts.

»Also, bist du bereit weiterzureiten, oder bist du zu müde?«

»Ich bin müde, Lord. Aber es wird mir auch gelingen weiterzureiten.« Teray wollte protestieren, aber Ambers Blick ließ ihn schweigen.

»Also dann, auf zu den Pferden«, sagte Coransee. Er ließ sie allein und ging zu den anderen, denen er zurief, daß sie aufsteigen sollten.

»Übrigens«, sagte Amber leise, »ich glaube, er hätte mich getötet. Ohne Rücksicht auf den Schaden, den ich ihm hätte zufügen können, bevor ich gestorben wäre. Er hätte mich getötet und hiergelassen. Er ist wütend genug dazu, um das Risiko auf sich zu nehmen. Er hat noch den Mut, sich gehen zu lassen, wenn er auf jemanden stößt, der versucht, ihn übers Ohr zu hauen.«

»Hättest du ihn wirklich getötet?«

»Natürlich. Deshalb ist er doch so zornig – deshalb ist er doch mehr als nur beunruhigt. Er hat angefangen, darüber nachzudenken. Er hat darüber nachgedacht, wie weit er vom nächsten Heiler entfernt ist – ich meine, außer mir. Mein Gott, ich wünschte, ich würde mich weniger schwach fühlen!«

»Ich hätte ihn sofort angreifen sollen, als er hier ankam.«

»Du hast es immer noch nicht aufgegeben, nicht wahr?«

Verblüfft schaute er sie an. »Natürlich nicht.«

»Gut. Ich glaube nämlich, er hat etwas mit dir im Sinn. Ich habe da so etwas bei ihm aufgefangen, während er meine Gedanken durchschnüffelte. Nicht viel, aber es war sehr feindlich, und es war gegen dich.«

»Das ist doch nichts Überraschendes.«

»Aber . . . Ich weiß nicht. Ich fühle, daß er dich mit irgend etwas belogen hat.«

»Worüber hat er mich belogen? Vielleicht, daß wir nach Forsyth gehen, oder . . .?«

»Ich weiß es nicht. Ich müßte noch einmal darüber nachdenken. Sobald ich glaube, daß ich es herausbekommen habe, sage ich dir Bescheid. Hoffentlich gelingt es mir, es dir mitzuteilen, bevor ich es ihm offenbaren muß.«

Teray sah wieder zu Coransee. »Glaubst du, du mußt dich ihm wieder öffnen?«

Sie lächelte müde. »Wenn du an seiner Stelle wärst, würdest du mir vertrauen?«

*

Sie waren den ganzen Tag unterwegs. Teray bot Amber seine Kraft zu ihrer freien Verfügung an. Sie bediente sich ihrer kaum, und auch nur so lange, bis sie unter ihren Vorräten etwas halbwegs Eßbares fand. Terays Lebensmittelvorräte lehnte sie ab.

»Wenn der Schütze sich noch hier herumtreibt, könnte es sein, daß du sie selber brauchst«, sagte sie ihm.

Teray nahm Coransee jetzt nicht mehr bewußt wahr. Die Verbindung war nur noch lästig. Sie hinderte Teray, sich zu entspannen. Er schaute öfters über seine Schulter als nötig, aber das war nur . . . Der Warnsicherungsschirm, den er um sich aufgespannt hatte, erreichte trotz der Verbindung einen geringerem Radius, als wenn er alleine gewesen wäre. Der Grund dafür war nicht nur, daß er einen Teil seiner Kraft an Amber abgegeben hatte, sondern auch weil er müde war. Außerdem beunruhigte ihn der Clayarkschütze. Wenn der Clayark aus so weiter Entfernung auf ihn schießen würde, wie er es bei Amber getan hatte, hätte Teray keine Chance, ihn vorher ausfindig zu machen.

Gut möglich, daß er bald schon keine Gelegenheit

mehr haben würde, darüber nachzudenken. Gut möglich, daß Coransee recht gehabt hatte, als er vermutete, daß der Clayark auf Teray gezielt hatte.

Sie schlugen ihr Lager im Schutze eines Felsenriffs auf. Von den Clayarks hatten sie weder etwas gehört noch gefühlt, nur ein Reh hatte einer von Coransees Männern in den Bergen ausfindig gemacht und herangelockt. Nachdem sie alle gegessen hatten, rief Teray Coransee zu sich.

Der Hausgebieter hatte offensichtlich seinen Zorn vergessen – oder er war nur noch auf Amber wütend. Er folgte Teray an der Felsenklippe entlang, bis sie die Truppe so weit hinter sich gelassen hatten, daß niemand mehr zuhören konnte. Dort erzählte Teray Coransee von der Begegnung mit dem Clayark, kurz bevor er Redhill verlassen hatte.

»Lord, er hat mich erkannt«, beendete er seinen Bericht. »Er weiß, daß ich der Sohn von Rayal bin.«

»Also, du glaubst, daß der Schütze heute tatsächlich dich gemeint hat. Dich und nicht irgendeinen anderen Musternisten.«

»Ich halte es für möglich und ich könnte mir vorstellen, daß sich der Vorfall wiederholt – und es einen von uns beiden trifft. Immerhin, sie haben wenigstens einen deiner Stummen gefangengenommen, und so wissen sie wahrscheinlich, daß du ein Sohn von Rayal bist. Und wahrscheinlich wissen sie auch, wie nahe Rayal dem Tode steht.«

Coransee runzelte die Stirn und dachte darüber nach. »Sie haben im Laufe der Jahre mehr als einen meiner Stummen gefangen genommen, aber gerade der letzte . . . Du hast recht. Er konnte den Clayarks ganz schön etwas erzählen. Aber was den Clayark betrifft, der dich erkannt hat, du hast ihn doch sicher getötet, nicht wahr?«

»Nein.«

Coransee zog eine Augenbraue hoch.

»Ich hätte es tun sollen, aber ich tat es nicht. Dafür gibt es keine Entschuldigung.«

Aufgebracht wandte Coransee sich ab. »Ich glaube, daß die vier zusätzlichen Schuljahre dir, verdammt noch mal, überhaupt nichts genutzt haben.«

Wortlos ging Teray von dannen, zurück zum Feuer. Er hatte seine Botschaft überbracht. Es war erst vier Stunden her, daß er Coransee bei einem Fehler ertappt hatte, der fast Ambers Leben gekostet hatte. Ein Fehler, auf den der Hausgebieter nicht nur nicht gerne hingewiesen worden war, sondern den er bis jetzt noch nicht korrigiert hatte. Ganz sicherlich hatte er sich nicht deshalb mit Amber verbunden, um seine Wahrnehmungsfähigkeit zu vergrößern.

»Bruder!«

Teray drehte sich um.

»Zurück«, sagte Coransee einfach. Als ob er ein Tier zu sich rief, dachte Teray. Oder einen Stummen.

»Bruder.«

Teray ging zurück.

Coransee hatte sich gegen den Felsen gelehnt, ganz entspannt. »Schick mir die Frau.«

Teray starrte ihn an. Einen Augenblick lang war er sprachlos. »Amber?«

»Natürlich. Amber. Bitte sag ihr, sie soll herkommen.«

Das stand ihm zu, weil er sich anmaßte, über Amber zu verfügen. Keine Frau des Hauses hatte das Recht, sich ihm zu widersetzen. Seine Frauen konnten sich jedem anderen Mann verweigern, aber nicht ihm. »Wenn du sie bei dir haben willst«, sagte Teray, »ruf sie selber.« Coransee konnte sie herbeirufen, ohne sich vom Fleck zu rühren, oder ein Wort zu sagen. Er zog es nur einfach vor, Teray zu demütigen.

Coransee lächelte. »Sie wird wahrscheinlich keine ihrer Fähigkeiten an mir ausprobieren, wenn *du* sie mir schickst.«

»Du bist derjenige, der sich hier närrisch benimmt. Du reizt sie, obwohl du genau weißt, daß wenn sie dich wieder angreift, du sie zwar töten kannst, sie dich aber tödlich vergiftet.«

»Ich reize sie also, gut. Ich reize auch dich, Bruder.«

Teray sah ihm fest in die Augen. Er hatte die Herausforderung wohl gehört, aber er ignorierte sie.

»Du standest heute neben ihr und versuchtest ihr einzureden, daß sie mich angreifen sollte. Du hast ihr sogar deine Hilfe zugesichert. Erwartest du, daß ich dir dafür dankbar bin? Wenn du sonst wer wärest, hätte ich dich schon längst getötet. Und jetzt geh, und überzeuge diese Frau, daß sie ohne Aufhebens hierherkommt – oder ich gebe dir Gelegenheit herauszufinden, wie schlimm ich sie verletzen kann, ohne selbst von ihr verletzt zu werden.« Zu seiner und des Hausgebieters Überraschung schlug Teray zu. Der erste harte Schlag in Coransees Gesicht.

Da er dies nicht erwartet hatte und infolgedessen auch keinen Schutz errichtet hatte, taumelte Coransee und fiel zu Boden.

Teray wandte sich um, und ohne jede Eile spazierte er zu den übrigen zurück. Er war gespannt und bereit, sich zu verteidigen, für den Fall, daß Coransee ihn angreifen sollte. Aber überraschenderweise ließ der Hausgebieter ihn gehen.

Amber war nicht mit den anderen am Feuer. Er sah sich suchend um und beobachtete, wie sie für sie beide in einiger Entfernung an der Felsenklippe das Lager bereitete. Er ging zu ihr, und sie sah besorgt zu ihm auf.

»Ich konnte nicht verhindern, daß ich trotzdem etwas über die Verbindung gespürt habe«, sagte sie. »Was die Gefühle anbelangt, die ich auf beiden Seiten gefühlt habe, habe ich gedacht, daß ihr beide es jetzt austragen würdet.«

»Er würde wohl gerne«, sagte Teray tonlos. Sie kniete auf dem Laken und schaute zu ihm auf. Nachdem sie sich von ihrer Überraschung erholt hatte, stand sie auf und ging ein paar Schritte weg. Sie stand mit dem Rükken zu ihm. Die Wut, die sie unterdrückte und die er jetzt spürte, alarmierte ihn. Er ging zu ihr hinüber und legte seine Hand auf ihre Schulter. Sie drehte sich um und fiel ihm in die Arme.

»Am liebsten würde ich ihm die Beine brechen und ihn hier liegen lassen, als lebende Beute für die Clayarks«, murmelte sie. »Es tut mir so leid, Teray.«

»Was tut dir leid?«

»Es tut mir leid, daß ich mich ihm mehr zur Verfügung halten muß und nicht mit dir zusammen sein darf.« Ihre Stimme klang bitter. »Er schert sich einen Teufel um mich. Das einzige, was ihn interessiert, ist, mich zu zerbrechen. Er will mich demütigen.«

»Ich weiß.«

»Und nicht nur das. Und ich habe im übrigen auch herausbekommen, womit er dich betrogen hat. Ich hätte es sofort wissen müssen.«

»Ja?«

»Er bringt dich nicht deshalb nach Forsyth, damit Rayal dich beurteilen kann. Er hat dich schon selber eingeschätzt. Er bringt dich nach Forsyth, um dich dort zu töten. Er macht sich wegen dir ebensolche Sorgen, wie meinetwegen. Er will, daß jemand in der Nähe ist, der den Schaden wieder beheben kann, den du ihm zufügen könntest. Und bis wir dort sind, wird er dich demütigen.«

»So interpretierst du was du bei ihm aufgefangen hast?«

»Ja. Und es stimmt. Ich kenne ihn, Teray. Ich weiß,

wie er lügen kann. Und du solltest es auch wissen, wenigstens jetzt.«

»Aber er hätte mich doch genauso gut auf Redhill töten können.«

»Warum sollte er? Du warst ein guter, respektierter Außenseiter. Ein Außenseiter, der gehorchte. Immer gab es da noch die Chance, daß du zu Sinnen kommen und dich unterwerfen würdest. Aber dann bist du auf und davon – nach Forsyth, und dazu noch mit mir. Sie atmete tief durch. »Nun gut, denk darüber nach. Ich gebe zu, es sind Spekulationen, aber ich würde wetten, daß ich recht habe. Wenn du zu der Meinung gelangt bist, du könntest mir zustimmen, dann solltest du dir ab sofort Gedanken darüber machen, was weiter passieren soll.«

Er beugte sich nieder, um die Laken zurecht zu zupfen. Er ergriff sie am Arm. Sie schauten sich in die Augen und gewannen neuen Mut. »Du hast mir noch nicht alles gesagt«, sagte er zu ihr. »Über die Verbindung kommt noch eine Menge Unruhe, die mir verrät, daß du mir etwas Wichtiges verheimlicht hast.«

Wortlos löste sie die Verbindung auf. Einsamkeit hüllte ihn ein. »Warum hast du das getan? Was ist los?«

»Willst du mit mit verbunden sein, während er sich einmischt?«

Teray verzog das Gesicht. Zum zweiten Mal an diesem Tage stand die Verbindung ihrer extremen Geschlossenheit im Wege. »In Ordnung«, sagte er. »Du hattest völlig recht, die Verbindung aufzulösen. Aber du hast sie nicht schnell genug getrennt. Ich weiß, daß dich noch etwas anderes beunruhigt.«

»Das ist etwas Persönliches«, sagte sie. »Meine Sache.«

Bei jedem anderen hätte ihm das als Antwort genügt. Aber er kannte sie besser, als jeden anderen, und er glaubte auch nicht, daß sie von ihm erwartete, daß er sich damit begnügen würde.

»Sag es mir«, sagte er ruhig. Er hielt sie immer noch am Arm. Sie entzog sich seinem Griff.

Du bist ein genauso großer Narr wie ich«, sagte sie. »Du suchst nach immer noch mehr Problemen, wenn du schon bis obenhin voll damit bist.«

»Was hast du deiner Meinung nach Dummes getan?«

Sie lachte auf, kurz und freudlos. »Meine Planung, Teray, meine Planung ist blödsinnig. Ich hatte mir nämlich in den Kopf gesetzt, ein Kind von dir haben zu wollen. Und weil ich nicht wußte, wie lange wir zusammen sein würden, wollte ich auch nicht warten.«

Diese überraschende Eröffnung verschlug Teray die Sprache. Dann endlich: »Willst du damit sagen, daß du jetzt schwanger bist?«

»Ja. Glaube mir, ich hätte es dir nicht erzählt, wenn Coransee es nicht schon herausgefunden hätte. Er bemerkte es sofort, als ich mich ihm öffnen mußte.«

»Aber du hast dich mir geöffnet und ich habe es nicht gemerkt . . .«

»Du schnüffelst auch nicht so herum wie er. Er hat es darin geradezu zu einer Art Kunstfertigkeit entwickelt. Sich ihm öffnen heißt, ihm das ganze Leben zu offenbaren.«

»Und er ist der Letzte, den es etwas anginge«, runzelte Teray die Stirn. »Teufel, er hätte sogar das Recht, es zu töten, wenn er wollte – solange er behauptet, daß wir sein Eigentum sind und er uns nicht die Erlaubnis erteilt hat, gemeinsam ein Kind zu haben.«

»Es ist noch kaum ein Kind. Es ist erst einige Tage alt – nicht mehr als ein wachsendes Zellknäuel.«

»Du hättest es mir früher sagen sollen. Was ich nicht verstehe, ist, warum er es nicht schon umgebracht hat.«

»Ich habe ihn daran gehindert«, sagte sie. »Denn so wie die Dinge stehen, bin ich mir nicht sicher, ob du mir Ersatz dafür liefern könntest.«

Teray zuckte zusammen. »Das ist ermutigend.«

»Verhindere, daß wir zusammen mit ihm in Forsyth eintreffen.«

»Wie hast du ihn davon abhalten können, das Baby zu töten?«

»Ich habe ihn erkennen lassen, wie wichtig mir das Kind ist. Er hat die Entscheidung aufgeschoben, bis wir nach Forsyth kommen.«

»Hat er dir gesagt, daß er es in Forsyth töten will?«

»Nein, er entzog sich mir ohne jeden Kommentar. Er entzog sich in dieser ihm berühmten Weise, die soviel heißt, wie ›später‹.« Sie seufzte. »Ich glaube, er will es nur aus Rache töten – weil ich mich geweigert habe, ein Kind mit ihm zu haben.«

Teray runzelte die Stirn. »Ich sollte dich wissen lassen, daß ich die Warnungen, die du mir bezüglich Forsyth gegeben hast, nicht in den Wind schlage.«

»Das habe ich mir schon gedacht. Und jetzt darfst du darüber nichts mehr sagen.«

»Gut. Doch eins möchte ich dir noch mitteilen, ich finde, der Schutz des ungeborenen Kindes ist eine Verantwortung, die wir beide zu tragen haben.

Das soll Coransee ruhig in deinen Gedanken lesen.«

»Ich würde genauso empfinden wie du«, sagte sie leise, »wenn wir beide, du und ich, uns früher darüber unterhalten hätten. Wenn wir beide verantwortungsbewußt darüber entschieden hätten, daß es vernünftig sei, jetzt ein Kind zu zeugen – was es aber leider nicht war.«

»Nein, das war es sicher nicht.« Er zog sie an sich und mußte lächeln. »Ich wäre auch nie auf den Gedanken gekommen, mit dir ein Kind haben zu wollen, bevor wir nicht in Sicherheit gewesen wären. Aber jetzt bin ich froh, daß du so entschieden hast. Warum wolltest du vom ihm kein Kind haben?«

»Er hat es auf die lange Bank geschoben. Und als er

mich dann gefragt hat, da kannte ich ihn zu gut.«

Teray lachte leise. Sie hatte ihm eine Art Sieg verschafft. Kein großer Sieg, aber einer, den er auskosten konnte. Ein Sieg, den Coransee nicht mit Demütigungen vernichten konnte. Und das Kind würde eine lebende Verbindung zwischen ihm und Amber sein, selbst wenn es Teray nicht gelingen sollte, sie zu überreden, bei ihm zu bleiben. Und wenn es Coransee gelingen sollte, ihn zu töten, würde das Kind ein Teil von ihm sein, das überlebte. Mehr denn je erschien es ihm in diesem Augenblick wichtig, am Leben zu bleiben. Selber am Leben zu bleiben, und Amber und das Kind am Leben zu erhalten.

»Teray?«

Er sah zu ihr hinüber. Sie würde ihn jeden Moment verlassen müssen.

»Was hast du Coransee getan? Ich fühlte, daß er fast das Bewußtsein verlor.«

Er erzählte es ihr.

Ein kleines Lächeln schlich sich auf ihr Gesicht. Sie küßte ihn, nahm ihre Decke und ging zu Coransee.

VIII

Am nächsten Morgen, vor dem Frühstück, kam Amber wieder. Sie war still, wie geistesabwesend. Als er sie bat, sich wieder mit ihm zu verbinden, schien sie sich ein wenig zu entspannen. Über die wiederhergestellte Verbindung konnte er ihren Groll und Zorn fühlen.

»Hat er dich gezwungen, dich ihm wieder zu öffnen?«

»Ja.« Einen Augenblick lang loderte ihre Wut auf.

»Ist sonst alles mit dir in Ordnung?«

Sie antwortete nicht.

»Ist mit dem Kind alles in Ordnung?«

»Es geht uns beiden gut . . . Bis jetzt jedenfalls. Ich

muß kommende Nacht wieder zu ihm.«

Nun konnte auch Teray seinen Ärger nicht mehr zurückhalten. »Wenn er dann noch lebt.«

»Mein Gott!« flüsterte sie. »Sag mir nichts.«

»Da gibt es nichts zu erzählen. Ich warte nur auf eine günstige Gelegenheit. Und das weiß er schon.«

»In der Tat. Er weiß alles, was wir gestern abend besprochen haben. Er war nicht einmal überrascht – und er hat nichts davon geleugnet. Sieh ihn dir an.«

Teray sah zu den anderen Musternisten hinüber. Coransee war von seinen Leuten umgeben. Er sprach zu ihnen, und obwohl Teray nicht hören konnte, was er ihnen sagte, war er plötzlich sehr auf der Hut.

»Nun haben wir elf Feinde anstatt des einen«, sagte Amber.

»Verbindet er sich mit ihnen?«

»Nein. Das ist ein Punkt für uns. Er würde keinen Vorteil davon haben, sich mit ihnen zu verbinden. Er kann eine Verbindung nur zur Warnung nutzen. Er befiehlt ihnen, daß sie uns unter Kontrolle halten sollen. Falls einer von uns ihn angreift, kommt das einem Selbstmord gleich, dessen dürfen wir uns sicher sein. Er wird einen von uns mit in den Tod nehmen, davon müssen wir ausgehen.«

Teray nickte. »Ich kann ihm das nicht einmal vorwerfen. Ich an seiner Stelle würde genauso handeln.«

»*Du* würdest keine freien Menschen zu deinen Gefangenen machen, beziehungsweise, du hättest es erst gar nicht nötig.«

»Warum ist ihm eine Verbindung mit ihnen nicht von Nutzen – zumindest mit einigen von ihnen –, um sich Kraft von ihnen zu holen? Sicher, sie stehen ihm im Muster nicht sehr nahe, und die Verbindung würde nicht angenehm sein. Aber er sollte in der Lage sein, es zu ertragen. Ich würde es ertragen können.«

»Wenn ich an seiner Stelle wäre«, sagte Amber, »selbst ich würde es mir zutrauen, einige zu übernehmen. Aber Coransee ist dazu nicht in der Lage. Er ist zu sehr darauf erpicht, Rayals Nachfolge anzutreten.«

»Was hat das damit zu tun?«

»Er wird so lange nicht die Kraft von einem einzigen übernehmen können, bis ihm nicht die Kraft aller Musternisten zur Verfügung steht. Es ist noch nicht lange her, da war ich bei ihm, als er sich verbinden wollte, und ich versichere dir: es ist mit Worten kaum wiederzugeben, wie nahe er daran war, die Kontrolle über sich zu verlieren. Am liebsten hätte er nach dem ganzen Muster gegriffen.«

»Du meinst, er hat Rayal herausgefordert. Aber Rayal wird nicht einen Tag früher die Macht abgeben, als er muß.«

»Genauso ist es. Als Coransee und ich noch besser miteinander standen, erzählte er mir einmal, wie er es anstellen würde, Rayal das Muster zu entreißen, wenn er es nicht sowieso erben würde. Also wäre es mehr als dumm, jetzt danach zu greifen, und eventuell dabei zu Tode zu kommen.«

»Ich verstehe. Das heißt, er kann nicht von der Kraft seiner Leute profitieren. Und das heißt, daß ich gegen ihn allein antreten werde, so wie ich es von Anfang an vorgehabt hatte. Ich gegen ihn, allein.«

»Auch wenn es mir nicht paßt.«

»Ich will es aus keinem anderen Grund, als den, daß wir beide nicht mehr getrennt sind.«

»Das ist nicht so wichtig«, sagte sie.

Er sah sie überrascht an und runzelte die Stirn. Das hatte er nicht erwartet.

»Falls es dir gelingt, ihn zu töten, nun gut«, sagte sie. »Aber ich fühle, daß nicht einmal du von deinen Erfolgschancen überzeugt bist. Und wenn er dich tötet, hat er immer noch einen Anspruch auf mich. Er wird unser Kind töten und dann wird er mich töten müssen. Denn ich werde lieber tot sein, als sein Eigentum.«

Sie war nicht einmal wütend, aus ihren Worten sprach nur Bitterkeit und Resignation. Ihre Worte erinnerten Teray an das, was er Michael gesagt hatte, als dieser ihn gefragt hatte, ob er je Coransees Kontrolle ertragen könnte.

»Hör zu«, sagte er leise, »selbst wenn ich ihn nicht töten kann, werde ich ihn verkrüppeln. Ich werde ihn zugrunde richten, so gut ich kann. Ich bin nicht so geschickt wie du in diesen Dingen, aber ich werde ihn nach besten Kräften schwächen. Wenn es dir gelingt, dich von seiner Gefolgschaft abzusetzen . . . dann hast du gute Chancen.« Er fragte sich insgeheim, was es wohl für ein Vorteil wäre, sich von den zehn Musternisten freizumachen. Wahrscheinlich war das noch weniger aussichtsreich als die Hoffnung, Coransee zu besiegen. »Es tut mir leid«, sagte er.

»Was tut dir leid?«

Er antwortete nicht. Ihre Augen trafen sich, und sie verstanden.

»Er wird dich nicht aus den Augen lassen«, sagte sie. »Sei vorsichtig.«

*

Aber Coransee war, wie jeder andere in der Reisegruppe auch, in der nächsten Zeit vollauf damit beschäftigt, auf die Clayarks aufzupassen. Diese verfolgten sie in der offensichtlichen Absicht, die Musternisten zu töten.

Mindestens ein Scharfschütze begleitete die Musternisten ständig – manchmal sogar mehr. Sie hielten sich in den Bergen außer Sichtweite. Und sie hielten sich aus dem Wahrnehmungsbereich der Musternisten – selbst aus dem doppelt so großen und starken Wahrnehmungsbereich von Teray und Amber. Es war Teray in den Sinn gekommen, daß einer der Gründe, warum Coransee ihm noch erlaubte, sich mit Amber zu verbinden, dieser ungewöhnlich weite Wahrnehmungsbereich war. Das, und das Wissen, daß sie wie kein anderes verbundenes Paar ihre Aufmerksamkeit auf die Clayark konzentrierten, nachdem was am Tag zuvor geschehen war.

Die Reisegruppe ritt über eine Halbinsel landeinwärts. Sie kamen über einen Hügel und konnten in der klaren Luft in einiger Entfernung das Meer entdecken. Hinter dem nahegelegenen Berg begleiteten sie die Clayarks, die ohne Erfolg auf sie schossen. Die Musternisten hatten sich inzwischen daran gewöhnt. Doch als die Gruppe auf dem Gipfel der kleinen Anhöhe ankam und den Blick über Land und Meer genoß, fiel ein Schuß. Er klang tiefer und lauter als die anderen.

Ein Schuß. Das einzige, was Teray zunächst feststellte, war, daß der Schuß von vorne gekommen war und weder er noch Amber etwas abbekommen hatten. Er lieh sich von Amber noch mehr Kraft aus und sondierte das Terrain vor ihnen. Er fand und tötete einen einzelnen Clayark. Mehr hatte er nicht auftreiben können.

Teray wandte dann seine Aufmerksamkeit wieder den Musternisten zu und stellte fest, daß sie angehalten hatten. Coransee war vom Pferd gestiegen oder heruntergefallen. Er kniete auf dem Boden. Amber näherte sich ihm. Auch die anderen stiegen ab und gingen zu dem Hausgebieter hinüber.

Auch Teray saß ab und ging zu den übrigen hinüber. »Mir geht es gut«, sagte Coransee zu Amber. »Es ist alles in Ordnung. Ich verfüge selber über genügend Heilkräfte, um damit fertig zu werden.« Als Teray auf ihn zukam, drehte er sich heftig um. Einen Augenblick lang starrten sie einander an. Terray nahm die Wunde in Augenschein. Seine Gedanken hielt er fest verschlossen.

Coransee sagte ruhig: »Versuch es ruhig, Bruder, die Clayarks werden sich eine gute Mahlzeit aus dir machen.«

Teray entspannte sich ein wenig, blieb aber immer noch auf der Hut. Coransees Wunde war nicht ernst. Die Kugel hatte nur das Fleisch der Schulter durchschlagen. Er mußte nicht die ganze Kraft seines Geistes aufwenden und sich nicht besonders anstrengen, um am Leben zu bleiben. Er war nicht schwächer wegen dieser Wunde.

»Du hättest es getan«, sagte Coransee überrascht. »Wenn du mich hier im Todeskampf vorgefunden hättest, würdest du mir den Rest gegeben haben.«

»Genauso wie du mein Leben beendet hättest, wenn du mich in einer solchen Situation vorgefunden hättest, Bruder«, sagte Teray leise. »Ich habe von dir gelernt. Und du hast gar keine Ahnung, was für ein guter Lehrer du bist.«

Flüchtig trafen sich Terays und Coransees Blicke. Teray bebte. Er bebte vor Wut – Wut auf sich selbst. Ganz offensichtlich war er in zu großer Eile und unbedacht herangekommen. Wenn Coransee sich nicht so heftig umgewandt und zu ihm gesprochen hätte, wer weiß, dann hätte Teray vielleicht einen fatalen Fehler begangen. Aus Unerfahrenheit. Nie im Leben hätte Teray es für möglich gehalten, eine verletzte Person anzugreifen. Bestürzt stellte er fest, daß er kurz davor gewesen war. Ganz bestimmt, Coransee war ein guter Lehrer. Trotzdem fand es Teray beschämend, daß er gerade diese Lektion so gut gelernt hatte. Wahrscheinlich würde er genauso handeln, wenn sich ihm noch einmal die Gelegenheit dazu böte. Aber er würde nicht darauf lauern.

Coransee versuchte, Terays Gefühle zu deuten. Der Hausgebieter lächelte. »Ich bemerke, daß du über dich selbst überrascht bist«, sagte er. »Du schüttelst die Schulmoral schneller ab, als ich dachte. Das werde ich mir merken.« Dann wandte sich Coransee von ihm ab um seine Wunde zu heilen.

Teray drehte sich nach Amber um und sah, daß Coransees Leute sie in ihre Mitte genommen hatten – nur für den Fall ihres Eingreifens. Wütend und enttäuscht kehrte Teray zu seinem Pferd zurück und stieg auf.

»Wo willst du hin?« fragte Coransee.

»Ich konnte den Clayark töten, der auf dich geschossen hatte. Ich will mir das Gewehr näher ansehen, das er benutzt hat.«

»Bleib hier.«

Nur mit Anstrengung gelang es Teray, seine Wut zu zähmen. »Bruder, am Knall des Schusses habe ich feststellen können, daß das Gewehr nicht eins von denen ist, die die Clayarks gewöhnlicherweise gegen uns verwenden. Es handelt sich um eine spezielle Schußwaffe, und wenn wir sie liegenlassen, wo sie ist, werden wir sicher noch einmal davon hören.« Während Teray noch sprach, stieg Amber auf. Coransees Leute ließen sie nicht aus den Augen, aber sie hielten sie auch nicht an.

»Du bleibst auch hier, Mädchen«, sagte Coransee. »Was für ein Aufhebens um ein Clayarkgewehr.«

»Nein, Lord«, sagte Amber. »Was mich angeht, ich will dich nur für eine Zeitlang aus den Augen haben.«

Kalt und ungerührt sah Coransee sie an. »Begleite ihn. Alarmiere mich für den Fall, daß er beim Anblick des Gewehrs auf dumme Gedanken kommt. Ersetzte mir Geist und Augen.« Er sah Teray an. »Und denk nur ja nicht, du könntest wieder abhauen.«

Ohne darauf ein Wort zu erwidern, preschten die beiden mit ihren Pferden los.

»Ich hätte es durchstehen sollen«, sagte Teray. »Trotz allem. Es muß bald über die Bühne gehen.«

Amber entgegnete nichts.

»Und es wird immer schwieriger werden.« Er sah sie

an. Ihr Gesicht war bedacht ausdruckslos. »Was immer du denkst, sag es.«

»Ich beschäftige mich mit etwas, was auch dich beschäftigen sollte.«

»Was?«

»Du hast eben gut zugeschlagen, aber du hast das falsche Tier getötet.« Teray runzelte die Stirn, drehte sich zu ihr um und verstand plötzlich.

»Nie hätte ich es für möglich gehalten, daß du so schnell bist«, sagte sie. »Du liehst dir Kraft von mir, du schlugst den Clayark – niemand begriff, was geschehen war, das ging allen erst ein paar Sekunden später auf. Nun, wenn du den Clayark außer acht gelassen und statt dessen Coransee . . .«

Teray schüttelte den Kopf. Er fühlte sich elend. »Ich habe instinktiv auf den Clayark reagiert«, sagte er. »Ich habe nicht gedacht, es war ein Reflex. Ich glaube nicht, daß ich so schnell gewesen wäre, wenn ich vorher darüber nachgedacht hätte.«

»Das weiß ich. Und du kannst dich darauf verlassen, ein zweites Mal wird sich eine solche Gelegenheit nicht bieten. Sobald wir wieder zu der Gruppe zurückkehren, wird er unsere Verbindung auflösen.«

»Wenn er das tut, liefert er sich den Clayarks aus. Keiner seiner Leute kann besser mit den Clayarks umgehen, als wir.«

»Das mag schon sein. Aber genausogut kann es sein, daß einer der Clayark einen von uns umbringt. Wir sind nur noch zwei Tagereisen von Forsyth entfernt. Wenn ich er wäre, ich würde es eher mit den Clayarks aufnehmen.«

Sie fanden den Clayark auf dem Hang eines kleinen Berges niedergestreckt. Sein Gewehr lag neben ihm. Sie rührten die Waffe nicht an. Aus bitterer Erfahrung wußten die Musternisten, daß die Clayarks häufig ihre Gewehre mit einer Art besonderer Sprengladung versahen, bevor sie sie in Gebrauch nahmen – zum Beispiel, daß sie darauf spuckten und darauf hofften, daß ein unachtsamer Musternist sich einen Finger infizierte. Dazu brauchte man nicht mehr als ein paar gut plazierte Holz- oder Metallsplitter, die in den Finger eindrangen. Feucht und warm gehalten, blieben die Erreger der Clayarkkrankheit auch einige Zeit außerhalb eines menschlichen Körpers am Leben.

Teray und Amber stellten nur fest, daß das Gewehr eine besondere Waffe war, so wie Teray vermutet hatte. Es war schwerer und zweifellos auch wirkungsvoller. Weder Teray noch Amber hatten ein solches Gewehr zuvor gesehen. Über dem Lauf war ein Teleskop angebracht. Allein schon das bewies seine Wirksamkeit. Bisher hatten die Clayarks solche Dinge nicht benutzt. Aber bisher hatten die Clayarks auch nicht über einen Kilometer entfernt auf Musternisten geschossen.

Entweder hatte sich Rayals lange Krankheit günstig auf ihre Waffenherstellung ausgewirkt, oder sie brachten ganz einfach jetzt ihre besten Waffen – und ihre besten Schützen – zum Einsatz, um Rayals Söhne zu töten. Wahrscheinlich beides.

»Was sollen wir mit der Waffe anfangen?« sagte Amber. »Sollen wir sie verbrennen?«

»Ansengen, meinst du.« Teray bewunderte das polierte Holz des Gewehrlaufs. »Außer Gras gibt es hier nichts, um ein Feuer zu entfachen. Und zudem ist das Gras noch grün.«

»In der Waffe stecken noch drei Kugeln.«

Teray konzentrierte sich auf das Gewehr und fühlte die drei noch verbliebenen Kugeln. Er nickte. Und als Amber die Waffe mit dem trockensten Gras bedeckte, das sie auftreiben konnte, sandte Teray seine Gedanken zu Coransee. Es war ihm nicht angenehm, Kontakt mit dem Hausgebieter aufzunehmen, aber es war nötig. Coransee schien auf ihn gewartet zu haben, seine Schulter schien inzwischen geheilt zu sein. *Du hörst gleich Schüsse,* sandte Teray aus. *Das sind wir. Wir machen die Waffe unbrauchbar. Sag den anderen Bescheid.* Er öffnete sich soweit, daß Coransee feststellen konnte, daß er die Wahrheit sprach – doch nicht weiter. Coransee übermittelte seine Zustimmung. Teray konzentrierte sich auf Amber. Sie war fertig. Er zündete das Gras an und beide, sie und Teray, nahmen hinter dem Hügel Deckung.

Teray konzentrierte sich auf die Clayarks und Amber kontrollierte, ob das schwache Feuer seine Arbeit tat. Als die Hitze des Feuers den metallenen Schießmechanismus der Waffe erhitzte, versenkte sich Amber in das Metall. Minutenlang beobachtete sie die Reaktionen des Metalls auf das Feuer – wie es sich veränderte. Später behauptete sie, daß sie niemals tote Materie so intensiv beobachtet habe, aber es schien ihr offensichtlich keine Schwierigkeiten zu bereiten. Sie bemerkte die zunehmende Molekulargeschwindigkeit des Metalls. Sie bemerkte es, verstand es, und dann kontrollierte sie die Bewegung. Sie erhitzte das Metall weit mehr, als das schwache Feuer es hätte tun können. Bei dieser ungewohnten Beschäftigung brach ihr der Schweiß aus. Und dann explodierten die drei Kartuschen fast gleichzeitig.

Das Gewehr flog krachend in die Luft. Es zerbrach in zwei Teile und kehrte zur Erde zurück, hier der Gewehrlauf, dort der Kolben. Beide Teile landeten auf dem Körper ihres Clayarkbesitzers. Teray und Amber stiegen den Berg zu ihren Pferden hinunter. Dort trafen sie auf Coransee und die anderen, die inzwischen weitergeritten waren. Coransee winkte Teray zu sich. Als sie weiterritten, richtete er das Wort an ihn.

»Ist dir klar, daß du für das, was du getan hast, bezahlen wirst?«

»Was getan habe?«

»Oh, das hat schon gereicht. Auch wenn es nicht sehr geschickt war.«

»Was hast du vor?«

»Die Frau hat dir doch schon gesagt, was ich beabsichtige. Ich erspähte es in deinem Geist, als du mich vor einigen Minuten angerufen hast.«

Teray wandte sich von ihm ab. Er litt unter dieser Niederlage und war verzweifelt. Er hatte sich so angestrengt, war so vorsichtig gewesen, und dennoch hatte Coransee in ihm lesen können – genauso und ohne jede Schwierigkeit, wie das erste Mal, an dem Tag, als Teray die Schule verlassen hatte. Und das war Monate her.

»Dann löse die Verbindung auf, Bruder.«

Teray gerhochte und nahm schweigend seinen Platz neben Amber ein. Wieder einmal wurde es Teray klar, wie wenig Überlebenschancen er in einem Kampf gegen Coransee hätte. Was hatte er alles nicht bedacht, als er gehofft hatte, gegen den Hausgebieter gewinnen zu können. Coransee würde dieses Mal wahrscheinlich noch schneller sein, denn schließlich ging es nicht mehr um Unterwerfung, sondern um Tod.

Um Terays Tod. Und danach würde Coransee all seine Aufmerksamkeit auf Amber lenken. Wahrscheinlich würde sie auch sterben. Und der Embryo, der in ihr wuchs, würde sterben. Es war schmerzlich, aber Teray mußte in Betracht ziehen, sich Coransees Kontrolle zu unterwerfen. Nicht um sich selber zu retten. Würde er das für Amber tun können? Er hatte es nicht für Iray getan, und Iray war seine Frau gewesen. Darüber dachte er nach, mit gesenktem Kopf, mit gesammelten Sinnen, denn im Augenblick war es ihm egal, ob die Clayarks schossen oder nicht.

Nein. Nein, das war dumm. Von einer Clayarkkugel getroffen zu sterben, war genauso schlimm, wie im

Kampf gegen Coransee zu unterliegen. In beiden Fällen wäre Amber dem Hausgebieter ausgeliefert. Selbst wenn Teray sich Coransees Kontrolle unterwarf, würde Coransee immer noch Amber töten können. Teray würde ihr dann nicht mehr helfen können, genausowenig wie Joachim ihm. Wenn er sich Coransee unterwerfen würde, bedeutete das noch nicht die Lösung des Problems. Wenn er es überhaupt könnte. Und das glaubte er nicht. Er würde es nicht können.

Amber.

Was konnte er noch für sie tun, außer zu versuchen, Coransee zu verkrüppeln? Und wenn zehn Musternisten sie zwangen, sich um Coransee zu kümmern, was nutzte es dann, wenn Teray ihn verkrüppelte?

Er sah zu ihr hinüber, dann sah er wieder weg. Auch sie beobachtete ihn. Sie ritt an seiner Seite, beobachtete ihn, aber nie hatte er sich so von ihr abgeschnitten gefühlt. Er konnte sich nicht mit ihr verbinden, noch konnte er frei mit ihr sprechen. Und in der Nacht, ob sie es wollten oder nicht, mußte sie wieder mit Coransee das Lager teilen.

Teray versuchte nicht mehr daran zu denken. Das brachte ihn nur in Wut und verführte zu Leichtfertigkeit und Tod. Er wurde sich bewußt, daß mehr noch, als daß er sich darum kümmern mußte, Amber zu helfen, er einen Weg finden mußte, selbst am Leben zu bleiben. Falls das überhaupt noch ginge. Teray dachte über Rayal nach. Der Reisende Michael hatte Teray Asyl versprochen, falls er es schaffen sollte, Forsyth aus eigener Kraft zu erreichen. Würde es einen Unterschied machen, wenn Teray nicht aus eigener Kraft, sondern im Schlepptau als erklärter Außenseiter von Coransee dort einträfe? Nicht als erfolgreicher Ausreißer, sondern als Außenseiter. Wie wichtig waren Rayal seine beiden stärksten Söhne? Ganz sicher könnte er Teray vor Coransee retten.

Aber würde er das wollen? Offensichtlich hatte er Coransee schon öffentlich zum Erben gekürt. Das war gegen das Erbgesetz, aber wer sollte Rayal zwingen, sich an die Gesetze zu halten? Und wenn Rayal Coransee erwählt hatte, warum sollte er sich dann darüber hinwegsetzen? Aber, warum hatte Rayal ihm, Teray, Asyl angeboten? War es sinnvoller, Rayal zu vertrauen und nach Forsyth zu gehen, anstatt die Hoffnung aufzugeben, Coransee so viel Schaden zuzufügen, daß er Amber nicht mehr töten könnte? Wenn er doch nur seine Gedanken nach Rayal aussenden und es herausfinden könnte, bevor sie in Forsyth anlangten. Aber er kannte Rayal nicht. Er hatte nie mit ihm kommuniziert und auch keine Erinnerungen von jemandem gespeichert, der mit ihm in Verbindung gestanden hatte. Das hieß, er konnte nicht mit Rayal Verbindung aufnehmen, wie zum Beispiel mit Coransee oder Amber. Möglicherweise hatte Amber auf ihrer letzten Reise nach Forsyth mit dem Gebieter über das Muster Kontakt aufgenommen, möglicherweise würde sie ihr Wissen mit Teray teilen. Aber Teray traute sich nicht, danach zu fragen. Es blieb für ihn nur noch eine Möglichkeit Rayal zu erreichen. Auf illegalem Wege.

Über das Muster.

Da das Muster jeden einzelnen Musternisten mit Rayal verband, konnte theoretisch auch jeder Musternist, egal welche Stellung er bekleidete, darüber mit Rayal in Verbindung treten. Tatsächlich aber war der Gebrauch des Musters zur Kommunikation auf Hausgebieter, Schulvorsteher, Rayals Reisende und Rayal selbst beschränkt. Rayal konnte natürlich frei darüber gebieten, aber die Hausgebieter, Schulvorsteher und Reisenden durften das Muster nur dann in Anspruch nehmen, um vor Clayarks zu warnen. Und es war bekannt geworden, daß in der letzten Zeit Rayal selbst diese Botschaften nicht mehr beachtet hatte. Möglicherweise würde er auch Terays Nachricht ignorieren. Möglicherweise würde er sogar Teray für den Mißbrauch des Musters bestrafen. Doch dieses Risiko mußte Teray eingehen. Und zwar bald – diese Nacht. Forsyth rückte immer näher.

*

Als in der Nacht schon alles schlief, stahl sich Amber einige Minuten von Coransee fort und setzte sich zu Teray aufs Lager. Sie sprach wenig. Sie nahm nur einfach Terays Hand und hielt sie. Das Gefühl erinnerte ihn stark an ihre Verbindung. Teray merkte, daß sie sich zu entspannen begann. Er merkte, daß auch er sich entspannte. Es war ihm bisher nicht aufgefallen, wie verkrampft er gewesen war.

Doch schon kam eine Frau namens Rain zu ihnen, die Amber ihre Nachricht übermittelte. »Er verlangt nach dir.«

Amber zuckte zusammen, stand auf und ging. Rain blieb noch eine Weile.

»Bevor wir mit euch zusammentrafen, habe ich die meisten Nächte mit ihm verbracht«, erzählte sie Teray. »Du machst ein genauso trauriges Gesicht wie ich, daß du jetzt alleine bist.«

Teray sah zu ihr auf und zwang sich zu einem Lächeln. Das fiel ihm nicht schwer. Sie war eine schöne Frau. Gut geformt, mit weicher Haut, mit einer langen dichten Mähne schwarzen Haares, das locker über den Rücken fiel. Zu einer anderen Zeit, unter anderen Umständen . . . »Ich mag nicht«, sagte er. »Aber es ist auch besser so. Ich bin mir jetzt sicher, daß ich alleine bleibe.«

»Bist du so an sie gebunden?« Rain lächelte und setzte sich dort nieder, wo vorher Amber gesessen hatte. »Warte ein paar Minuten, dann wird sie an nichts anderes mehr denken, als an ihn.«

»Rain.« Teray konnte nur mit Mühe sein Mißfallen zurückhalten.

»Und dann ist es doch nur fair, daß auch du jemanden anders hast, an den du denken kannst.«

»Rain!«

Sie sprang auf und sah zu ihm hinunter. »Geh weg von mir.«

Sie war es nicht gewohnt, abgewiesen zu werden. Mit tiefer Stimme flüsterte sie etwas sicherlich nicht Schmeichelhaftes. Doch Teray hörte kaum hin. Ärgerlich machte sie sich auf den Weg. Abgesehen davon, daß er froh war, daß sie gegangen war, kümmerte Rain Teray wenig. Ohne sich zu bewegen schloß er die Augen und konzentrierte all seine Aufmerksamkeit auf das Muster.

Er lag auf dem Rücken und blickte in die Sterne. Jetzt, da er sich auf das Muster konzentrierte, hatte er den Eindruck, daß er einen Himmel in seinem Kopf sah. Ein mentales Universum. Er sah Musternisten wie Lichtpunkte, die beständig Gestalt, Farbe und Größe wechselten, je nachdem was die Individuen taten, fühlten und dachten. Der Tod eines Musternisten zeigte sich darin an, daß der Lichtpunkt verschwand. Teray fühlte sich selber wie ein Lichtpunkt in diesem mentalen Universum und entdeckte, daß er seinen Standort verändern konnte, ohne sich zu bewegen. Plötzlich erkannte er die Musternisten nicht mehr als sternenähnliche Lichtpunkte, sondern als leuchtende Spuren. Sie liefen zu Fäden zusammen, zu Seilen und zu dicken Kabeln. Die Kabel wanden sich umeinander und verknoteten sich. Ein leuchtendes Knäuel, ein Herz von Licht, eine Sonne, zusammengesetzt aus vielen Sonnen. Dieses Herz, wo alle zusammen kamen, das war Rayal.

Weil dies für Teray eine bis dahin unbekannte Erfahrung war, hatte er Schwierigkeiten, zu verstehen, daß dieses gewaltige Licht nicht ein Ding war, in das er sich hineinbegeben mußte, sondern daß er ein Teil dieses Lichtes war. Er konnte sich nicht an diesen Lichtfäden entlang bewegen. Er war selber eine solche Spur. Oder anders, diese Spur war eine Art geistiger Verbindung, eine Verbindung, wie Teray entdeckte, mit der er zupakken konnte wie mit einer Hand, einer Hand, die zugreifen und halten konnte. Teray griff zu.

Und augenblicklich wurde er ergriffen.

Instinktiv kämpfte er dagegen an, doch es war zwecklos. Er zwang sich zur Ruhe. Er war nicht verletzt, noch tat ihm der Griff weh. Er wußte nur, daß er festgehalten wurde und sich aus dieser Umklammerung nicht befreien konnte. Etwas war mit ihm geschehen. Einen Augenblick lang verlor er die Orientierung und die Aufmerksamkeit auf das Muster. Er fand den Weg zu Rayal wie zu einem Freund – als ob er ganz einfach seine Gedanken zu dem Gebieter des Musters ausgesandt hätte. Und er war nicht länger umklammert. Er konnte also, wenn er wollte, den Kontakt brechen. Das Muster war frei für seine Nachricht. Teray wartete und gab Rayal die Möglichkeit, zu seinen Gedanken vorzudringen. Der Gebieter über das Muster erfaßte die Situation schnell. Es schien Teray, daß Rayal seine Gedanken länger als nötig untersuchte, doch er konnte sich nicht dagegen wehren. Er sah keine Möglichkeit, den alten Mann zur Eile zu drängen. Dann, endlich wurde ihm bewußt, daß Rayal ihm etwas übermittelte.

Du bist zu weit gegangen, junger Mann.

Zu weit?

Du mußt dich stellen.

Das heißt, du gewährst mir kein Asyl? Nicht einmal für . . .
Teray hielt inne und unterbrach seinen Gedanken. Aber Rayal erriet, was er sagen wollte.

Nicht einmal für die Zeit, die mir noch geblieben ist? Du hast recht, junger Mann. Nicht einmal so lange werde ich dir Asyl gewähren. Es würde nichts nutzen.

Es würde mich am Leben halten! Mich, Amber, und unser Kind. Ich habe keine Gelegenheit gehabt zu lernen, wie man kämpft. Ich meine das, was man nicht in der Schule lernt.

Du hattest genug Zeit dazu.

In Coransees Haus! Glaubst du wirklich, man hätte dort gewagt, mir beizubringen, was zum kämpfen nötig ist?

Rayal zuckte im Geiste die Schultern. *Du hast genug gelernt.*

Ich habe nichts gelernt! Über deinen Reisenden hast du mir Asyl angeboten. Warum wendest du mir jetzt den Rücken zu, wo ich fast bei dir bin?

Du weißt warum. Ich bot dir Asyl unter der Bedingung, daß du aus eigener Kraft bis nach Forsyth kommst. Offensichtlich ist dir das nicht gelungen; du wurdest gefangen genommen.

Das würde nichts ändern, wenn du mir wirklich helfen wolltest.

Das ändert eine ganze Menge. Zum Beispiel, wenn du nicht gefangen genommen worden wärest, hätten die Clayarks dich sehr wahrscheinlich getötet. Kannst du dir nicht denken, daß ich einen Grund hatte, dein Asyl an eine Bedingung zu knüpfen – um dir klar zu machen, daß das etwas ist, daß du dir verdienen mußt?

Teray dämmerte es. Er war auf die Probe gestellt worden, und nach Rayals Meinung hatte er sie nicht bestanden. So war er es offensichtlich nicht mehr wert, daß er sich um ihn kümmerte.

Kannst du . . . Willst du Amber helfen? fragte er. *Ich lasse mich nach Forsyth geleiten und kämpfe dort mit ihm, wenn du ihr Asyl gewährst.*

Nein.

Der Gedanke wog schwer wie ein Stein. Es gab nichts mehr hinzuzufügen. Teray fühlte die absolute Entschlossenheit des alten Mannes. Teray verschloß sich in sprachloser Dunkelheit und unterbrach den Kontakt.

Rayal war alt und krank und zu nichts mehr nutze. Seit Jahren hatte er nicht mehr seine Verantwortung gegenüber dem Volk erfüllt. Teray überrasche es deswegen auch nicht, daß er nicht bereit war, einer einzigen Person zu helfen. Und ganz besonders dann nicht, wenn es darum ging, Coransee zu besiegen. Das einzige, was Teray nicht verstand war, warum Rayal ihm überhaupt Asyl hatte gewähren wollen. Warum vergeudete er seine Zeit, Teray zu testen, wenn er doch schon beschlossen hatte, daß Coransee seine Nachfolge antreten sollte?

Teray seufzte und öffnete die Augen. Er schaute sich im Lager um. Scheinbar hatte niemand seine Kommunikation mit Rayal entdeckt. Nichts hatte sich verändert seitdem Teray die Augen geschlossen hatte. Er beschloß, mindestens noch eine Nacht zu schlafen, mindestens noch einen Tag verstreichen zu lassen, bevor er Coransee herausforderte. Er schloß wieder die Augen. Er würde nicht gemeinsam mit dem Hausgebieter in Forsyth einreiten. Er würde nicht freiwillig sein Leben aufgeben. Vielleicht würden ihm ja morgen die Clayarks schon wieder eine Gelegenheit geben, sich an Coransee schadlos zu halten. Und wenn ja, diesmal würde er die Situation besser nutzen. Aber wenn nicht, würde er ohne Rücksicht auf Verluste alles daran setzen, um dem Volk die Last von Coransees Herrschaft zu ersparen.

IX

Am nächsten Tag nahmen die Clayarks die Musternisten unter Beschuß, kaum daß sie das Lager verlassen hatten. Die Schützen achteten sorgfältig darauf, nicht in den Wahrnehmungsbereich der Musternisten zu geraten. Sie legten es darauf an, die Musternisten nervös zu machen, weniger, sie zu töten. Möglicherweise hatte Terays Erfolg vom Tage zuvor sie vorsichtig werden lassen. Was sie allerdings nicht nötig gehabt hätten, weil Teray jetzt alleine eine solch weite Distanz nicht mehr beherrschte.

Nur einmal bewegten sich die Clayarks sorglos. Ein Trio Clayarks lag auf der Lauer und ließ die Musternisten zu nahe herankommen. Coransee entdeckte sie als erster. Er tötete sie schon, bevor Teray sich ihrer bewußt geworden – und bevor sich Teray Coransees augenblickliche Unaufmerksamkeit hätte zunutze machen können.

Besser gesagt, Coransee verletzte die drei Clayarks.

Überraschenderweise kämpfte er auf die gleiche Art wie Teray, bevor Amber es ihm anders gezeigt hatte. Er tötete, indem er ein Geschoß nachahmte und vitale Organe der Clayarks zu verletzen suchte. Doch das tat er mit einer ungeheuren Geschwindigkeit. Er sprang von einem tödlich verwundeten Clayark zum anderen, er arbeitete auf seine Weise genauso schnell wie Teray und Amber mit ihrer Technik. Coransee brauchte insgesamt mehrere Sekunden oder sogar mehrere Minuten, bis die Clayarks starben. Doch sie waren von Anfang an aufgrund ihrer Verletzungen hilflos. Seine Methode schenkte nicht den gleichen gnädigen, raschen Tod wie Ambers, aber sie war genauso wirkungsvoll.

Offensichtlich ließen sich die Clayarks Coransees Handeln eine Warnung sein. Von da an kam keiner mehr in den Wahrnehmungsbereich eines Musternisten. Sie hielten sich im Hintergrund und machten Lärm. Sie schienen mehr geworden zu sein. Sie schossen vereinzelt, manchmal nur einer allein, und dann wieder alle zusammen, das hörte sich an, als wenn sie sich dann untereinander eine Schlacht lieferten.

Die Pferde der Musternisten bockten und konnten nur schwer unter Kontrolle gehalten werden. Auch die Musternisten wurden unruhig. Zuerst waren sie noch besorgt, was sich außerhalb ihres Wahrnehmungsbereichs abspielte, dann aber beschränkten sie sich darauf zufrieden zu sein, daß sie zumindest innerhalb ihres Wahrnehmungsbereiches scheinbar sicher waren. Denn natürlich waren sie nicht wirklich sicher. Niemand wußte, ob nicht im nächsten Augenblick ein Clayark mit einem Spezialgewehr einen von ihnen töten würde.

Einst war das Land um Forsyth von einer riesigen Stummenbevölkerung besiedelt gewesen. Stumme, die zusammengepfercht in großen Städten gelebt hatten. Immer noch standen die Überreste dieser Steinwüste, dicht zusammengedrängte Gebäude, trotz der jahrhundertelangen Bemühungen der Musternisten, sie dem Erdboden gleich zu machen. Heutzutage, seitdem Rayal all seine Macht darauf beschränkte, sich am Leben zu erhalten, waren diese Ruinen für die Clayarks nicht nur gelegentliche Aufenthaltsorte. Sie hatten das Nomadenleben aufgegeben und sich fest eingerichtet. Die Clayarks, die Coransees Reisegesellschaft unter Beschuß hielten, würden dort Unterstützung finden. Einem jungen Außenseiter mit Namen Goran – er ritt zufällig direkt hinter Teray – wurde das Pferd weggeschossen. Das Werk eines Spezialgewehres. Der Schütze entkam.

Amber hätte das Pferd noch retten können, aber Coransee befahl, daß man es aufgab. Er war in Eile. Er befahl Goran mit Lia zu reiten, das war die Frau, mit der Goran gewöhnlich zusammen war.

Als sich die Gruppe wieder in Marsch setzte, bemerkte Teray, daß Amber sich umdrehte und zurückschaute. Sie hatte ihre Gedanken ausgesandt und das verwundete Pferd getötet. Teray fragte sich, ob Coransee mit der gleichen Leichtigkeit auch einen verletzten Musternisten zurückgelassen haben würde. Warum nicht?

Der Gedanke beschäftigte Teray so sehr, daß er trotz einer nervenzerreibenden aber uneffektiven Schußattakke, die gerade im Gange war, nahe an Amber heranritt und sie ansprach.

»Halt die Augen offen. Ich habe das Gefühl, daß wir über kurz oder lang eine Art Unterstand werden aufsuchen müssen. Und ich glaube nicht, daß wir notfalls dazu noch genügend Zeit haben werden.«

Sie nickte. »Du glaubst, daß sie uns jetzt niedermachen wollen.«

»Ich bin mir dessen sicher. Jetzt wissen sie, daß wir keine miteinander verbundene Reisegruppe sind. Sie haben herausgefunden, daß wir sie nicht zur Hölle schicken können, wie sie bisher glaubten. Sie sind hinter Coransee und mir her.« Sie wußte über seine Unterredung mit dem Clayarks Bescheid. »Und, sie wissen, daß sie zahlreich genug sind, um uns beide zu erwischen – uns, und die anderen Musternisten natürlich auch.«

»Wenn du recht hast, dann planen sie wahrscheinlich einen Überfall.«

»Entweder das, oder sie versuchen uns so zu zermürben, daß sie nur noch offen angreifen zu brauchen. Doch das wird kein leichter Sieg für sie werden, auch wenn wir nicht miteinander verbunden sind. Bis sie uns haben, muß eine verdammt große Menge von ihnen dran glauben.«

Lange Zeit sagte sie nichts. Dann endlich: »Auf unserem Wege liegen einige Ruinen. Direkt hinter dem nächsten Hügel. Clayarks sind keine darin – kein Anzeichen, daß sie sich in der letzten Zeit dort aufgehalten haben.«

Teray sandte seine Wahrnehmung aus und fand die Ruinen. »Gut. Das ist genau das, was wir brauchen. Ich werde mich darauf konzentrieren. Du beschränkst dich besser nur auf deine Augen. Du brauchst deine ganze Aufmerksamkeit für die Clayarks.«

»Ich glaube, ich kann mich auf beides konzentrieren.«

Er sah sie an. Wahrscheinlich lag es an ihren Heilkräften, daß sie gleichzeitig die Dinge geistig und sinnlich wahrnehmen konnte. Umso besser.

Kurz darauf, als sie um den Berg ritten, kamen die Ruinen in Sicht, die Amber ausgespäht hatte. Sie ließen die ehemaligen Gebäude nur ahnen. Die Ruinen lagen genau vor ihnen im Inland, aber vom Wege ab. Obwohl die Häuser keine Dächer mehr hatten und stark beschädigt waren, würden sie als Schutz dienen können.

Das Gewehrfeuer war ein wenig schwächer geworden. Die meisten Clayarks schienen sich in ihrem Rücken aufzuhalten, dort wo es Berge und Bäume gab. Vor ihnen erstreckte sich flaches, ödes Land, nur vereinzelt ragte aus dem hohen, welkenden Gras hier und da ein Baum. Das Territorium um Forsyth war savannenähnlich. Im Gegensatz zu Redhill, wo das ganze Jahr über die Landschaft grünte und blühte, verbrannte hier schon im späten Frühjahr das Gras. Ein paar Meter vor den Musternisten fiel zu der einen Seite das Land etwa fünf Meter zu einem schmalen Streifen Sandstrand und dem Meer steil ab. Aus dieser Richtung konnten die Clayark nicht schießen. Dicht vor den Musternisten und zur anderen Seite gab es wenig Schutz wegen des Grases – abgesehen von den Ruinen natürlich. Sie waren verlassen. Es sah so aus, als ob die Clayarks mit ihrem Angriff warten wollten, bis die Musternisten den Weg landeinwärts nach Forsyth einschlugen. Im Landesinneren wurde die Landschaft wieder hügelig – die Berge, die den Sektor einschlossen. Teray fühlte, daß die Gruppe sich insgesamt entspannte.

Der Schuß schreckte alle auf. Coransees Pferd strauchelte und ging zu Boden. Ambers Pferd bäumte sich auf und war für eine Sekunde außer Kontrolle. Der nächste Schuß verletzte Amber an der linken Hand. Teray hatte Angst, daß sie noch einmal getroffen werden könnte. Er kümmerte sich nicht um den zu Boden gestürzten Coransee, sondern suchte den Schützen. Zwar fand er nicht den Clayark, aber er entdeckte den wahrscheinlichen Standort des Schützen. Ein dunkles, rundes Loch im Boden. Teray konzentrierte seine Wahrnehmung darauf und entdeckte unter der Erde eine Tunnelanlage. Zweifellos noch von den Stummen angelegt, waren die unterirdischen Schächte jetzt gefährlich zu begehen und wahrscheinlich auch teilweise eingebrochen. Aber die Clayarks schien das offensichtlich nicht zu stören.

Coransees Pferd war tot. Eine Kugel war ins Gehirn eingedrungen. Der Hausgebieter nahm statt dessen Ambers Pferd an sich und befahl Amber, mit Teray zu reiten. Bis zu den Ruinen hatten sie ohnehin nur noch ein kurzes Stück zurückzulegen. Es wurde Zeit für eine Pause, und Amber brauchte einen geschützten Platz, um ihre zerschmetterte Hand in Ordnung zu bringen. Auch Teray brauchte einen geschützten Platz – denn nun war sicherlich für ihn die Zeit gekommen.

Er setzte sich neben Amber auf den grasbewachsenen Boden zwischen den Ruinen. Sie hatte sich so weit wie möglich von den übrigen entfernt und begann mit dem Heilungsprozeß ihrer Hand. Teray machte sich Sorgen wegen ihrer Verletzung, weil die Heilung wieder erheblich an ihrer Kraft zehren würde. Und wenn sie mit Coransee fertig werden wollte, dann mußte sie stark sein – für den Fall, daß sie sich noch gegen Coransee wehren mußte. Andererseits konnte er ihr aber auch schlecht sagen, was er vorhatte. Nicht, solange es noch die geringe Chance gab, Coransee zu überraschen. Wenn sie beide noch verbunden wären, würde sie es schon wissen. Ihre Gefühle würden Coransee wecken – und der Ausgang des Kampfes wäre damit schon vorbestimmt.

»Ich habe mich hierhin zurückgezogen, um den anderen nicht das Essen zu verderben«, sagte sie ihm. »Auch dir wird es nicht gefallen, aber trotzdem.«

»Was soll mir nicht gefallen?«

Sie öffnete ihren Mund, als ob sie ihm antworten wollte, statt dessen deutete sie auf ihren Schoß. »Ja«, sagte sie.

Automatisch wurde Terays Blick von der verletzten Hand angezogen, die sie mit der anderen Hand bedeckt hielt. Er sah zu der Hand, dann zu ihr. Er war bestürzt.

»Was hast du getan?« Das war eine dumme Frage. Denn es war ganz offensichtlich, was sie getan hatte. Ihr linkes Handgelenk lief in einem Stummel bleichen neuen Fleisches aus. Das, was ihre linke Hand gewesen war, lag verschrumpelt und blutverschmiert in ihrem Schoß.

»Sie war hin«, sagte sie. »Ich hatte sie zur Faust geballt, als der Clayark feuerte, und die Kugel ist genau im richtigen Winkel eingeschlagen, um sie völlig zu zerstören.« Sie hielt die abgetrennte Hand hoch. Sie war wortwörtlich nicht mehr als Haut und Knochen – eine Kralle. Eine mißgestaltete Kralle mit nurmehr drei Fingern, die nur durch Hautfetzen gehalten wurden.

»Es sieht aus wie mumifiziert«, sagte Teray.

»Bevor ich sie abtrennte, habe ich alles übernommen, was ich noch gebrauchen konnte. Für die volle Regeneration brauche ich etwa einen Monat. Falls . . .« Sie schüttelte sich.

Falls sie in einem Monat noch lebte. Er war ihr dankbar, daß sie den Satz nicht zu Ende gesprochen hatte. »So lange Zeit?« fragte er ruhig.

»So lange ist das nicht. Nicht, wenn du bedenkst, daß das nicht das einzige ist, das in mir wächst.« Sie lächelte dünn.

Er erwiderte ihr Lächeln nicht. Er starrte auf den Handstummel. Es war für ihn leichter zu verstehen sich vorzustellen, was sie mit der Hand getan hatte, als das, wovon sie sprach. »Wenn alles vorbei ist, werde ich dir etwas zu essen holen«, sagte er. Er wollte, daß sie aß und so stark war wie möglich. Coransees Leute hatten mehrere Wildkaninchen ausfindig gemacht und angelockt. Jetzt waren sie dabei, sie zu rösten.

»Es ist schon alles in Ordnung«, sagte sie. »Ich habe nicht viel Hunger. Ich habe gerade meine Hand gegessen.«

Er verzog das Gesicht, gleichzeitig angewidert und erfreut. Wenigstens hatte sie ihre Kraft bewahrt. Sie konnte kämpfen.

Schweigend sah sie ihn mehrere Sekunden lang an, dann schaute sie zur Seite. »Du hast etwas davon«, sagte sie leise. »Du hast etwas von einem Heiler. Ich bin mir dessen jetzt ganz sicher. Entweder deine Lehrer waren völlig inkompetent, oder sie waren zu weit von dir im Muster entfernt, um wirkungsvoll mit dir zu arbeiten. Oder sie hatten ganz einfach Angst, daß deine noch ungezähmte Kraft sie aus Versehen töten konnte.«

»Sag das noch einmal«, sagte er. »Was war das –«

»Ich habe keine Zeit, um es dir noch einmal langsam zu wiederholen«, sagte sie. »Du bist völlig ungeübt, und so weiß ich nicht, wie weit dir dein Talent weiterhelfen wird. Aber er hat fast keine Heilfähigkeiten. Hast du gesehen, wie er die Clayarks tötete?«

»Ja, aber . . .«

»Was du so leicht gelernt hast, dazu ist er unfähig. Er hat es versucht.«

»Amber . . .«

»Es tut mir leid. Es ist mir leider nicht entgangen, daß du den Augenblick jetzt für gekommen hältst. Und so weiß er es auch. Er kommt jetzt.«

Ihre letzten Worte hallten in ihm wider und erinnerten ihn an Iray und was sie gesagt hatte, als er das erste Mal mit Coransee gekämpft hatte. Er sah um sich und versuchte die plötzliche Angst, die in ihm aufstieg, zu unterdrücken. Coransee kam auf ihn zu. Leise sagte er zu Amber: »Nun gut, das ändert auch nichts mehr. Aber du mußt von hier weggehen. Warte, bis du an der Reihe bist.«

»Ich möchte nicht an die Reihe kommen.«

Er streichelte ihr übers Gesicht. »Ich werde mein Bestes versuchen.«

Sie stand auf und ging. Als sie an Coransee vorbei ging, schaute sie ihn an. Sie war schon längst bei ihren zehn Wachen angekommen, als diese endlich merkten, was los war.

»Ich konnte mir denken, daß es heute soweit sein würde«, sagte Coransee zu Teray.

Teray überlegte, ob er aufstehen sollte. Dann verwarf er die Idee. Stehend würde er eine ganze Menge Kraft brauchen, um sich auf den Füßen zu halten. Er lehnte sich gegen die Mauer einer Ruine. Er hatte sich verbarrikadiert und war zum Kampf bereit.

»Glaubtest du wirklich, daß Rayal dir helfen würde?« fragte Coransee leise.

Terays Gesicht blieb ausdruckslos. Er hatte sich allmählich daran gewöhnt, daß Coransee seine Privatsphäre durchstöberte. »Wenn du wußtest, daß ich ihn angerufen habe, warum hast du mich nicht früher angegriffen?«

»Warum sollte ich? Nur jemand, der sein ganzes Leben, abgesehen von ein paar Monaten, in der Schule verbracht hat, kommt auf den Gedanken, daß Rayal ihm helfen könnte.«

Teray schlug zu.

Der Schlag – Teray hatte nicht voll zugeschlagen – prallte an Coransees Schild ab. Teray schlug wieder zu, er wollte die Abschirmfähigkeit des Schildes testen. Es war, als würde er mit den Fäusten gegen eine Steinmauer trommeln. Voller Sehnsucht erinnerte er sich an den eierschalendünnen Abschirmschild des Stummenhirten Jackman.

Coransee schlug zurück, er rammte Terays Schild nicht in der Absicht, ihn zu erproben, sondern ihn sofort zu zerschlagen. Teray widerstand dem Schlag.

In diesem Augenblick war es Teray klar, daß weder er noch Coransee auf diese Weise unterliegen würden. Dazu brauchte es mehr.

Teray schweifte durch Coransees Gehirn als wäre er ein Clayark. Einen Augenblick lang runzelte Coransee die Stirn. Er schien verwirrt. Aber schnell hatte er sich wieder unter Kontrolle, selbst als Teray ein zweites Mal über ihn hinwegstrich. Diesen zweiten Angriff konnte er sogar abwehren, und dann schlug er zurück.

So schnell Teray auch ausgeholt hatte, der Hausgebieter hätte ihn fast ungeschützt erwischt. Und dann die Abwehr . . .

Nachdem er sich wieder gut abgeschirmt hatte, versuchte Teray zu begreifen, was geschehen war. Es war, als hätte er einen körperlichen Schlag gegen seinen Gegner geführt, und dieser hätte ihn am Arm zurückgehalten. Er hatte nicht das Gefühl gehabt, gegen die feste Mauer eines Schildes zu prallen. Kein Musternist war in der Lage, einen geistigen Schild um seinen Körper zu legen. Aber offensichtlich konnte ein starker Musternist einen Teil seiner Kraft dazu benutzen, Angriffe gegen seinen Körper abzuwehren. Ein Angriff, der kaum gefühlt, zur gleichen Zeit abgewehrt wurde. Teray glaubte, daß er das Prinzip verstanden hatte. Eine Sekunde später gab Coransee ihm Gelegenheit, seine These zu erproben.

Coransee zielte auf Terays Kopf. Einen verwirrenden Augenblick lang hatte Teray den Eindruck, daß ein physikalisch erkennbares Ding auf ihn zuflog. Einen Sekundenbruchteil später wußte er, was los war, und setzte mit von Angst beflügelter Genauigkeit sein neues Wissen ein.

Ohne genau zu begreifen, was geschehen war, stellte

Teray fest, daß er einen zerebralen Blutsturz abgewendet – oder zumindest aufgeschoben – hatte. Ohne es zu wollen, lehrte Coransee ihn, wie er sich zu verteidigen hatte. Hoffentlich lernte er schnell genug.

Teray konzentrierte sich auf Coransees Beine. Er griff die Muskeln an. Coransee konnte nicht verhindern, daß er schreiend zu Boden fiel. Er hatte seine ganze Aufmerksamkeit darauf verwendet, die vitalen Teile seines Körpers zu schützen. Er hatte es nicht für möglich gehalten, daß seine Beine ihm solchen Schmerz zufügen konnten.

Und bevor er den Schmerz ausschalten konnte, hatte Teray wieder zugeschlagen – auf das geschwächte und nicht vorbereitete Schild.

Und kam durch!

Wie vergessen schienen für Coransee seine Beine, so schlug er auf Teray ein.

Teray wehrte sich und schlug wieder und wieder zu. Ein Kampf, in dem Teray der Mann in Rüstung war, der auf einen Nackten einschlug. Er hatte gewonnen. Ganz sicher hatte er . . .

Coransee schlug und trommelte auf ihn ein, wie es außer ihm wohl kein ungeschützter Musternist hätte fertig bringen können. Teray kämpfte in wilder Verzweiflung, unfähig zu begreifen, was da passierte. Der nackte Mann schlug ihn fast bewußtlos.

Endlich gelang es Coransee, Teray von der hart erkämpften Position zu verdrängen. Er drückte ihn von sich weg und hielt ihn. Und fuhr fort, auf ihn einzuschlagen. Es war keine Frage mehr. Coransee war stärker.

Der Hausgebieter durchbrach, was von Terays Schild noch übrig geblieben war, und jetzt wurde es ernst. Nun war Teray der Nackte.

Schmerz. Teray konnte nicht mehr denken. Der

Schmerz betäubte ihn. Blindlings schlug er um sich. Auf die alte Weise, wie er früher Clayarks getötet hatte – wie Coransee Clayarks tötete: die Arterie zerreißen, dort wo sie aus dem Herzen kam.

Coransee war dumm genug gewesen, seine Verteidigung zu vernachlässigen. Er fühlte sich siegessicher.

Und trotz seiner ungeheueren Schnelligkeit konnte er nicht schnell genug in Deckung gehen. Teray zerriß die große Blutader.

Coransees Angriff brach zusammen. Doch selbst als er noch auf dem Boden lag und seinen Brustkorb umklammert hielt, um zu verhindern, daß er ausblutete, nahm er Rache.

Plötzlich kam Teray nicht mehr weiter. Sein Kopf tat weh. Sein Kopf schien zu explodieren. Er wollte ihn festhalten. Aber einer seiner Arme schien nicht mehr zu funktionieren. Ihm wurde übel. Es gelang ihm, seinen eigenen Kopf nach vorn zu beugen, so daß er sich nicht über seinen eigenen leblosen Körper erbrach. Doch sein Geist arbeitete noch, war aufmerksam. Trotz der zerstörten Arterie in seinem Gehirn war er noch bei Bewußtsein. Noch konnte er kämpfen.

Mit letzter Kraft strich Teray über das kämpfende Gehirn des Hausgebieters. Coransee verteidigte sich nicht mehr. Er war völlig mit seiner Verletzung beschäftigt. Wieder und wieder strich Teray über ihn hinweg; er sparte keine Kraft auf, um seinen eigenen Körper am Leben zu erhalten. Er war im Begriff, sich und Coransee zu töten, aber seine Aufmerksamkeit hatte sich in einem so hohen Grade schon selbständig gemacht, daß er es nicht einmal bemerkte. Er bemerkte nur, daß er sich nicht viel länger bei Bewußtsein halten konnte. Und darum mußte er seinem Gegner so viel Schaden zufügen, wie nur eben möglich.

Er bekam nicht mehr mit, daß Coransees Körper heftig

zu zucken anfing. Er bekam nicht mehr mit, daß Coransees Muskeln sich so heftig zusammenzogen, daß ein Bein des Hausgebieters brach. Er bekam nicht mehr mit, daß Coransee sich ein großes Stück von seiner eigenen Zunge abbiß. Bis ihn die Bewußtlosigkeit völlig ergriff, bekam er nichts mehr mit. Erst dann war ihm klar, daß er gewonnen hatte. Coransee war tot.

*

Teray schlug die Augen auf und schaute in einen klaren blauen Himmel. Er brauchte einen Moment, bis er auch die verfallenen Gemäuer der Ruinenlandschaft in den Blick bekam und erkannte, wo er sich befand. Er war schwach und müde und entsetzlich hungrig. Er versuchte sich daran zu erinnern, was geschehen war.

Und dann fiel es ihm wieder ein. Er setzte sich schnell auf. Zu schnell. Er wäre auf der Stelle wieder umgefallen, wenn Amber nicht bei ihm gewesen wäre, und ihn aufgefangen hätte. Sie schien aus dem Nichts gekommen, plötzlich neben ihm zu knien und ihn zu stützen.

»Es ist vorbei. Mit dir ist alles in Ordnung. Iß.«

Da war Essen. Gebratenes Fleisch von wer weiß woher. Er sah sie an. »Was . . .?«

»Kaninchen, erinnerst du dich nicht? Wir sind mindestens von ebenso vielen Kaninchen wie von Clayarks belagert.«

Er war also eine Weile ohne Bewußtsein gewesen. Die Zeit, die sie zum Braten gebraucht hatten. Das war zu erwarten gewesen. Coransee hatte ihm also viel Schaden zufügen, aber ihn nicht töten können. Er bewegte seinen rechten Arm – den, den er während des Kampfes nicht mehr hatte einsetzen können – und sein rechtes Bein. Beide Gliedmaßen funktionierten. Zufrieden machte er sich über sein gebratenes Kaninchenfleisch und die frischen Kekse her. Dazu trank er viel Wasser. Er aß mehrere Minuten lang schweigend und konzentrierte sich nur auf sein Essen. Endlich begann er zu sprechen. »Er ist tot, nicht wahr?«

»Ja sicher. Er hat es verdient.«

Sie erwiderte nichts.

»Ich müßte eigentlich auch tot sein. Du hast mich gerettet.«

»Ich habe dich geheilt.«

»Haben dir die anderen Schwierigkeiten gemacht?«

»Nicht, nachdem sie gesehen hatten, daß er tot war. Zwei oder drei von ihnen wollten mich daran hindern, dir zu helfen, aber ich konnte sie schnell überzeugen, das lieber zu lassen.«

Er zog fragend eine Augenbraue hoch.

»Sie leben noch. Sie werden dir sicherlich noch Schwierigkeiten machen.«

»Jetzt, da Coransee tot ist, werde ich mit ihnen fertig werden.« Er drehte sich suchend nach Coransees Körper um. Sie verstand seinen Blick und deutete auf die Gruppe von Außenseitern und Frauen. Hinter einer halbhohen zerfallenen Mauer sah er, daß zwei Außenseiter arbeiteten. Sie hoben ein Loch aus, ein Grab.

»Nein«, sagte er ruhig.

Amber sah ihn an.

»Wir werden das Lager kaum verlassen haben, dann machen sich die Clayarks schon über das Grab her. Er ist gerade erst tot. Sie werden ihn ausgraben und verspeisen, wie wir es gerade mit diesem Kaninchen getan haben. Ich gönne ihnen keinen Musternisten.«

»Was dann?«

»Wir verbrennen ihn, wir verbrennen ihn zu Asche.« Er sah sie an. »Könntest du dafür sorgen, daß es gründlich gemacht wird? Bist du stark genug mit deiner Hand?«

Sie nickte. Das Holz für ihre Feuerstelle hatten die Musternisten von ein paar alten Bäumen hinter den Ruinen abgebrochen. Dort holten sie jetzt noch mehr Holz und errichteten einen Scheiterhaufen für den gefallenen Hausgebieter.

Die Frau Rain hatte das verkrustete Blut von Coransees Gesicht gewaschen und ihm die Augen geschlossen. Sie hatte seinen Körper auf dem Scheiterhaufen zurecht gelegt und weinte. Jetzt, da er brannte, und wie Amber bemerkte, schon völlig verkohlt war, weinten auch die anderen. Gleichgültig beobachtete Teray sie einige Minuten, dann ging er davon. Ihm fehlte etwas. Er hatte Coransee gehaßt. Niemals würde ihn der Tod einer anderen Person so freuen können. Dennoch . . .

Die Stummen hätten jetzt eine Feier begangen. Ein Begräbnis. Stumme waren für Feierlichkeiten zuständig. Die Musternisten hatten das schon so lange in die Verantwortung der Stummen gegeben, daß den Musternisten eigentlich keine Feierlichkeiten mehr geblieben waren. Bei einer Beerdigung mußten altmodische Worte gesprochen und der Körper mit gebührender Ehre in die Erde hinabgelassen werden. Selbst Musternisten, die die Stummen als gezähmte Tiere betrachteten, brachten diesen Feierlichkeiten Respekt entgegen. Jedem toten Musternisten oder Stummen wurde diese Ehre gewährt – das sich die Freunde, Ehemänner und Frauen von ihm verabschieden konnten. Die zehn Gefährten von Coransee, die jetzt Teray gehörten, hätten ihrem Herrn sicher auch gerne die letzte Ehre erwiesen.

Amber kam an Terays Seite. »Es ist vollbracht.«

»Gut.«

»Was wirst du nun tun?«

»Wir wollen hier weg, sobald sie seine Asche vergraben haben.«

»Als du noch bewußtlos warst, fragten sie mich, wer

von uns beiden sie nun führen würde – du oder ich.«

Teray sah sie an. Vorsichtig, fragend.

Sie lächelte. »Hätte ich dich gerettet, wenn ich auf sie scharf gewesen wäre? Du weißt, daß sie dir gehören. Das ganze Haus gehört dir.«

»Möchtest du . . . Möchtest du gar nichts?«

»Ein solches Haus? Teray, wenn du nicht du, sondern irgend jemand anders wärest, dann wären jetzt Coransee und du gemeinsam verbrannt worden.«

Ein kalter Schauer lief ihm den Rücken hinunter. Er wußte was sie meinte, er wußte, daß er nur deshalb lebte, weil sie ihn liebte. Es war nicht das erste Mal, daß er feststellte, daß sie eine außerordentlich gefährliche Frau sein konnte. Wenn er sie nicht als Frau gewinnen konnte, würde er gut beraten sein, sich zumindest mit ihr zu verbünden.

»Wenn das Haus nicht so weit von Forsyth entfernt wäre«, sagte er, »würde ich es dir überlassen.« Sie zog eine Augenbraue hoch.

»Ich möchte nicht, daß du so weit von mir entfernt bist, wenn ich erst einmal Rayals Nachfolge angetreten habe.«

»Sicher, du wirst seine Nachfolge antreten, aber . . .«

»Falls ich das Erbe antrete. Wahrscheinlich wird Rayal alles unternehmen, um mich daran zu hindern. Aber falls das passiert, habe ich mir gedacht, daß ich in Forsyth sicher einen Hausgebieter finden werde, der bereit ist, einen Handel einzugehen – und Redhill zu übernehmen. Falls mir das nicht gelingt, werde ich dir alle meine Unterstützung zukommen lassen, damit du ein neues Haus in Forsyth gründen kannst.«

»Du hast also beschlossen, daß ich mich in Forsyth ansiedeln werde.«

»Ich nehme schon an, daß du in Forsyth bleiben wirst. Schließlich besteche ich dich ja nicht umsonst.«

Sie lachte, so wie er es beabsichtigt hatte. Aber sie antwortete ihm nicht, sie wich aus. »Ist dir aufgefallen, daß wir wieder miteinander verbunden sind?« fragte sie ihn.

Das verblüffte ihn. Gleichzeitig fiel ihm auf, daß sie recht hatte, aber bis zu diesem Augenblick war es ihm noch nicht bewußt geworden. Und er hatte auch keine Erinnerung daran, wann es passiert war.

»Es passierte, während ich dich heilte«, sagte sie. »Ich war natürlich offen und du hast dich einfach festgehakt.«

»Ich kann mich nicht daran erinnern.«

»Du wußtest nicht mehr, was du tatest. Du handeltest aus Gewohnheit. Ich nehme es dir nicht übel. Im Gegenteil, ich war glücklich, dich wiederzuhaben. Falls es dir gelingen sollte, Forsyth für dich zu gewinnen, werde ich auch dort über ein Haus gebieten.«

Er küßte sie. Das versetzte ihn genau in die Stimmung, um auch das andere zu tun. Er ging zu den Außenseitern und Frauen, die dicht gedrängt an der Stelle zusammen standen, wo Coransees Asche mit Erde bedeckt wurde. Als sie damit fertig waren, sprach er zu ihnen.

»Kommt zurück in die Ruinen und setzt euch«, sagte er. »Wir müssen noch etwas erledigen, bevor wir weiter ziehen.«

Sie gehorchten schweigend. Einige, vor allem Rain, lehnten ihn ab. Aber alle hatten gesehen, daß er ihren Hausgebieter in einem fairen Kampf getötet hatte. Gemäß der Sitte mußten sie die Köpfe neigen und ihn als neuen Hausgebieter akzeptieren oder ihn angreifen.

»Wir sind von Clayark umgeben«, sagte er. »Wenn wir weiter durch ihre Belagerung ziehen, wird bald wieder jemand getötet werden. Statt dessen beabsichtige ich, die Clayarks zu töten. Und zwar alle. Und jetzt.« Die zehn Musternisten verstanden. Aufmerksam sahen sie ihn an. »Ich brauche dazu eure Kraft genausogut wie meine«, setzte er fort. »Ich will, daß ihr euch mir alle öffnet und euch mit mir verbindet.« Sofort wurde Protest laut.

»Du hast kein Recht, das von uns zu verlangen«, sagte ein Mann namens Isaak. »Selbst wenn wir sicher sein könnten, daß du weißt, was du vorhast, das ist einfach zu viel verlangt.«

Teray sagte nichts, er sah nur diesen einen Mann an.

»Wir kennen dich kaum, und du verlangst von uns, daß wir dir unsere Leben anvertrauen.«

»Eure Leben werden bei mir in Sicherheit sein.«

»Das sagst du. Selbst Coransee hat das niemals von uns verlangt.«

»Ich verlange es auch nicht.«

Isaak sah ihn einen Augenblick lang an, dann wandte er den Kopf und schaute dort hinüber, wo Coransees Asche vergraben war. Dann neigte er den Kopf.

»Lord.« Goran hatte das Wort ergriffen. In seiner Stimme war keine Feindseligkeit. »Lord, wir sind alle sehr weit voneinander entfernt im Muster. Bist du sicher, daß irgend jemand anders als Rayal überhaupt in der *Lage* ist, uns zusammen zu bringen?«

»Ich bin dazu in der Lage.« Teray war überrascht über seine eigene Zuversichtlichkeit. Niemals zuvor hatte er die Aufgabe gestellt gehabt, eine so weit gestreute Gruppe wie diese zusammen zu bringen, aber er hatte keinen Zweifel, daß es ihm gelänge. »Es wird für euch einfacher sein, wenn . . .«

»Du weißt nicht, wovon du sprichst!« Rain. Teray hatte erwartet, daß es mit ihr Schwierigkeiten geben würde. »Du glaubst, du kannst alles genauso wie er, nur weil du sein Bruder bist? Du glaubst, du seist genauso gut wie er?« Sie war aufgesprungen und schimpfte. Teray entgegnete ihr ruhig: »Setz dich, Rain, und sei still.«

»Du bist nichts im Vergleich zu ihm, und niemals wirst du . . .«

Sie war erheblich stärker als Jackman, aber er durchbrach ihren Schild ohne Schwierigkeiten. Ganz behutsam stieß er sie in Bewußtlosigkeit, um sie daran zu hindern, daß sie ihre Kraft damit verschwendete, ihn zu bekämpfen. Er stellte eine Verbindung zu ihr her. Die Vereinigung war nicht sehr angenehm, selbst im Zustand der Bewußtlosigkeit, aber er würde sich daran gewöhnen.

»Ich verstehe sie«, sagte er zu den anderen. »Ich weiß auch, daß einige unter euch genauso fühlen wie sie. Deswegen bin ich auch bis jetzt ruhig geblieben. Aber diejenigen von euch, die sich mir offen widersetzen, werde ich zwingen – und das muß nicht unbedingt so sanft geschehen, wie ich es bei Rain gemacht habe. Goran?« Er hatte deswegen Goran ausgewählt, weil er wußte, daß der junge Außenseiter sich ihm nicht widersetzen würde.

Goran öffnete sich ihm. Als nächster folgte Lear seinem Beispiel. Die Dinge kamen ins Laufen. Teray mußte niemanden mehr zwingen, sich ihm zu öffnen.

In Sekundenschnelle kontrollierte er die zusammengefügte Kraft der zehn Musternisten. Er hatte sich verbunden und sich augenblicklich der Kraft aller bemächtigt. Er fühlte sich wie in Trance, ein Gefühl, wie er es vorher noch nie erlebt hatte. Sein geistiges Warn-Kontrollsystem erstreckte sich so weit, daß er zunächst dachte, es umfasse die ganze Welt.

Er fühlte sich wie ein riesiger Vogel. Er sah und fühlte das kaum bewaldete und mit Ruinen übersäte Land. Er sah in der Ferne die Hügelreihe und war sich der noch weiter entfernt liegenden Berge bewußt. Die Berge lagen außerhalb seines Aktionsbereichs. So nahe also waren sie schon an Forsyth, auch wenn es immer noch länger als eine Tagesreise entfernt lag. Er ließ seinen Geist über die Hügel schweifen. Dann konzentrierte er seine ganze

Aufmerksamkeit auf die Clayark, die in einem weiten Halkreis um die Reisegesellschaft Stellung bezogen hatten. Er strich über sie hinweg und tötete sie.

Mit Amber hatte er zusammen Dutzende von Clayarks getötet. Jetzt tötete er Hunderte, wenn nicht Tausende. Er hörte nicht eher auf, bis er keinen einzigen Clayark in seinem Wahrnehmungsbereich hatte. Selbst das System der unterirdischen Tunnel durchsuchte er. Als er seine Arbeit einstellte, war er sicher, daß kein Clayark mehr ihnen Schaden zufügen konnte.

Und plötzlich war Rayal bei ihm.

Das hast du gut gemacht, junger Mann. Sehr gut. Aber sieh dich vor, wenn du deine Leute wieder entläßt. Gib ihnen noch nicht alle Kraft zurück. Behalte die Verbindung mit ihnen aufrecht.

Weswegen? fragte er. *Vor wem muß ich mich fürchten, vor dir oder meinen Leuten?* Niemals würde er dem alten Mann vergeben, daß er ihm die Hilfe verweigert hatte, als er sie so verzweifelt nötig brauchte. Rayal erriet seinen Gedanken.

Ob du mir vergibst oder nicht, junger Mann, das ist mir gleichgültig. Aber behalte gut, was du vor einigen Minuten erst Coransees Leuten gesagt hast. Ich vermute, daß ich nicht einmal so geduldig bin wie du.

Teray verstand den Hinweis. *Was willst du von mir? Sag der Frau Bescheid, daß du eine Weile vielleicht nicht bei Bewußtsein sein wirst, wenn du deinen Leuten ihre Kraft zurück gibst. Sag ihr, sie soll dir nicht helfen – du mußt es selber aushalten können. Es ist gut, daß du nicht auch ihre Kraft an dich gerissen hattest.*

Er hatte sich deshalb keine Kraft von Amber ausgeliehen, weil sie offensichtlich müde gewesen war. Sie hatte ihren Teil für diesen Tag geleistet, hatte er sich gedacht. Gehorsam gab er Rayals Gedanken an sie weiter. Rayal ließ ihr keine Zeit zum antworten.

Und nun gib ihnen ihre Kraft zurück. Allen auf einmal, genau wie du sie dir genommen hast. Wenn du es einer nach dem anderen versuchst, läufst du Gefahr, die letzten zu töten, weil du den ersten zuviel zurückgegeben hast.

Teray gehorchte. Wie Sprungfedern ließ er die Kraft der Musternisten aus seinem Geist zurückschnappen.

Er rang nach Luft. Nichts schien mehr von ihm übrig zu sein. Er sackte in sich zusammen, selbst die Kraft seiner Muskeln war dahin. Nur die Kraft seines Geistes hielt ihn am Leben, aber er war zu keiner Handlung mehr fähig. Er hörte Rayals geistige Stimme, wie sie in ihm sprach, aber er würde eine Zeitlang brauchen, bevor er ihm antworten konnte.

Es ist niemals leicht, übersandte ihm der alte Mann. *Aber beim ersten Mal es es immer am schlimmsten. Zehn oder Zehntausend, wenn sie sich mit dir nicht vertragen, macht das keinen Unterschied. Du bezahlst für die Kraft, die du von ihnen erhältst. Du bezahlst immer dafür. Gleichgültig, ob du ihre Kraft nur zeitweilig über eine Verbindung oder über das Muster an dich reißt.*

Kannst du mir sagen, ob es den anderen gutgeht?

Teray gelang es nicht, seine Gedanken in Form zu bringen. Er hatte nicht mehr die Kraft dazu. Trotzdem hoffte er, daß Rayal erraten würde, was er wissen wollte.

Es geht ihnen gut. Auch die, die du bewußtlos geschlagen hast, fühlen sich wohl. Sie fragen sich, was wohl mit dir los ist.

Da sind sie nicht die Einzigen.

Rayal übermittelte ihm, daß er Gefallen an ihm fand.

Du bist in Ordnung. Du kommst schneller wieder zu Kräften, als ich dachte. Du bist mehr als in Ordnung. Fünfzehn verdammte Jahre habe ich mich länger am Leben gehalten, als ich wollte. Weil ich auf dich gewartet habe.

Darüber war Teray so überrascht, daß er unfähig war, einen Gedanken zu formen.

Überrascht, junger Mann? Das macht nichts. Solange du fä-

hig bist, meine Nachfolge anzutreten, ist alles übrige gleichgültig.

Aber wieso hast du auf mich gewartet? Du hattest doch Coransee erwählt.

Coransee hatte sich selbst erwählt.

Aber er sagte . . .

Ja das stimmt. Er sagte. Sicherlich hätte auch er meine Nachfolge antreten können. Ganz sicher wäre das geschehen, wenn du ihn nicht getötet hättest.

Aber du wolltest ihn nicht?

Er war nicht gut genug, junger Mann.

Er war stärker als ich.

Das ist nicht überraschend. Er war sogar stärker als ich – nur, ich habe ihn das nie wissen lassen. Aber seine Stärke war alles, was er hatte. Zum Beispiel die Fähigkeit zu heilen, die deine Amber in dir gefunden hat, fehlte ihm völlig. Sie war nicht der einzige Heiler, der versucht hat, diese Fähigkeit bei ihm zu entwickeln.

Aber wieso muß der Gebieter über das Muster unbedingt diese Heilfähigkeit besitzen?

Es geht nicht dabei ums Heilen können. Es geht darum, wie ein Heiler seine Gegner tötet. So wie Amber es dir beigebracht hat. Wenn du diese Methode nicht beherrschen würdest, hättest du gerade eben erst wieder drei deiner Leute getötet, als du die Kraft von ihnen nahmst. Drei von zehn. Du hättest Löcher in die Clayarks gebrannt und die Kraft verschleudert, die nicht die deine ist. Stell dir nur vor, dreißig Prozent aller Musternisten aus jedem durchschnittlichen Haus. Teray erschrak bei diesem Gedanken Warum hast du mir das nicht gesagt? Er hätte unter Umständen nicht zu sterben brauchen.

Ich würde nicht einen von Jansees Söhnen geopfert haben, wenn es nicht nötig gewesen wäre. Glaubst du wirklich, ihm hätte noch irgend jemand das Muster ausreden können?

Du vielleicht.

Junger Mann, ich am allerwenigsten. Denk doch nur

darüber nach! Das einzige, was ihn davon abgehalten hat, mich anzugreifen und das Muster an sich zu reißen, war doch die Gewißheit, daß er es auch ohne Kampf bekam, wenn er nur noch eine Weile wartete.

Hätte er es dir abnehmen können?

Das ist wenig wahrscheinlich.

Teray seufzte und fühlte, wie die Kraft in seinen Körper zurück strömte. Wenn er die Augen öffnete, würde er Amber neben sich stehen sehen.

Niemals mehr werde ich die Kraft des Musters in meinem Geist vereinigen, übersandte ihm Rayal. *Es würde mich umbringen. Sollte in der Zukunft dazu die Notwendigkeit bestehen, junger Mann, wirst du Gebieter über das Muster sein. Auch das wird mich umbringen, aber zumindest sterbe ich allein – und nehme nicht Tausende von Leuten mit mir.*

Aber du kannst es mir nicht so einfach geben. Andere werden sich auch darum bemühen . . . Ich werde es dir übergeben. Du würdest es ohnehin erringen. Wenn es irgend jemanden gegeben hätte, der besser ist als du, würde ich nicht dich ausgewählt haben. Und wenn du einmal erst über das Muster verfügst, mit deiner Gesundheit und Kraft, dann werden die, die es dir abringen wollen, kein größeres Hindernis für dich darstellen als dieses Mädchen Rain. Denke gut daran, und behandele sie alle gnädig. Dein einziger, wirklicher Gegner ist tot.

Aber ein Heiler . . . Ein besserer Heiler . . .

Der bessere Heiler sitzt neben dir. Und sie wird immer besser sein als du. Darin wirst du sie nie überholen. Sie wird dich nie an Kraft überholen. Es gibt eine ganze Reihe Heiler, die besser sind als du, aber niemanden, der stärker ist. Wärest du schwächer gewesen, hättest du nicht überlebt. Bei dir sind die Fähigkeiten genau richtig verteilt.

Teray seufzte, schlug die Augen auf und setzte sich. Er sah Amber an, und sie nickte leise.

»Ich habe es auch empfangen«, sagte sie. »Er wollte, daß ich es wußte.«

Teray richtete sich an Rayal. *Wenn es Coransee gelungen wäre: du hättest ihn nicht daran hindern können, mich zu töten, nicht wahr?*

Nein. Aber, ich hätte ihn selber bekämpft. Er hatte sich schon seine Meinung gebildet über dich – und von seinem Standpunkt aus hatte er sogar recht. Du warst eine Gefahr für ihn, auch wenn du zuerst keine Gefahr sein wolltest. Ich wagte es nicht, ihn zu bekämpfen. Der Vorteil war auf seiner Seite. So kam alles auf dich an.

»*Und wenn du es mir gesagt hättest, dann hätte er auch davon erfahren.* Teray schüttelte den Kopf. *Du hast uns lange Zeit beide an der Nase herumgeführt, Lord.*

Nur die letzten Jahre. Erst seit ich so schwach und krank geworden war, daß ich von niemandem mehr Kraft übernehmen konnte, ohne Gefahr zu laufen, dabei zugrunde zu gehen.

Eine lange Zeit, Leute an der Nase herumzuführen, und sie nicht in deinen Gedanken lesen zu lassen.

Eine lange, sorgenvolle Zeit, stimmte der alte Mann zu. *Beeil dich, komm nach Forsyth. Du kannst dir nicht vorstellen, wie müde ich bin.*

ENDE

Über die Autoren

Octavia E. Butler ist eine der interessantesten Vertreterinnen der neuen Generation fähiger SF-Autoren. Ihr »Handwerk« erlernte sie in einem der von Harlan Ellison veranstalten SF-Writers Workshops, aus denen eine ganze Reihe bedeutender Talente hervorgingen.

Harlan Ellisan war es auch, der sich bei Verlagen und Kritikern für seine Musterschülerin einsetzte, und nicht zuletzt ihm ist es zu verdanken, daß Octavia Butler ihre bisherigen Werke in kurzer Folge bei Doubleday, einem der wichtigsten amerikanischen Verlage, als Hardcover-Ausgaben veröffentlichen konnte. Ein Thema ist allen Romanen der jungen Autorin gemeinsam: Der Kampf gegen Diskriminierung und Rassentrennung. Dabei wird diese Problematik nicht theoretisierend und distanziert abgehandelt, sondern praktisch von »innen« her – denn Octavia Butler ist selbst eine Farbige.

Sie weiß, mit welchen Argumenten für die Trennung zwischen schwarz und weiß gekämpft wird und setzt ihre schriftstellerischen Fähigkeiten ein, diese perfiden Argumente zu entkräften. Dabei entstanden Romande von seltener Eindringlichkeit, die sich lesen wie eine leidenschaftliche Anklage gegen Selbst-Gerechtigkeit und Verlogenheit.

Der vorliegende Roman ist der erste in der Reihe ihrer Werke, die exklusiv bei BASTEI-LÜBBE erscheinen werden. In Vorbereitung sind: DER SEELENPLAN (BASTEI-LÜBBE Taschenbuch Nr. 24039, ersch. im Februar 1983). VOM GLEICHEN BLUT (BASTEI-LÜBBE Taschenbuch Nr. 24042, ersch. im Mai 1983) sowie die Romane *Survivor* und *Wild Seed*.